JN065697

Every Breath

Nicholas Sparks

きみと息をするたびに

ニコラス・スパークス

雨沢 泰＝訳

ACHIEVEMENT PUBLISHING

きみと息をするたびに

Every Breath

Every Breath
by Nicholas Sparks

Japanese Translation rights arranged with Willow Holdings,Inc.
c/o The Park Literary Group,LLC,New York
through Tuttle-Mori Agency,Inc.,Tokyo

ヴィクトリア・ヴォダーに

キンドレッド・スピリット――心の友

謎めいた見知らぬ場所からやってくる物語もあれば、だれかからの贈り物のように発見される物語もある。この話はそちらのひとつだ。風の吹き荒れる、ある肌寒い日のこと、二〇一六年の晩春だった。わたしはノースカロライナ州サンセット・ビーチに向けて車を走らせていた。そこはウィルミントンとサウスカロライナの州境とのあいだにあり、小さな島々が集まっている。桟橋の近くにピックアップ・トラックをとめて、人の住まない沿岸保護区のバード・アイランドへと海辺を歩いていった。地元の人たちから、一見の価値があるよと聞いていた。もしかしたら、そこに行けば一冊の本が書けるかもしれないとも言われた。アメリカの国旗が目印だから、見逃さないようにと。遠くにそれが見えたとき、もうすぐだとわかった。

さっそくわたしは旗のまわりに目をこらした。キンドレッド・スピリット（心の友）と呼ばれる郵便ポストを探していたのだ。ソーグラスの群生が点在する砂丘のそばに古い流木でできた支柱があり、そこに郵便ポストがついている。一九八三年からその辺りにあって、だれの物というよりみんなの物だった。自由に手紙や葉書を入れられて、通りすがりの人がそれを読んでもかまわない。毎年、たくさんの人がそんなことをしている。時が移るにつれて、キンドレッド・スピリットは文字で書かれた希望と夢の……いわば保管庫《いれもの》になり、いつでもそこに恋の物語がまざっていた。

郵便ポストに手を入れると、葉書が二枚、開封された手紙が数通、ブランズウィック・シチューのレシピ一枚、ドイツ語らしき言葉で書かれた日記、厚みのあるマニラ封筒があった。筆記具が数本、無地のメモ帳一冊、封筒もはいっていた。これを見て、自分の話をつけ足したくなった人のためのものだ。わたしはベンチにすわり、まず葉書とレシピをあらためてから、手紙にとりかかった。だれもが名字を書いていないことに、すぐに気づいた。いくつかは下の名前が書いてあり、それ以外は頭文字《イニシャル》だけ。完全に無名の謎めいたものもあった。

しかし無名であれば、偏見なく考えられるような気がする。手紙を読んでいると、ある女性はがんと闘った直後、理想の男性とキリスト教系の書店で出会って、自分がもっと善人でないと彼にふさわしくないのではないかと悩んでいた。いつか宇宙飛行士になりたい、と夢を手紙にした子供。ある若い男は、熱気球のゴンドラのなかで恋人にプロポーズするつもりだそうだ。隣人をデートに誘いたいが、断られるのが怖いという男。なによりもまず人生をやり直したい、というのは刑務所から出たばかりの人だ。最後の書状は、飼い犬のテディに最近死なれたという男のものだった。彼はまだ悲しみから抜けだせていない。わたしは便箋を読んだあと、封筒にはいっている写真を見てみた。人なつこい目と灰色の鼻先をした黒のラブラドール・レトリバーが写っていた。男のイニシャルはA・K。テディがいないことで空いた心の穴を、どうか埋める道を見つけてほしいとわたしは願った。

風は変わらず吹いており、雲は黒さを増していた。嵐の前ぶれだ。わたしはレシピと葉書と手紙を郵便ポストにもどし、残ったマニラ封筒をどうしようかと考えた。その厚さから察すると、中身はけっこう量がありそうだ。トラックに帰るまでに雨に降られたくなかった。ためらって封筒を裏返すと、だれかの筆跡で「こんなにすごい話はほかにない！」と書かれていた。読んでほしいと訴えているのだろうか。手を挙げて？　書いた本人なのか、それともすでに中身を知っている別の人が書いたのか？　よくわからないが、誘いに乗らずにはいられなかった。

わたしは封を開けた。はいっていたのは、十二枚ほどの手紙三通のコピーだった。それと、あきらかに愛し合っている男女を描いたスケッチのコピーが四、五枚。それを横に置いて、手紙を読みはじめた。一行目から目がとまった。

だれの人生でも一番大事な運命は愛に関するものだ。

その口調は、ほかの手紙とは似ておらず、この先の重みを予感させた。わたしは肚をすえた。一枚目を終えて、おもしろさだけでなく魅力をおぼえた。さらに読み進めると、やめられなくなった。それから三十分、笑ったり、涙をこらえたりして、強まる風や、墨のような色の厚い雲にも気をとられなかった。驚異の念をおぼえながら最後の言葉を読みおえたとき、そばで雷鳴がとどろき、島の向こう端まで稲妻の光が迫っていた。

もう帰らなければ。海のほうから、しぶきを上げて雨のカーテンがこちらに近づいてくる。しかし、わたしはまた最初にもどって読み返していた。こんどは登場する人の声があざやかに聞こえた。手紙を読み、スケッチを眺めていると、書き手を見つけだして、この話を本にする話を彼に持ちだしてみようかという思いが芽ばえるのを感じた。

だが、書き手を見つけるのは簡単ではない。書かれた出来事はずいぶん昔——二十五年以上前——に起こったことだ。署名もイニシャルが一字だけ。手紙にある人の名前は、ホワイトで消してコピーしてある。書き手、あるいは絵の作者がだれか、直接の手がかりはなかった。

それでも、少しは残っていた。一九九〇年代にさかのぼる話のなかに、ウッドデッキと暖炉のあるレストランが出てくる。その炉棚には、海賊船から引き揚げられたという言い伝えのある砲弾がのっている。ノースカロライナの沿岸にある島のコテージ、というのもある。そのレストランから歩いていける場所だそうだ。いちばん新しい日付だと思える文章のなかに、別の島のビーチハウスで最近ある建設計画が進行中だ、と書かれている。その計画が無事完了したかどうか知らないが、調べるきっかけになるかもしれない。スケッチも、長い年月がたったとはいえ、最後に本人たちを特定する助けになるだろう。もちろん、目の前にあるキンドレッド・スピリットの郵便ポストは、物語のなかで中心的役割を果たすものだ。

すでに空は険悪なまでに変わり、ついに一刻の猶予もならなくなった。手紙をマニラ封筒にもどして郵便ポストに入れ、わたしはトラックへと急いだ。あやういタイミングで嵐をかわせた。もう数分遅かったら、つま先までずぶぬれになっていた。車のワイパーをフルスピードで動かしたが、ほとんど前方が見えないくらいの豪雨だった。家に帰り、自分で遅いランチをつくって、窓の外を眺めながら、手紙で読んだ二人の男女のことを考えつづけた。夜になり、もう一度キンドレッド・スピリットに舞いもどって再読したくなったが、悪天候と、一週間近くかかる仕事の旅のせいで行けなかった。

ようやく再訪がかなったとき、郵便ポストにはほかの手紙や、レシピ、日記はあったのだが、あのマニラ封筒はなくなっていた。なにがあったのだろう。わたしのように手紙を読んで心動かされた人が持ち去ったのか、それとも、たまに郵便ポストを整理する世話人のような人がいて、その人がやってきたのだろうか。いちばんありそうなのは、書き手が話を公開したことを後悔して、とりもどしたという可能性だ。

おかげで、いっそう書き手と話してみたくなったが、家庭や仕事にかまけるうちに、またひと月が過ぎた。探訪の旅を始める余裕ができたのは、六月になってからだった。ここで、こまごまと調査の過程を話すのは退屈なだけだと思う。ざっと言えば、一週間の半分以上をついやして、何本も電話をし、さまざまな商工会議所や、建築許可の記録が保存されている郡役所を訪ね、ピックアップ・トラックを何百マイルも走らせた。事の発端が三十年も前の出来事なので、すでに調査対象自体がなくなったりしていた。探しあてたレストランの場所は——現在は白のテーブルクロスのある上品なシーフードのビストロになっていた——わたしの小さな調査旅行の出発点として、この辺りの土地感覚を手に入れるのに役立った。建築許可記録をいろいろ調べたあと、小さな島をひとつひとつ渡っては調べ、海辺を往復するうちに、ようやくある男にめぐりあった。潮風にさらされて傷んだ沿岸の住居ではめずらしくもないが、そこでは金槌のたたく音と電動ドリルの響きが聞こえ、年配の男が砂丘の頂きから海辺へと下る傾斜地で作業をしていた。男を見たとき、わたしはハッとした。スケッチを思い出し、遠くからでも手紙の人物が見つかったような気がした。

歩み寄って自己紹介をした。近くで見ると、本人だという確信が深まった。手紙から感じた静かな強さと、手紙のひとつにあった観察力のある青い眼という表現が合っている。足し算をして、歳は六十代後半だと見当をつけたが、それも符合する。少し話してから単刀直入に、あなたがキンドレッド・スピリットに入れた手紙の書き手ではないかとたずねた。返事がわりに彼は海をふりむき、たぶん一分ほど、黙っていた。そしてこちらに顔をもどすと、翌日の午後その質問に答えようと言った。ただし、建設作業に手を貸す気があるならば。

翌朝、わたしは大工道具をつけたツール・ベルトを締めてそこに行ったが、道具は必要なかった。ベニヤ板、2×4《ツーバイフォー》の木材、加圧処理された板材などを、家の前から裏のほうへ、砂丘の頂を越えて海辺へと運ぶ作業だ。木材は山のように積んであり、砂地のせいで重さは二倍に感じられた。日中の大半がそれでつぶれ、置く場所を言う以外に男はまったく口をきかなかった。彼のほうは焼けつくような初夏の日差しの下、電動ドリルで穴をあけたり、釘を打ちこんだりして働き、わたしのことより、自分の仕事の出来を気にかけている様子だった。

わたしが最後の木材を運びおえると、ほどなく彼は砂丘のほうに手招きしてクーラーボックスを開けた。魔法瓶《サーモ》からアイスティーを二個のプラスチック・カップについで、ひとつを渡してくれた。

「そうだよ」と彼はついに答えた。「わたしが書いたんだ」

「本当の話ですか?」

彼は目をほそくした。わたしを値踏みするように。

「ある程度はね」彼はみとめた。手紙に書かれていたような特徴ある口調だった。「一部は事実に反しているかもしれないが、記憶はかならずしも実際と同じじゃない」

わたしは、この話がすばらしい一冊の本になる可能性があると言い、熱をこめて、思ったことを話しはじめた。彼は黙って聞いており、表情からはなにも読みとれなかった。わたしは不安をおぼえた。どういうわけか、説得できない気がした。こちらの提案を秤にかけているような、気まずい沈黙がつづいたあと、彼は口をひらいた。もっとそれについて話し合ってもかまわない、わたしの提案を受け入れる可能性だってある、ただし、書かれた物語は真っ先に自分が読ませてもらい、そこで気に入らなければ公表しないという条件付きならば。わたしはリスクを考えた。一冊の本を書くのは何カ月もかかる仕事だ。場合によっては一年以上かかる。しかし、彼はゆずらなかった。結局わたしは折れた。正直に言うなら、彼の考えが理解できたからだ。もし逆の立場だったら、わたしも同じことを言っただろう。

わたしたちは場所をコテージに移した。あれこれ質問し、さまざまな答えを得た。さらにすべてのコピーをゆずり受け、本物のスケッチと手紙を見せてもらった。おかげで過去がいっそう鮮明になった。

会話はつづいた。彼は話がうまく、一番いいところを最後に残してあった。夜になると、驚くべきものを見せてくれた。それは愛情にみちた無償の行為の産物だった。おかげで、わたしは出来事の細部をあざやかに視覚化することができ、起こったことすべてを見た気分になった。手紙に書かれた言葉がどんなふうに湧きでたのかも、わかった。二人の物語は、まるで物語自身が書き起こしたかのように生まれ、わたしの役割はただそれを転記するだけなのだ。

帰る前、彼は本名を使わないでほしいと言った。有名になることは望んでいないし――彼は自分自身をあくまでも人前に出たがらないタイプだと考えており――それ以上に、物語が、古くて新しい傷口をふたたび開く可能性があることを知っていた。ようするに、この話は近辺で起こったことなのだ。関係者がまだ健在で、なかには名前が出たら怒る人もいるかもしれない。わたしは快諾した。なぜなら、この物語はもっと大きな価値と意味を持っていて、運命と愛がぶつかる瞬間があることを、力強く呼びさますものだから。

彼と過ごした夜のあと、わたしはすぐに小説を書く仕事にとりかかった。疑問が湧くと、電話をしたり、彼を訪ねたりし、まだ消えずに残っているなら、ゆかりの場所へ出向いたりした。新聞記事アーカイブを検索し、二十五年以上前に撮影された写真を調べた。さらに細部を肉づけするため、ノースカロライナ州東部にある海辺の町で一週間ほど朝食付きのホテルに泊まり、遠いアフリカへも旅をした。幸運なことに、どちらの土地も時間がゆっくりと過ぎる場所であり、まるで過去を旅しているように感じたことがたびたびあった。

とくにジンバブエへの旅は役に立った。ジンバブエを訪れるのは初めてで、その壮大な野生の世界には圧倒された。かつてはアフリカの穀倉地帯と呼ばれていたが、わたしが行ったときには、もっぱら政治的理由で農業生産の基盤《インフラ》は衰退し、経済は悪化していた。わたしは物語が始まった時代の、作物が青々としていた土地を想像しながら、崩れかけた農家や休閑地となった畑のまわりを歩いた。さまざまな場所で三週間ほど野生動物観察《サファリ》もし、まわりのすべてを自分のなかに吸収した。案内役で指揮をするガイド、偵察するスカウト、動物を見つけるスポッターといったサファリのスタッフから、訓練や日常生活について話を聞いた。彼らは日々のほとんどを低木の森《ブッシュ》に出て暮らしているので、いかに家族を維持するのが大変か想像にかたくなかった。告白すると、わたしはアフリカに魅せられた。こうした取材の旅の合間にも、たびたびまた行きたくなり、遠からず再訪しようと思っている。

取材を重ねたにもかかわらず、わからない部分がたくさん残された。二十七年は長い年月だ。二人が昔かわした会話をそっくり再現するのは不可能だった。一人の人間がたどった正確な足跡も、当時の雲の色や、砂浜に打ち寄せる波のリズムも、わたしに思い出せるはずがなかった。そうした制約のなかでベストを尽くした結果が、これから始まるストーリーだとしか言えない。人のプライバシーを守るために事実をかなり変えたので、ノンフィクションではない、あくまでも一編の小説である。

事の発端、調査、そしてこの本の創作は、わたしにとって忘れがたい経験のひとつになった。ある部分、愛についての考え方を変えてくれた。多くの人たちが、「心の命じるままにしていたら、どうなっていただろう」という感覚を頭の片隅に置いている。その答えを現実に知るすべはない。人生とはつまり、小さなひとこまの連なりにすぎない。ひとこまとは、ひと通りしかない一日だ。こうした一日を人は選び、次につないでいく。ひとつひとつ、その選択がわたしたちの人となりを形づくる。できるかぎり、わたしはそのかけらを捕まえたが、集めて仕上げた絵が二人の本物の肖像だとだれが言えるだろう。

愛のことになると、かならず疑い深い人が出てくる。恋に落ちるのは簡単だ。その恋をさまざまな困難のある人生のなかで永続させるのは、多くの人にとってむずかしい夢だと。でも、この物語を、わたしが書くあいだに感じた驚異の感覚で読んだなら、愛が人生におよぼす不思議な力を信じる心が、きっとあなたのなかで回復するだろう。自分の物語を話そうと、いつかキンドレッド・スピリットを探しに行く日さえ来るかもしれない……あなたが想像もしなかった方法で、他の人の人生を変える力を持つ物語を。

ニコラス・スパークス
二〇一七年九月二日

第一部

トゥルー

一九九〇年九月九日の朝、トゥルー・ウォールズは外に出て、地平線を炎に染める暁《あかつき》を眺めた。足もとで土くれがくだける音がした。空気は乾燥しており、かれこれ二カ月以上前から雨が降っていなかった。二十年以上乗っているピックアップ・トラックへ歩くあいだに、ブーツには乾いた土ぼこりがまとわりついた。トラックはブーツそっくりに、外側も内側も土ぼこりにおおわれていた。上に電線を張ったフェンスの向こうでは、一頭のゾウがその朝早く倒れた木の枝を引っぱっていた。トゥルーはなんの注意も払わなかった。それは彼が生まれた景色の一部であり――祖先は一世紀以上前にイギリスから移民として渡ってきた――たとえば、漁師が毎日の水揚げのなかに、サメを見つけたぐらいの驚きしか感じなかった。やせた体、黒い髪、これまで外仕事をしてきたせいか、目じりには細いしわが刻まれている。四十二歳の彼は、ときに自分が低木の森《ブッシュ》に住むことを選んだのか、森が自分を選んだのか考えることがあった。

キャンプは静かだった。ほかのガイドは――親友のロミーもふくめて――すでに朝早くメイン・ロッジに向けて出発していた。そこで世界中からやってくる観光客を森へ運んでいくのだ。トゥルーは十年前からワンゲ国立公園のロッジで働いている。それ以前は、もっと遊牧民《ノマド》的というか、ガイドとしての経験を積みながら二年ぐらいでサファリのロッジを転々としてきた。原則的にハンティングをするロッジは敬遠してきたのだが、これが彼の祖父には理解されなかった。軍隊にいたことがないのにみんなから大佐《カーネル》と呼ばれていた祖父は、首都ハラレ近郊にある家族経営の巨大な農場で家畜を守りながら、ライオンやチーターを三百頭以上殺したと公言する男だった。トゥルーはそこで育ち、義父と異父兄弟はその数をめざして、着々と獲物数を増やしていった。家畜のほかにも、トゥルーの一家はタバコ、トマトなど、さまざまな農産物を作っており、国内でも有数の農家になっていた。曽祖父は伝説的なセシル・ローズとともに働いていた。ローズは鉱山王であり、政治家であり、大英帝国の帝国主義を推進し、十九世紀末に膨大な土地、資産、権力を掌握していた人物だ。トゥルーの祖父はその時代の遺産をゆずりうけた。

祖父の「大佐」は父親から大企業を引き継いだが、第二次世界大戦後、事業は飛躍的に拡大して、ウォールズ・ファミリーはジンバブエでも指折りの富豪一族になった。「大佐」は、トゥルーがビジネス帝国そのものと、贅沢な人生から逃れようとする気持ちを、まったく理解しなかった。生前、祖父は当時二十六歳だったトゥルーが働くロッジにやってきたことがある。祖父はガイドのいるキャンプではなく、メイン・ロッジに泊まったにもかかわらず、トゥルーが暮らす場所を見てショックを受けた。老人にしてみれば、あばら屋よりはまし、といった程度の住まいだった。壁には断熱材もなく、電話も引かれていない。明かりは灯油ランプがひとつ、共同の発電機で動かす小さな冷蔵庫があるだけ。トゥルーが育った家とはくらべものにならない粗末さだ。だが、トゥルーにとっては、むしろ質素な環境が必要だった。とりわけ、頭上の天空に星の海があらわれるときは。じつを言えば、それでも以前働いていた数カ所のキャンプよりましになっていた。そのうち二カ所ではまさしくテントで寝起きしていたのだ。ここには少なくとも水道があり、シャワーが使えた。たとえそれが共同の洗面所だとしても、トゥルーにとっては贅沢なことだった。

この朝、トゥルーはくたびれたケースに入れたギターと、ランチボックス、魔法瓶《サーモ》、息子アンドルーのために描いたスケッチを数枚、ナップザックを持っていた。ザックの中身は、数日分の衣類、洗面用具、スケッチブック、色鉛筆、チャコールペンシル、パスポート。出かけるのは一週間だが、必要な物はそれだけでよかった。

ピックアップ・トラックはバオバブの下にとめてあった。仲間のガイドは果肉の厚いドライフルーツが好きで、それを朝食のオートミールにまぜている。しかしトゥルーは一度もそうして食べたいとは思わなかった。ナップザックをフロントシートに放りこみ、盗まれるような物がバックシートにないだろうかと確認した。トラックは一族の農場に置いていくのだが、雇い人は三百人にのぼり、全員がとぼしい賃金しかもらっていない。一族の目が光っていても、道具類はやはり狙われやすかった。

運転席にすわって、サングラスをかけた。エンジンキーをまわす前に、忘れ物がないか確かめた。荷物は多くない。ナップザック、ギター、それにアメリカから届いた手紙と写真、旅客機の搭乗券、財布。後ろのラックには、トラックが故障したときに備えて、ケース入りのライフル銃が積んである。そんなことになったら低木の森《ブッシュ》をさまよう羽目になるが、彼のような経験豊かなガイドでも、とくに夜の森は世界でもっとも危険な場所だった。グローブボックスには方位磁石と懐中電灯が入れてある。座席の下のテントも確認した。これも非常用だ。トラックの荷台に張れるコンパクトな仕様のもので、猛獣の襲撃は防げないが、地面に寝るよりは安全だ。（これでよし）と彼は思った。いつも通り、準備はできた。

すでに気温は上がりはじめ、トラックの車内はさらに暑くなっていた。暑さをやわらげる方法を、彼流に「トゥー、トゥエンティ」エアコンと呼んでいる。両サイドの窓を二枚開けて、時速を二十マイル（約三十二キロ）にするのだ。といっても、たいして効果はないし、この暑さには長年慣れっこになっている。淡褐色のボタンアップ・シャツの袖をまくりあげた。いつものトレッキング・パンツは、何年も使っているので生地がやわらかく、はき心地がいい。メイン・ロッジの裏手にあるスイミングプールのまわりに集まった観光客は、きっと水着にビーチサンダルでいるだろうが、彼はそんな格好だとまるで落ち着かなかった。猛りたつブラックマンバに遭遇したときも、ブーツとキャンバス・パンツのおかげで命びろいをした。毒蛇にやられたら、三十分もしないうちに絶命していたはずだ。

彼は腕時計に目をやった。午前七時少し過ぎ。これから長い二日間が待っている。エンジンを始動させ、バックしてからゲートに向かう。車から飛び降りてゲートを開け、ピックアップ・トラックを通してからまたゲートを閉めた。仲間のガイドがもどってきたときに、ライオンの群れが住みついていたら大変だ。このキャンプで起きたことはないが、以前働いていた国の南東部で実際にそんなことがあった。その日は大騒ぎだった。ライオンたちがいつまで居すわる気なのか、その潮時がわかるまで大人しく待つ以外に、だれもが打つ手を思いつかなかった。さいわい午後になると、ライオンの群れは狩りをするためにキャンプを引き揚げていった。それ以来トゥルーは、自分がいるときもゲートの戸締りを確かめるようになった。仲間のガイドのなかには新米が何人かいるので、危険の種をつぶしておきたかった。

トラックのギアを入れ、できるだけ穏やかに車を走らせた。最初の百マイルはわだちのついたでこぼこの砂利道だ。保護区のなかを走り抜け、やがてたくさんの小さな集落をむすぶ曲がりくねった道になる。そこまで移動するのに昼過ぎまでかかるが、トゥルーには走りなれた行程だった。彼が故郷と呼ぶ世界にひたりながら、ぼんやりと心をさまよわせていた。

太陽の光が、木々の梢あたりにたなびく薄い雲ごしにきらめいて、左手の枝から飛びたったライラック・ニシブッポウソウを輝かせた。前方の道路を二匹のイボイノシシがよこぎり、ヒヒの一家を小走りに追いぬいていった。数えきれないほど見ている動物たちだが、これほど多くの肉食動物に囲まれながら、それぞれがよく生き延びているものだといまだにトゥルーは感嘆する。自然にはそれなりの保険契約が結ばれているのだ。食物連鎖の下位にある動物は、ひんぱんに子どもを産む。たとえばメスのシマウマはいつも妊娠しており、していないのは一年のうち九日か十日だけだと言われている。その一方で、母ライオンは子どもが一歳に達すると、数えきれないほどの交尾に応じるようになる。こうした交配の原理は、進化によって絶妙なバランスがとれている結果なのだ。日常的に動物を見ているトゥルーでも、それはやはりすごいことだと思う。

ガイドをしていると、これまでで一番興奮した出来事はなにかと、よく観光客から聞かれる。彼が話すのは、クロサイに突進されたときとか、一頭のキリンが激しく暴れくるい、最後には勢いよく赤ん坊を産み落としたときのことだ。あるときは、若いライオンの子どもが自分の二倍もあろうかという大きなイボイノシシを、樹上に引きずりあげるのも見た。しかもそれは、殺戮の臭いをかぎつけたハイエナの一団から、きわどい一瞬で逃れる場面だった。あるいは、群れからはぐれた一匹の野犬を追っていると、ジャッカルの集団の仲間入りをするのに出くわしたこともある。なんとその野犬が狩っていた当の集団だったのに。話は尽きなかった。
同じ野生動物観察《サファリ》が二度できるだろうか、と彼は考えた。答えは、できる、できない、の両方だ。同じ設定をすることはできる。同じロッジに泊まり、同じガイドに頼み、同じ時刻に出発、正確に同じ道を行き、同じ季節の同じ天候のもとでドライブする。しかし、動物たちはいつも違う場所にいて、違う行動をしている。水たまりを行き来し、目をこらし、耳をそばだて、なにかを食らい、眠り、交尾をしている。あらゆる生き物が今日という日を生き延びようとしている。

横を見ると、離れたところにインパラの群れがいた。ガイドたちは、このまっすぐな角を持つウシ科の偶蹄類を見ると、生息する個体数が多いことから「森のマクドナルド」だとジョークを言う。どの肉食動物からも食糧として狙われており、観光客は一度サファリを経験すると、彼らの写真を撮るのに飽きてしまう。それでもトゥルーはトラックの速度を落とし、バレエのダンサーのように、信じられないほど高く、つぎつぎに倒木を飛び越えていくインパラたちの優雅な動きを見まもった。彼らは彼らなりに五大動物と同じくらい特別な存在だ。五大動物とは、ライオン、ヒョウ、サイ、ゾウ、スイギュウを指すのだが、チーターとハイエナをくわえた七大動物としてもかまわない。こうした花形の動物は観光客が一番見たがるもので、彼らの興奮度も高くなるのである。じつはライオンを目撃するのは、それほどむずかしいことではない。とくに太陽が出ているあいだは。ライオンは一日のうち、十八時間から二十時間眠っている。だから、見られるのは日陰で休んでいる姿だ。しかし動くライオンは、夜以外めったに見ることができない。以前トゥルーは、夜間のサファリをするロッジで働いた。夜のドライブは恐ろしいこともあったが、多くの場合、すばらしいものだった。百頭にものぼるアフリカスイギュウ、ヌー、シマウマの群れが、ライオンに追われて暴走する。その巻きあげる土ぼこりで視界がなくなるほどだった。三百六十度、一寸先は闇状態になる。トゥルーはジープをとめざるをえず、車が両側からライオンの群れにはさまれたことも二度ばかりあった。彼らがなにを狩っていても、アドレナリンはロケットのように上昇したものだ。

道路は着実に荒れてきた。トゥルーはさらにスピードを落とし、左右にハンドルを切りながら運転した。めざすのはジンバブエで二番目に大きいブラワーヨ市。そこに元妻のキムと息子のアンドルーが住んでいた。トゥルーは離婚したあと、そこに家を買った。ふりかえると、キムとは相性が悪かった。トゥルーは十年前、キムと首都ハラレのバーで知り合った。彼は仕事の合間だった。キムによれば、名字もふくめて彼がエキゾチックな男に思え、興味をひかれたそうだ。彼女は八歳年下で、のんきそうでいながら、自信にあふれたところが魅力の美人だった。ささやかなことが連続してつながり、二人はそのあと六週間、多くの時間をいっしょに過ごした。そして、またガイドの仕事に呼ばれたとき、トゥルーは関係を終わりにしようと考えた。ところがそこで彼女の妊娠が明らかになったのだ。二人は結婚した。比較的ブラワーヨに近いことから、トゥルーはワンゲ国立公園でガイドの仕事につき、そのあとしばらくしてアンドルーが生まれた。

キムはトゥルーがなにで生活費を稼いでいるか知っていたが、子どもができたとき、生まれたら何週間も家を空ける仕事をやめるだろうと思っていた。だが、彼はガイドをつづけ、キムにはほかの男が現れて、結婚は五年もつづかず終わりになった。たがいに相手を憎くは思わなかった。むしろ二人の関係は離婚後のほうが良くなったくらいだ。トゥルーがアンドルーを迎えに行くと、いつもキムとしばらく、昔の友だちのように近況を語りあった。彼女は再婚し、二人目の夫であるケンとのあいだに娘が生まれた。前回会ったとき、キムはまた妊娠したとトゥルーに話した。ケンはジンバブエ航空の財務部に勤めており、背広を着て出勤し、毎日夕飯時に帰ってきた。それがキムの望んだ暮らしであり、トゥルーは彼女の幸せを喜んだ。

アンドルーについては……

息子はいま十歳だった。そして、結婚から重大なことがひとつ生じた。不運なめぐりあわせと言えるが、トゥルーはアンドルーが生後数カ月のとき耳下腺炎にかかり、無精子症になったのだ。しかし、二人目の子どもが必要だとは思わなかった。彼はアンドルーがいれば十分だった。息子がいなければブラワーヨに立ち寄ることもなく、まっすぐ実家の農場に帰るだけだ。ブロンドの髪に褐色の眼をしたアンドルーは、母親によく似ていた。トゥルーは勤務先の宿舎の壁に、息子を描いたスケッチを何十枚も貼っていた。息子と会うたびに、写真も増えつづけた。そのつど、キムが写真をたくさん入れた封筒をくれるからだ。まるで新しい別人に進化しているように、そこにはさまざまな場面の息子が写っていた。トゥルーは一週間に一度、仕事中に自然のなかで見たものをスケッチしていた。たいがいは動物だったが、それ以外のほとんどが前回訪ねたときの記憶をもとにした息子と自分の絵だった。

家族と仕事のバランスをとるのは、とりわけ離婚後に大変になった。彼がキャンプで働くあいだはキムに親権があるので、六週間にわたって息子の様子がわからない。電話もなく、訪ねることもできず、即興のサッカーゲームはもちろん、アイスクリームを走って買いにも行けなかった。そのあと二週間、トゥルーは親権を得て、フルタイムの父親業を担当した。ブラワーヨの家でアンドルーと暮らし、学校へ送り迎えしたり、ランチを作って持たせたり、夕飯を用意したり、宿題を手伝ったりした。週末になると、アンドルーの選んだことはなんでもしてやった。こうした機会があると、トゥルーは決まって考えたものだ。いつもいっしょにいられない以上、態度で示すのは限りがあるとしても、どうしたら息子への深い愛情を、感じるのと同じだけ与えられるのかと。

車の右側、遠いところで、二羽のハゲタカが空を旋回していた。昨夜ハイエナが残した獲物の一部か、早朝に死んだ動物でも探しているのだろう。最近は多くの動物が生きるのに必死だ。国全体が干ばつに見舞われており、この動物保護区でも、いつもは水場となるべき水たまりが干上がっている。変化というくくりで言えば、それは驚くことでもない。西へそれほど遠く離れていない隣国のボツワナ共和国には、伝説的なサン人の住む広大なカラハリ砂漠がよこたわっている。サン人の話す言葉は、吸着音や舌打ち音がふんだんに使われており、外国人にはまるで異質なもので、地球上に現存する最古の言語のひとつとされている。彼らは物をほとんど所有せず、これまで出会ったどんなコミュニティの人びとよりも、ジョークを言って笑っている。ただ、その暮らし方がいつまでつづけられるだろうか。現代文化は侵入しており、ボツワナ政府は、サン人をふくむ国内すべての子どもに学校教育を受けさせる方針だという。それは結局、何千年も受け継がれてきた文化の終わりを意味するのだ、とトゥルーは思う。

アフリカはつねに変化してきた。彼が生まれたとき、この地はローデシアと呼ばれる大英帝国の植民地だった。そして国が市民の暴動に揺れるさまを目撃してきた。彼がまだ十代の若者のとき、国はジンバブエとザンビアのふたつに分裂した。人種隔離政策《アパルトヘイト》によって文明社会からのけ者にされた南アフリカのように、ジンバブエでも総人口における富裕層の割合が少なかった。彼らは一部に集中しており、そのほとんどが白人だった。トゥルーはそんなことが長続きするだろうかと疑っていたが、政治と不平等は家族のあいだで議論するテーマではなかった。彼の一族が特権階級に属していたからだ。多くの特権階級がそうであるように、一族はもともとの富と権力がどれだけ残酷に生みだされたかは別として、自分たちは巨大な資産や優位性にふさわしいと信じていた。

　トゥルーの車は動物保護区の境界にやってきて、百人ほどの住人の集落が連なる最初のひとつを通りすぎた。ガイドのキャンプと同じように、村は人や獣の襲撃から身を守るため、まわりをフェンスで囲っていた。彼はサーモを手にして、窓枠にひじを掛けながらひと口飲んだ。自転車に野菜の箱を複数積んだ女を追いこした。そのあと、おそらく六マイルほど離れた隣の集落まで歩いている男を追いこすと、スピードを落としてトラックをとめた。男は急ぐでもなくトラックに近づき、乗りこんだ。彼は男の使う言葉で、つづくかぎり会話をした。トゥルーは六種類の言葉を使い、そのうちふたつは現地語で、あとの四つは、英語、フランス語、ドイツ語、スペイン語だった。この能力も、ロッジが欲しがるガイドの要件のひとつなのだ。

　やがてトラックから男を降ろし、トゥルーはまたドライブをつづけた。道路がアスファルト舗装に変わった。昼食をとるため車を道路脇のアカシアの木陰にとめ、荷台で食べた。太陽は中天までのぼり、とりかこむ世界は静かで、あたりに動物の姿はなかった。

昼食のあと、トラックを道路にもどした。予定より早く進んでいた。集落を過ぎるうちに、小さな町が現れ、それが大きくなり、午後遅くブラワーヨの郊外にやってきた。トゥルーはキムに到着時間を知らせる手紙を出しておいたが、ジンバブエの郵便はきちんと着くとはかぎらない。宛先に届くことは届くのだが、かかる時間が当てにならないのだ。

キムの家のある通りにはいり、ピックアップ・トラックを彼女の車の後ろにとめた。ドアまで歩いていって、ノックをすると、少しして彼女の返事が聞こえた。あきらかに予期していた口ぶりだ。ハグをしたとき、息子の声が聞こえた。アンドルーが階段を駆けおりてきて、トゥルーの腕に飛びこんだ。いずれ、こういう愛情の表現をするほど子どもじゃないと、本人が思うときが来るだろう。そう悟っていたので、彼は息子をきつく抱きしめ、これほどの喜びがほかにあるだろうかと思った。

〒

「パパがアメリカに行くって、ママが言ってたよ」その晩、アンドルーが彼に言った。親子はキムの家の前に腰かけて、隣家との境にある塀代わりの低い壁に向きあっていた。

「そうなんだ。でも、長く行ってるわけじゃない。来週にはもどってくる」

「行かなければいいのに」

トゥルーは腕を息子の体にまわした。「そうだね。パパもさびしいよ」

「じゃあ、なんで行くの？」

それが問題なのではないか？　なぜ、いまになって手紙がやってきたのか。航空券まで同封されて。

「父親に会いに行くんだ」トゥルーはようやく答えた。

アンドルーは目をほそくした。ブロンドの髪が月光を浴びて輝いていた。「それはパパ・ロドニーのこと？」

「そうじゃない。血のつながった父親だよ。パパも初めて会うのさ」

「パパは会ってみたいの？」

（そうだ）とトゥルーは思った。（いや、じつはそうでもない）。「わからない」と彼は答えた。

「じゃあ、なんで行くの？」

「それはね、手紙に書いてあったんだ。死にかけてるって」

二

アンドルーに別れを告げると、トゥルーは自宅へ車を走らせた。家にはいって、こもっていた空気を入れかえるために窓を開けた。ギターを取りだし、一時間ほど弾いたり歌ったりしてから、ベッドにはいった。

翌朝は早々に家を出た。首都に向かう道路は、動物保護区と違って舗装もよかったが、実家まではほぼ一日がかりだった。到着すると夜になっており、火事のあと義父のロドニーが建て替えた堂々たる屋敷には、明かりが煌々とついていた。近くには家が三棟建っており、それぞれに種違いの兄弟が住み、かつて「大佐」が暮らした母屋はさらに大きかった。厳密に言えば、そこはトゥルーのものだった。だが、彼は塀際にある小屋のような住まいへと歩いていった。その昔、料理人夫婦が住んでいたこのバンガローは、トゥルーが十代初めの頃にリフォームしたものだ。「大佐」は生前、バンガローがふだんからよく掃除してあるのを見ていたが、いまは放置された状態だった。どこもかしこも埃をかぶっており、トゥルーはベッドにもぐりこむ前に、シーツからクモや甲虫をふるい落とさなければならなかった。たいしたことではない。もっとひどい環境で何度となく眠ってきたからだ。

朝、彼は家族とは会わなかった。かわりに雇人をまとめる作業長のテングウェに空港まで送ってもらった。テングウェは白髪頭のやせた男で、どんなに過酷な状況でも人の窮地を救うすべを心得ていた。彼の六人の子どもも農場で働いており、妻のアヌーナはロドニーの食事を作っていた。トゥルーは母の死後、「大佐」よりもテングウェとアヌーナに近づくようになり、いまは農場で一番親しい人たちになっていた。

ハラレ市内の道は、乗用車、トラック、荷車、自転車、歩行者でごったがえしていたが、空港の混雑ぶりはそれを上まわった。チェックイン後、トゥルーの搭乗した旅客機は、アムステルダム、ニューヨーク、シャーロットを経由して、ノースカロライナ州ウィルミントンに到着した。

乗り継ぎの待ち合わせがあったので、生まれて初めてアメリカ合衆国の土を踏むまでに、二十一時間近くかかっていた。ウィルミントン空港で荷物受取りエリアにやってくると、彼の名前を書いたリムジン・サービスの札を持っている男がいた。運転手は大型旅行鞄を預けていない彼に驚いたが、ギターとナップザックを運ぼうと手をさしだした。トゥルーは首をふった。建物の外に出て、車へ歩きだすと、すぐに蒸しむしした空気のせいでシャツの背中がはりつく感じがした。

ドライブは単調だったが、窓の外にうつる景色はまるで見なれないものだった。地形は平らで、どの方角へも青々とした緑が生い茂っているようだ。オークや松などにまざって椰子の樹がはえており、草の緑はエメラルドのようにあざやかだった。ウィルミントンは低地にある小さな町だ。雑多なチェーン店、地元経営の店舗や事務所があり、やがて町並みは、少なくとも築二百年ほどに見える家々のある歴史地区へと移った。タクシー運転手はケイプ・フィア川を指さし、いくつか釣り船が浮かんでいるのは汽水域なのだと教えてくれた。車道を走るのは乗用車、SUV、ミニバンといったもので、ブラワーヨのように荷車や動物をよけながら右往左往している車は一台もなかった。自転車に乗る人も、歩行者も見かけず、歩道にいる人はほとんどが白人だった。彼が後にしてきた世界が夢のように遠く思えた。

一時間後、トゥルーは舟橋《ポントゥーン》を渡り、サンセット・ビーチという名の、サウスカロライナ州との州境に近い沿岸の島のひとつにやってきた。車はやがて低い砂丘に抱かれた三階建ての家の前に停まった。一瞬とまどったが、一階のほぼすべてが車庫になっているのがわかった。玄関に売り家の看板が下げてある隣の小さな家にくらべると、その造りはグロテスクな感じがした。タクシーが場所を間違えたのかと思ったが、運転手は住所を確認して、ここで合っていると彼に告げた。車が行ってしまうと、浜辺に打ち寄せくる波音のリズミカルな低い響きが聞こえてきた。彼はその音を最後に聞いたときのことを思い出そうとした。二階への階段を登りながら、少なくとも十年はたつかもしれないと考えた。

タクシー運転手から入口の鍵のはいった封筒を渡されていた。家にはいると、玄関ホールから奥へと広がる大きな居間へ歩いていった。床には松材が張られ、天井には太い梁が渡してある。雑誌の記事に海辺の家として載っていそうなインテリアで、あちこちにクッションやひざ掛けが趣味よく正確に置かれていた。裏のデッキに面した大きな窓からは、海までつづく草むらや砂丘が見わたせた。広々としたダイニングルームが大きな居間の隣にあり、特注仕様の収納と、大理石のカウンター、プレミアムの電化製品が組みこまれたデザイナーズキッチンがあった。

カウンターの上に彼に宛てた父からのメモがあった。それによれば、冷蔵庫とパントリーには食料品と飲み物があり、どこかに行きたければリムジン・タクシー会社に電話をすればよいとのことだった。海で遊びたいなら、階下の車庫にサーフボードと釣り道具が置いてある。そこには、父が来るのは土曜日の午後になるとも書かれていた。それより早く来られないことを詫びていたが、遅れる理由はのべていなかった。トゥルーはメモを脇へ置き、父親は彼のように、会いたい気持ちと会いたくない気持ちのはざまで心が揺れているのだろう、と思った……しかし、それならなぜ航空券まで送ってきたのか。いずれ、わかることだが。

まだ火曜日の午後だった。これから何日か、一人で過ごす時間がある。そんなつもりではなかったが、彼にできることはあまりなかった。キッチンの先に主寝室があり、そこに荷物を置いた。二階にはほかに複数の寝室、バスルームがあって、どこも新築のまま使われていないように見えた。主寝室には新しいタオル、石鹸、シャンプー、コンディショナーがそろっていた。

トゥルーはゆっくり時間をかけてシャワーを使い、水しぶきの下に立っていた。

湿ったままの髪で裏のデッキに出た。外はあいかわらず暖かかったが、太陽は低くかたむき、空には黄色とオレンジ色のさまざまな陰影が扇形に広がっていた。目をほそくして遠くを眺めると、砕ける寄せ波の向こうで、波間に遊ぶ小型イルカの群れらしきものが見えた。掛け金付きの門を出ると階段があり、下っていくと草地に板を渡した木道がついていた。それをたどって最後の砂丘まで出たところに、また浜辺へ降りる階段があった。

砂浜の人影はまばらだった。離れたところに、小さな犬のあとについていく女性が見えた。反対側を見ると、海へ向かって指を伸ばすように突きだした桟橋の近くで、サーファーが二、三人、ボードに乗って浮いていた。トゥルーは桟橋のほうへ足を踏みだした。こんなことがなければサンセット・ビーチという名前も知らず、そもそもノースカロライナだって頭に浮かぶはずがない。トゥルーはそんなことを思いながら、波打ち際の固く締まった砂を歩いた。彼が世話をした観光客のなかに、この州から来た人がいただろうか。記憶にないが、いたとしても違いがあるわけではなかった。

桟橋に着くと、階段を登って上がり、突端まで歩いた。手すりに両腕を乗せてもたれ、水平線へと広がる海に目をこらした。その風景、果てしなさが、理解のわくを超えていた。まだ探検すべき世界がこんなにあるのだと、あらためて思い出した。自分はそれをする時間の余裕が持てるだろうか。アンドルーが大きくなったら、息子といっしょにどこかへ旅をしよう……

風が強くなるにつれて、月が藍色の空をゆっくりと昇りはじめた。それを合図に、もどることにした。あの家は父が所有しているものだろう。貸家の可能性も考えたが、どんな人が使うかわからない施設にしては家具が高級だ。それに貸家を用意するくらいなら、待ち合わせる場所をホテルにするのが自然ではないか。そして、土曜日まで来られないのはなぜか。はるばるここまで彼を呼び寄せた理由は？　もし父が死の瀬戸際にあるなら、なにかの病気で治療中という可能性もある。しかし、だとすれば、土曜日に来るとは保証できないのではないか。

だが、父親がやってきたとき、いったいなにが起こるのか。父親とは言っても、見知らぬ人間だ。一度会っただけでは、そこは変わりようがない。それでもトゥルーは数々の疑問に答えがほしかった。そうした疑問を残したくなくて、ここまでやってきたのだ。

家にはいると、彼は冷蔵庫をさぐってステーキ用の肉を取りだした。いくつかキャビネットを開けて、ようやく鋳鉄のフライパンを発見したが、レンジは高級だとしても自宅のものとあまり変わらなかった。マレーズ・デリと書いてあるパックの食材がいろいろあり、キャベツサラダやポテトサラダのように見えるものを皿に盛った。食事を終えて、皿とグラスと調理道具を素手で洗い、ギターを持って裏のデッキに出た。夜空にときおり流れ星がよぎるのを見ながら、トゥルーは一時間ほどギターを弾いたり、小声で歌ったりした。アンドルー、キム、母、祖父のことを思った。そのうち、ベッドにはいりたくなるほど眠くなった。

翌朝、腕立て伏せを百回、起き上がり腹筋を百回やってから、コーヒーを作ろうとしたが、うまくいかなかった。どうしたら機械が動くのか、わからなかったのだ。ボタンがたくさんあり、選択肢がいろいろあった。どこから水を入れるのかもわからなかった。コーヒーを買えるスタンドが見つかるかもしれないと、浜辺を歩いてみることにした。

今朝も昨日の夕方のように、あまり人影がなかった。なにも考えずに散歩できるとは、なんと快適なのだろう。ワンゲでは、ともかくライフル銃を持たずにはできないことだ。砂浜に下りると、自分が異国から来た人間だと感じながら潮の香りを味わって深呼吸をした。

両手をポケットにつっこみ、朝の空気にひたった。十五分ほど歩いたとき、砂丘の頂にいる一匹の猫が目にとまった。そばには修理中のデッキがあって、浜辺へ下りる階段はまだ出来上がっていないようだ。アフリカの農場でも納屋に猫たちが住んでいたが、この猫はほとんどの時間を屋内で過ごしているように見えた。そのとき彼の横を小さな白い犬が駆けぬけ、カモメの群れめがけて突進したので、小爆発が起こったかのように風が沸き立った。ついで犬は砂丘のほうに向きを変え、猫を見つけるや、またロケットのようにスタートダッシュした。猫は犬が砂丘を駆けのぼってくるのを見て、デッキに飛びあがり、二匹はあっというまに姿を消した。一分後、トゥルーは少し離れたところで、車が急ブレーキをかけてタイヤを鳴らし、そのあと激しい犬の悲鳴があがるのを聞いた。

さっと後ろをふりむくと、浜辺の途中の波打ち際に一人の女が立っていた。まちがいなくあれが犬の飼い主だ。彼女は沖合をじっと眺めている。ひょっとしたら昨日の夕方見かけた女性かもしれない。しかし、かなり離れているので、彼女はこの騒ぎを見聞きしていないはずだ。

トゥルーは少しためらってから、犬を探しはじめた。砂に足をとられながら砂丘を登り、デッキのほうへ木道をたどった。やがてふたつの階段があらわれて、片方は家のデッキに上がり、もうひとつは向こう側へ下りていた。彼は下る階段を選び、滞在中の家とスタイルが似ている二軒の家のあいだのカーブした小道に出た。低い擁壁を乗りこえて、車の通る道路に出ると、車の姿はなかった。興奮している人も、道路に倒れた犬もいない。まずは、よい知らせだ。

彼は経験上、傷ついた獣が、動けるかぎり安全な場所に向かうことを知っていた。捕食獣から隠れて、傷を治そうとする習性によるものだ。

道路の端を歩いて、茂みや木々の陰を見ていった。なにも見当たらなかった。道路を渡って反対側に移り、同じようにした。すると、とある生け垣のそばに立っている犬が見つかった。後ろの片肢をゆらゆら上げ下げしており、息は荒く、身をふるわせていた。その原因が痛みなのか、ショックなのか、トゥルーには判断がつかなかった。ビーチにもどって、あの女性を探そうかと思ったが、それより自分が不案内なこの土地で、肢を引きずった犬に逃げられるほうが心配だった。彼はサングラスをはずしてしゃがみ、片手をさしだした。

「やあ、いい子だね」静かな、しっかりした声を心がけた。「大丈夫かな？」

犬が首をかしげたので、トゥルーは同じ低い声で話しながら、少しずつ近づいた。そばまで寄ると、犬が首をのばして手の匂いを嗅ごうとした。それから、ためらいがちに二歩ばかり前へ踏みだした。ほどなく犬は彼の善意を信じて安心したようだった。トゥルーは頭をなでてやり、出血しているかどうか具合を調べた。血は出ていなかった。首輪のタグにスコティと書いてあった。

「よーし、スコティ。浜辺にもどろうか？　さあ、おいで」

説得するのに少し手間どったが、スコティは砂丘へと向かうトゥルーの後についてきた。肢を引きずっていたが、トゥルーはどこかが折れているとは思わなかった。スコティが擁壁のところで立ちどまったので、彼はためらいがちに両手をのばして犬を抱きあげた。二軒の家のあいだを通り、階段を上がって木道に出ると、そのうち砂丘を越えて浜辺を見渡すところへやってきた。あの女性は先ほどより、だいぶ近づいていた。

トゥルーはゆっくり砂丘を降りていった。空は変わらず明るかったが、女は太陽の黄色を思わせる袖なしのトップのおかげで、さらに明るくまぶしい感じがした。二人のあいだの距離がせばまるあいだ、彼は近づくその姿を細かく観察していた。彼女の表情には戸惑いが浮かんでおり、美しい顔立ちで、髪は自然な赤茶っぽい鳶色《とびいろ》をしているのがわかった。瞳はトルコ石のブルーだ。ふと、トゥルーは胸さわぎをおぼえ、心に緊張が走った。魅力的な女の近くにいると、いつも感じるように。

ホープ

ホープはコーヒーがこぼれないように注意して、裏のデッキから、砂丘につづく木道へと出ていった。スコティがビーチに行きたくて、リードをぐいぐい引っぱっている。スコティッシュ・テリアだから、そのままスコティという名前にしたのだ。

「引っぱらないで」

犬はそれを無視した。スコティは六年前からつきあっているボーイフレンド、ジョシュからの贈り物だ。機嫌がよいときならどうにか言うことを聞くのだが、昨日コテージに着いたときから犬はひどい暴れモードにはいったようだ。いまも砂地の階段を降りながら、前肢で激しく地面を掘り散らしていく。いずれどこかの週末で、また犬のしつけ教室に連れていかなければ、と彼女は思った。最初の二回はいずれも不合格だったので、たいした効果は期待できないが。スコティは世界一かわいいし憎めない犬だが、ちょっとおバカさんだ。というより、ただの頑固ものなのだろう。

九月一週目の労働者の日《レイバー・デイ》がやってきて、それが終わると浜辺は静かになった。おしゃれな家々からも明かりが消えた。桟橋の近くをジョギングする人がいる。反対側に目をやると、波打ち際で男女がぶらついている。砂にコーヒーの使い捨てカップを立てて、スコティのリードをはずした。犬は一目散に駆けだして遠ざかった。だれが気にするだろう。彼女は夕べ、リードをはずされて自由になった二匹の犬を見ているし、苦情を言われるほどの人数が浜に出ているわけでもない。

ホープは歩きはじめ、コーヒーをひと口飲んだ。睡眠不足だった。ふだんなら、果てしない波の音が、すぐに眠りへと寝かしつけてくれるのだが、昨夜は違っていた。あっちを向いたと思えばこっちを向いて、寝返りをうちながら何度も目が覚め、ついにあきらめたとき、朝日が窓から射してきた。

ともかく天気はすばらしい。青い空、そして晩夏というより、典型的な初秋らしい気温。昨夜のニュースでは、週末に嵐がやってくるらしい。友だちのエレンがひどく心配していた。エレンは土曜日に結婚を控えており、ウィルミントンのカントリークラブで野外の結婚式と披露宴を計画していた。十八番グリーンのそばを会場にして。非常時にはクラブハウスを使わせてもらうとか、かならずバックアップ・プランがあるはずだ。ところが、昨夜エレンに電話したら、いまにも泣きだしそうだった。

ホープは電話でなぐさめ役になり、これにもひと苦労した。エレンは自分の心配で精一杯で、ホープの近況をほとんど聞かなかった。ある意味、ありがたかった。というのは、いま一番話したくないのがジョシュのことだから。ジョシュが結婚式に来ないことを、どう説明すればよいのだろう。というより、彼女にしてみれば雨降りの結婚式と同じくらい気が滅入ることなのだ。それ以上よくないことがほかにあるだろうか。

いまホープは、少し人生に挫折した気分になっていた。この週を一人コテージで過ごしても回復は見こめない。それはジョシュがそばにいないからだけでなく、たぶん、これがこの家で過ごす最後になるからだ。夏の初め、両親がこのコテージを売りに出し、不動産仲介業者から十日前に買い取りオファーを受けるという連絡があった。両親が売りたい理由はわかっているが、彼女はきっとここを思い出して寂しくなるに決まっていた。子ども時代から大人になるまで、夏や休暇をずっとここで過ごしてきた。岩場のくぼみや割れ目、ひとつひとつに思い出があった。庭のホースで足の砂を洗い流したり、窓に作りつけられたキッチンの椅子から嵐の様子を眺めたり、裏のデッキでバーベキューをしたときの魚や肉の焼ける匂いなど、さまざまな思い出がよみがえる。共同の部屋で姉たちと深夜に秘密を分かちあったこと、男の子と初めてキスをしたのもここでだった。あれは十二歳のとき、相手はトニーといった。彼の家は長いあいだ三軒先のコテージを所有しており、ホープはその夏ずっとトニーと恋仲で、ピーナツバターとジャムのサンドイッチを分けあったあと、キッチンで彼がキスをしてきたのだ。そのときママは裏のデッキで鉢植えの植物に水やりをしていた。

思い出のおかげで、彼女はまだほほえんでいた。新しい持ち主はコテージをどうするだろう。ひとつも変えないと想像したかったが、そこまで甘くもなかった。子どもの頃、このコテージは海沿いにたくさん建ちならぶ家のひとつにすぎなかった。だが、現在残っているのはわずか二、三戸しかなく、近年サンセット・ビーチは富裕層に注目されているのだ。だから、取り壊されて、より大きな新しい家に建て替えられるに決まっている。隣に建っている怪物めいた三階建てのようなものに。それが世の習いだとは思ったが、自分の一部が取り壊されるような気がしてならなかった。さすがにつまらないことを考えていると思い、(ちょっと暗すぎるかも)と彼女は自分をたしなめた。殉教者を演じるのは、いつものホープらしくない。最近までずっと自分のことを、半分はいったグラスだと思っていた。(昨日は昨日、今日も一日がんばろう)というポジティブな女だと。なぜか? それは彼女の人生が、いろんな部分で恵まれていたからだ。愛情あふれる両親と、すてきな姉が二人いる。三人の息子と二人の娘を持つ叔母がいて、たえず喜びと驚きを彼女にもたらしてくれる。ホープ自身、学校の成績も良く、ウェイク郡医療センターの救急治療室で外科看護師として勤務しており、仕事を楽しんでいる。体重をもう二、三キロ減らしたいが、とりあえず健康でもある。整形外科医のジョシュとは三十歳のときから交際していて、彼を愛している。友だちも数人いるし、実家から遠くないローリーにマンションを買って持っている。人から見れば、すべてが順調そのものだ。

では、なぜいま、心がひどく揺れているのか。

それは、すでに耐えがたい一年なのに、またひとつ耐えがたいことが重なったから。最初に、なによりもひどいことが起きた。四月に父が重病だと診断されたのだ。その知らせは打ちひしがれるほどのショックをもたらした。医者から診断の結果を告げられて驚かなかったのは当の本人だけだった。父は家の裏にある森をジョギングする気力が湧かないので、体のどこかが悪いと感じていたらしい。

父はホープが思い出すかぎり、ずっと森でエクササイズをしてきた。ローリーの町に建築ブームが起こったときも、実家のある場所は緑地に指定されていて波及しなかった。両親がそこに家を買ったのも、それが理由のひとつだった。長年にわたって、住宅開発業者は失業率の改善や税収の増大を理由に、市の条例を変えさせようとした。それが功を奏さなかったのは、市議会で審議されるたびに、ホープの父が毎回異議をとなえたからだ。

父は森が大好きだった。毎朝そこを走るだけでなく、学校から帰ると、朝走った小道をこんどは散策したものだ。ホープが少女の頃、仕事を終えた父と二人して、チョウを追いかけたり、あちこちで小道に出合う曲がりくねった小川に棒をつっこんで、ザリガニ捕りをしたりした。父はハイスクールの理科の教師だった。だから、灌木や低木、高木《こうぼく》の名前をすべて知っていた。サザン・レッドオークとブラックオーク（クロガシワ）の違いも教えてくれた。ところが、そのときは彼女にも違いが空の色のように明快だったのに、あとで自力で思い出そうとしても、得た知識がごちゃごちゃになってしまう。同じことは星座を見ていても起きた。父はヘラクレス座、コト座、ワシ座を教えてくれ、彼女は感嘆してうなずくのだが、一週間後、目をほそくして同じ空を眺めても、どれがどれやらわからなくなっていた。

長年、ホープは父を世界一頭がよい人だと信じてきた。本人にそう言うと父は笑って、もしそうなら、百万ドル稼ぐ方法を思いついたはずだと答えた。母も教師で、小学二年生を受け持っていた。ホープが大学を卒業し、自分で生活の諸経費を負担しはじめると、共稼ぎとはいえ、両親が子どもを育てるのは財政的にかなり大変だったろうと気づいた。

父はハイスクールで、クロスカントリーと陸上チームの監督も務めていた。一度も大声を上げることはなく、それでもチームを何度もハイスクール・リーグの決勝へと導いた。ホープはハイスクールの四年間、姉たちとともに、同じクロスカントリーと陸上競技に打ち込んだ。姉妹のだれもがスターではなかったが、彼女はいまも週に二、三回ジョギングをしている。姉たちは週三、四回走っており、ホープもこの十年間、父と姉たちとともに感謝祭《サンクスギビング》の朝に開催される毎年恒例のマラソン大会「ターキー・トロット」に出場し、全員が夕食のテーブルにつく前に食欲増進をはかってきた。二年前には父が同年代のエイジ・グループで一位になった。なのに、父はもう走ることができないのだ。

最初はたまに感じるチクチクとした痛みから始まった。そして、気づかないほどの疲れやすさ。どれくらい前からそうだったのか知らないが、一昨年あたりからではないかと彼女は思う。その後の十二カ月のあいだに、森でのランニングはジョギングになり、ウォーキングになった。主治医の内科医は加齢のせいだと言った。父は四年前に退職し、いまは六十代の終わりにさしかかっている。腰と足に関節炎があり、エクササイズをつづけてきたにもかかわらず、やや高血圧のため、その薬も飲んでいる。そして今年の一月、風邪をひいた。ごく普通の風邪だったが、二、三週間たっても、父はまだ息が苦しく、呼吸をするのがつらかった。

ホープは父に付き添って、いつもの内科医の診察に立ち会った。さらにくわしい検査がおこなわれた。血液がラボの分析にまわされ、別の医者にかかり、また別の医者にも診てもらった。筋肉の生体検査もし、結果がもどってきた。神経系に問題がありそうだとのことだった。このときから、ホープは心配しはじめた。

さらに検査がつづいた。そして、ホープもほかの家族全員とともにすわって、医者から診断結果を聞いた。ALS（筋萎縮性側索硬化症）――ルー・ゲーリック病として知られ、スティーブン・ホーキングを車椅子の人にした、随意筋を制御する神経が死ぬ病気だった。筋肉がだんだん動かなくなり、動ける範囲が狭くなり、ものを飲みこむことも、話すことも、そして最後には、息をすることもできなくなる。治療法はまだ見つかっていないと言われた。

病気がどれくらいのスピードで進行するのか、その予測もつかなかった。診断が出てから数カ月のあいだ、父の体にはあまり変化が見られなかった。森の散歩にも行っていたし、やさしい気持ちに変化はなく、神への信仰も揺るがず、夜になるとカウチにすわってテレビを見ながら妻と手をつないでいた。ホープは同じ病気でも、進行が遅いタイプなのだと希望を抱いた。とはいえ心配の種は尽きなかった。父はいつまで動いていられるだろう。いつまで母は人手を借りずに父の世話ができるだろう。スロープをつけたり、シャワーの手すりをつけたりするのは、いつごろ始めればいいのだろう。人気の施設に長い順番待ちリストがあるのはわかっていた。いまから生活支援施設を探すべきだろうか。それに、かかる費用をどうやってまかなうのだろう。両親はけっして裕福ではない。年金があり、ささやかな貯金があり、自宅と海辺のコテージを所有しているが、それだけのことだ。父の治療の費用だけでなく、母の余生に必要な金額は十分あるだろうか。もし足りなければ、二人はどうするのだろう。

問題は山積みであり、答えはゼロに等しかった。父も母も、姉たちも、先行きの不透明さを受けいれているようだ。だが、ホープはつねづね家族のだれよりも計画的だった。夜中、ベッドで寝ながら目をあけ、さまざまな事柄すべての可能性を予想し、ひとつずつ仮説を立てて対策を考えておくタイプなのだ。どんなことが起きても、きちんと準備をしたという自信が持てるから。ただしこれにはマイナス面もあった。ときどき連続して不安に襲われ、気が休まらなくなる。父のことを考えだすと、彼女はいつもそうなった。

でも、まだ元気にやっている、とホープは思いなおした。あと三年、五年、いや十年はやれるかもしれない。どうなるかはわからないのだ。二日前、海辺へやってくる前、彼女は以前のように、父と歩きに出かけた。たしかにスピードは遅くなったし、時間も短くなったが、父はいまもあらゆる木の名前、植物の名前を言うことができ、知識を分けあたえてくれた。散歩の途中で父は立ちどまり、身をかがめて、秋の訪れを告げる枯葉をひろった。

「木の葉のすばらしいところは――」と、父は言った。「最後まで力を出しきって、できるかぎり長く生きたのだと、人に教えてくれることなんだ。そのときが来ると葉は枝を離れ、優雅にひらひらと舞い落ちるんだよ」

✉

いい話だと思った。でも……（あえて言えば、だけど）。父は娘に言い聞かせるのによい機会だと、落ち葉をとりあげたのだ。その言葉には真実と価値がある。でも、死に直面しているのに恐れないなんてことが、ありうるだろうか。優雅に舞い落ちるなんて。

とはいえ、人はさておき、父にはそれができそうな気がしないでもない。父は彼女がこれまで出会っただれよりも、落ち着きのある、バランスのとれた平和な人だった。母と五十年にわたって結婚生活を送ってきたことも、たぶん理由のひとつだ。娘たちが見ていないとわかると、父はいまだに母の手をとり、キスをするのが好きだ。よく不思議に思うのだが、父と母が愛を育てる方法は、わざとらしいのに無理なくできている気がする。

その点で、父と母はなんの問題もないが、いまホープを落ちこませているのは、ジョシュとのその問題だった。彼を愛しているとはいえ、二人の関係が切れたりくっついたりと、断続的になるのが性に合わないのだ。現在二人は切れた状態になっていて、いまもスコティとだけコテージで過ごしている。金曜日のリハーサル・ディナーにそなえて、ペディキュアをし、ヘアスタイリストに髪をセットしてもらう以外、なにもすることがない。

じつは今週ジョシュもいっしょに来る予定だった。だが、旅行の日程が近づくにつれて、ホープは二人ともしばらく一人になる時間が必要だと強く確信するようになった。九カ月前からジョシュの働くクリニックでは、増えてきた患者に対応するべく、整形外科医をさらに二人増員しようとしていたが、それが実現していなかった。その結果、彼の勤務時間は週七十時間から八十時間にのぼり、そのうえ絶えず待機している必要があった。さらにまずいことに、休みの日が彼女の休みと合わなかった。このところ、ジョシュは彼なりにストレスを発散する必要を、これまでより切迫して感じているようだった。数少ない休みの週末になると、彼はホープと会うより、男友だちとつるんでボート乗りや水上スキー、シャーロットでのバーめぐり、夜遊びを好むようになっていた。

ジョシュがこういう状態になるのは初めてではない。ホープは最初からわかっていたことだと、後知恵のようなものを感じた。彼はもともと恋人に花を贈ったりするタイプではなく、父と母が毎日かわす思いやりの身ぶりとは無縁の男なのだ。とくにこういうとき、ジョシュにはピーター・パンに似た雰囲気が出てくる。つまり、ほんとうに大人になるのかと疑いたくなる性質だ。彼の住む部屋はイケアの家具、野球のペナント、映画ポスターで埋まっており、どちらかと言えば大学院生のアパートにふさわしい。当然と言えば当然、医科大学時代からジョシュはそのまま引っ越しせずに暮らしている。友だちは——ほとんどがスポーツジムの知り合いで——二十代後半、あるいは三十代前半の独身ばかり。みんなそろって、ジョシュのようなイケメンだ。ジョシュは歳相応に見えなかった。あと二、三カ月で四十歳になるというのに。彼女にはそんな年齢の男が、男友だちとつるんでバーをはしごするというのが、どうしても理解できなかった。若い仲間は当然そこで出会う女たちが目当てなのだが、彼もそういうことをして自分にまだ男の魅力があることを再認識するのだろう。でも、それについてホープになにが言えるだろう。「友だちと遊び歩くのはやめて」とか？　ジョシュとは夫婦でもなく、婚約してもいない。それにジョシュは最初から、自分を変えたがらない人をパートナーにしたい、と言いつづけている。彼は素のままの自分を受けいれてほしいのだ。

ホープには理解できた。彼女も素のままの自分を受けいれてほしかったから。だとしたら、彼が仲間とバーのはしごをしたがっても、かまわないではないか。

（だって――）心の声が答えるのが聞こえた。（いまのわたしたちは、厳密に言ってカップルでもなく、なんでもできる状態よ。これまで関係が切れたときも、彼が浮気をしなかったとは限らないんじゃない？）

そのとおり（あのときも）。二度目と三度目の関係解消モードのとき、そんなことが起きた。ジョシュはどちらのときも女たちとの関係を清算してもどってきた。なにがあったか彼女に告白し――彼女たちは自分にとって大事な存在ではなく、ひどい過ちだったと言い――二度とこんなことは起こさないと誓った。二人はそれを乗り越えたとホープは思った……だが、いままた彼らは切れた状態になり、彼女は昔の恐怖が不意にあらわれるのを感じた。さらによくないのは、ジョシュが遊び仲間とラスヴェガスにいることだ。そこにいるあいだは、男たちがすることを大いに楽しみ、すべてを満喫するのは間違いない。ラスヴェガスで過ごす男の週末がどんなものか正確には想像できないが、彼女がすぐに思い浮かべたのはストリップクラブだった。人気イリュージョニストのジークフリート&ロイを見るために行列に並ぶ、なんてあるはずがない。ラスヴェガスに罪の街《シン・シティ》という呼び名があるのは、それなりに意味があるのだ。

ホープはすべての状況がまだ腹立たしかった。今週、彼は彼女を置き去りにしただけではない。たとえ一時的にしろ、そんなことをする必要もないのに関係を断った。恋人たちは口論した。(そう、それが二人のしたことよ)。そのあと彼らは状況を整理して、以前の失敗から学び、赦しあおうとし、そこから先へ進んだ。だが、ジョシュはまだ全体が納得できていないようだった。そこでホープは、二人にまだ未来が残っているのかと疑問を抱いたのだ。

ときおり、彼女はなぜ自分の人生にジョシュがいてほしいのか、心に問いかけた。だが、じつは胸の奥では答えがわかっていた。どんなに彼に腹を立てようが、どんなに彼の染みこんだ性癖に不満があろうが、ジョシュは胸がどきどきするほど頭の回転が早く、かっこいい男だからだ。これだけ長くつきあっていても、ホープはいまだに彼の濃い紫色の瞳にわれを忘れてしまう。週末に遊び仲間といっしょでも、彼が彼女を愛しているのはわかっている。二、三年前彼女が交通事故に遭ったとき、すぐに仕事を投げ捨てて駆けつけ、病院を離れるのを断ってベッドサイドに二晩つきっきりでいてくれた。父が神経科医を紹介してもらう必要が生じたときも、ジョシュはつてを頼んで話をまとめ、家族全員から感謝された。小さなことでも、たとえば彼女の車のオイル交換や、タイヤのローテーション、たまにはお手製ディナーをふるまって驚かせるなど、いろいろなことをしてくれた。家族や彼女の友だちの集まりでは、それぞれの人の生活を細かく記憶していて、みんなの気持ちをなごませる才能を発揮した。

二人は趣味も合っていた。どちらもハイキングとコンサートが好きで、音楽の好みも同じ。この六年のあいだに、ニューヨーク、シカゴ、カンクン、バハマに旅行した。こうした短い休暇のひとつひとつが彼といっしょにいる理由の根拠になっていた。ジョシュと過ごす人生が順調なときは、望みうるすべてを手にしている気がした。反対に不調なときは最悪だ。こうしたアップダウンのくりかえしには中毒性があるのだろうか、と彼女は怪しんだが、もちろんそれはたんなる想像にすぎなかった。わかるのはただ、たまに彼との人生が耐えられなくなっても、それに劣らず彼のいない人生など考えられない、ということだ。

はるか先のほうで、スコティが走っては匂いを嗅いでいた。ジグザグにアジサシの群れを追いかけ、鳥たちを海のほうへ追いはらったかと思うと、こんどはホープにはわからない理由で、砂丘を駆けあがっていく。この様子では、コテージにもどったとき犬は疲れきり、きっと昼まで眠りこけるだろう。ささやかな恩恵を神に感謝したかった。

ホープはまたひと口コーヒーを飲み、状況が違っていたらいいのにと願った。ホープとジョシュが浮いたり沈んだりしているのに、父と母は結婚生活を苦もなくこなしているように見えた。姉たちもそっくり同じだ。彼女の友だちも波風立てずに男女関係をつづけている。なのになぜ、彼女とジョシュの口論が最悪のものになったのだろう。

思い返すと、彼女にも責任の一端があるかもしれない。彼は仕事でストレスをかかえ、彼女は認めざるをえないが……実際、二人の将来にストレスを感じている。だが、たがいの仲になぐさめを見いだすのではなく、二人は何カ月もゆっくりとストレスをためこみ、ふくらましたあげく、最後に大爆発させたのだ。どこから口論になったのか。たしかエレンの結婚式の話を持ちだしたとき、ジョシュが黙りこむようになった記憶がある。間違いなく、なにかにムッとしていた。どこに問題があるのかと彼女がたずねたときも、ジョシュはなんでもないと言った。

（なんでもない）。

ホープはその言葉が嫌いだった。会話の始まりではなく、終わらせる方法だから。そして、たぶんあそこで、その言葉を追及すべきではなかったのだ。しかし彼女はそうした。結果、きっかけはともかく、もともとは友だちの結婚式の話だったのに、怒鳴り声と金切り声の応酬になり、気づいたらジョシュが憤然として今夜は兄弟の家で寝ると、猛烈な勢いで家を出ていった。翌日彼は、いろいろ考えなおしたいから関係をいったん断つ必要があると彼女に言った。数日後メールで、結婚式のある週は仲間とラスヴェガスに行く予定だと連絡してきた。

それが約一カ月前。そのあと電話で二、三回話し、おかげで気持ちは少し治まったが、彼からは一週間近く電話がなかった。時計の針を巻きもどして、もう一度やりなおしたかったが、彼女の本音はジョシュにも同じように感じてほしいということだった。謝罪もして欲しかった。口論の最後の反応は限度を超えていた。彼女の心臓にナイフを突きたてただけでは足りない、さらにえぐる必要があると言わんばかりだった。ああいうことは長い目で見て不吉な前兆だ。彼は変われるだろうか。もしそのままなら、彼女はどうなってしまうのか。ホープは三十六歳で、未婚。またデートから恋を始めるなんて一番したくないことだ。想像さえできない。でも、そうなったらどうするのだろう。ジョシュの仲間のような男たちが行くバーに出入りして、声をかけられるのを待つのか。それはお断りだ。すでに六年もの歳月をジョシュに捧げてきた。それが無駄な時間だったとは思いたくない。ときどき彼女を激しく怒らせるとして

恐縮ですが
切手を貼っ
てお出しください

郵便はがき

141-0031

東京都品川区西五反田
2－19－2 荒久ビル4F

アチーブメント出版（株）
ご愛読者カード係行

お名前	男・女	歳
ご住所 (〒 －)		
ご職業		
メールアドレス @		
お買上書店名 都道府県 市区郡 書店		

この度は、ご購読をありがとうございます。
お手数ですが下欄にご記入の上、ご投函頂ければ幸いです。
このカードは貴重な資料として、
今後の編集・営業に反映させていただきます。

●本のタイトル

●お買い求めの動機は
①広告を見て（新聞・雑誌名 ）
②紹介記事、書評を見て（新聞・雑誌名 ）
③書店で見て ④人にすすめられて ⑤ネットで見て
⑥その他（ ）

●本書の内容や装丁についてのご意見、ご感想をお書きください

●興味がある、もっと知りたい事柄、分野、人を教えてください

●最近読んで良かったと思われる本があれば教えてください
本のタイトル
ジャンル
著者

●当社から情報をお送りしてもよろしいですか？
（ はい ・ いいえ ）

ご協力ありがとうございました。

アチーブメント出版　書籍ご案内

http://www.achibook.co.jp

薬に頼らず血圧を下げる方法

25万部突破!

加藤雅俊／著

血圧を下げるのに、降圧剤も減塩もいらない！　薬剤師・体内環境師の著者が教え る、たった１分の「降圧ツボ」と１日５分の「降圧ストレッチ」で血圧を下げた人が続々！　血管を柔軟に、肺活量をアップして、高血圧体質を改善する方法。

◆対象：高血圧の人、減塩食や降圧剤に嫌気がさしている人

ISBN978-4-86643-005-8　B6 変形判・並製本・192 頁　本体 1,200 円＋税

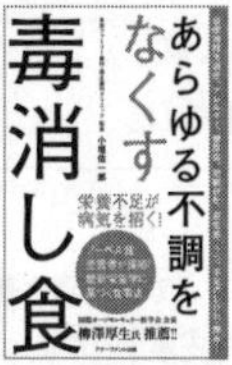

あらゆる不調をなくす毒消し食

5万部突破！

小垣　佑一郎／著

ノーベル賞受賞者が提唱した最新栄養学に基づく食事法。国際オーソモレキュラー医学会会長柳澤厚生氏推薦！　食べ物を変えるだけで細胞からみるみる元気になれ る！　２５０００人が実践したデトックス食事術です。

◆対象：食事で健康を保ちたい人、体の不調が気になる人

ISBN978-4-86643-049-2　B6 変形判・並製本・328 頁　本体 1,400 円＋税

みるみるやせる・血糖値が下がる
最強の糖質制限ガイドブック

水野雅登／著

「糖質制限しているのにやせない…」「どうしても続けられない！」人も、いくつかの コツを抑えれば、糖質制限を無理なく続けてダイエットや健康を取り戻すことが可 能！　生涯、健康でいられる最強の栄養療法を伝授する一冊。

◆対象：ダイエットをしたい人、糖質制限の正しい知識を知りたい人

ISBN978-4-86643-056-0　A5 判・並製本・152 頁　本体 1,200 円＋税

妊娠率 8 割　10 秒妊活

くろせまき／著

２万人の妊産婦をケアする
日本一出産する病院の助産師が明かす
日本一手軽な妊活法

◆対象：子どもが欲しい人、妊娠しやすい体に整えておきたい人

ISBN978-4-86643-051-5　A5 判・並製本・144 頁　本体 1,300 円＋税

藤川徳美／著

薬に頼らず
子どもの多動・学習障害をなくす方法

かんしゃく、無気力、朝起きられない、勉強についていけない……といった「困りごと」や、ＡＤＨＤや学習障害、自閉症などの発達障害は、質的栄養失調が原因だった 心と体が不安定な子どもを薬に頼らず改善させる、食事のとり方がわかる一冊。

◆対象：子どもの不調が気になる人、子どもの心と体を食事で健康にしたい人

ISBN978-4-86643-059-1　四六判・並製本・208 頁　本体 1,300 円＋税

〒141-0031　東京都品川区西五反田 2-19-2 荒久ビル４F
TEL 03-5719-5503 ／ FAX 03-5719-5513
[公式ツイッター]@achibook
[公式フェイスブックページ]http://www.facebook.com/achibook

食べる投資

満尾 正／著

最新の栄養学に基づく食事で、ストレスに負けない精神力、冴えわたる思考力、不調、痛み、病気と無縁の健康な体という最高のリターンを得る方法。ハーバードで栄養学を研究し、日本初のアンチエイジング専門クリニックを開設した医師が送る食事術。

◆対象：日々の生活や仕事のパフォーマンスを上げたい人

ISBN978-4-86643-062-1 四六判・並製本・200 頁 本体 1350 円＋税

超・達成思考

青木仁志／著

成功者が続出！ 倒産寸前から一年で経常利益が 5 倍に。一億円の借金を、家事と育児を両立しながら完済。これまで 40 万人を研修してきたトップトレーナーによる、28 年間続く日本一の目標達成講座のエッセンスを大公開。

◆対象：仕事、人間関係、お金など悩みがあり、人生をより良くしたい人

ISBN978-4-86643-063-8 四六判・並製本・168 頁 本体 1350 円＋税

産科医が教える

赤ちゃんのための妊婦食

宗田哲男／著

妊娠準備期から妊娠期、産後、育児期の正しい栄養がわかる一冊。命の誕生のとき、人間の体にとって本当に必要な栄養とは何か？ 科学的な根拠を元に、世界で初めて「胎児のエネルギーはケトン体」ということを発見した、産科医が教える。

◆対象：妊娠中の人、妊娠を考えている人

ISBN978-4-86643-064-5 A5 判・並製本・312 頁 本体 1600 円＋税

新版 愛して学んで仕事して
～女性の新しい生き方を実現する 66 のヒント～

佐藤綾子／著

400 万人に影響を与えた日本一のパフォーマンス心理学者が科学的データを基に渾身でつづった、自分らしく人生を充実させる 66 の方法。

◆対象：生活・仕事をもっと効率化したい人

ISBN978-4-86643-058-4 四六判・並製本・224 頁 本体 1,300 円＋税

人生 100 年時代の稼ぎ方

勝間和代、久保明彦、和田裕美／著

人生 100 年時代の中で、力強く稼ぎ続けるために必要な知識と概念、思考について、３人の稼ぐプロフェッショナルが語る一冊。お金と仕事の不安から無縁になる、時代に負けずに稼ぎ続けるための人生戦略がわかります。

◆対象：仕事・お金・老後に不安がある人、よりよい働き方を模索する人

ISBN978-4-86643-050-8 四六判・並製本・204 頁 本体 1,350 円＋税

グラッサー博士の選択理論 **全米ベストセラー！**
～幸せな人間関係を築くために～

ウイリアム・グラッサー／著
柿谷正期／訳

「すべての感情と行動は自らが選び取っている！」

人間関係のメカニズムを解明し、上質な人生を築くためのナビゲーター。

◆対象：良質な人間関係を構築し、人生を前向きに生きていきたい人

ISBN978-4-902222-03-6 四六判・上製本・578 頁 本体 3,800 円＋税

も、彼はいいところがたくさんある……

ホープはコーヒーを飲みほした。向こうの波打ち際を男が一人、歩いている。スコティはその脇を駆け抜けて、またべつのカモメの群れに飛びかかった。彼女は海の眺めに没頭しようとした。さざ波が朝日を浴びて黄色から金色に変わっていくさまを見つめた。波はおだやかで、海は凪いでいた。父ならそれが嵐になる前ぶれだと言うだろう。だが、ホープはエレンから電話がかかってきても伏せておこうと思った。エレンは聞きたくないはずだ。

ホープは片手で髪をすき、ばらけた髪を耳の後ろにかけた。水平線には霞のような雲がたなびいている。昼に向かうにつれて雲は蒸散してしまい、グラスワインにぴったりのすばらしい午後になるはずだ。チーズとクラッカー、殻付きの生ガキがあれば。さらにキャンドルと、情熱的なR&Bが流れていれば……

なぜ、そんなことを考えているのか。

ホープはため息をついて波に神経を集中した。少女の頃は、海にはいって何時間でも遊んだものだ。ときには小さなサーフボードに乗り、ときには砕ける波の下をダイビングしておもしろがった。水中に父が潜ってきて、しばらく遊んでいることもよくあった。思い出は悲しみの色をおびていた。

やがて父は、二度と海にはいることができなくなるだろう。

✉

沖を見つめながら、ホープは自分が贅沢な悩みをかかえているのだと思い起こした。今日は食べずに耐えようかとか、安全に寝る場所があるだろうかとか、そんな悩みではない。飲み水がコレラや赤痢に感染する危険を高めるものでもない。着る衣服があり、教育を受けており、贅沢リストはまだまだつづく……

父は――たとえば木の葉の話をしたように――娘に心配されたくないと思っている。ジョシュも、きっと帰ってくるだろう。過去四回の関係解消モードでは最長でも六週間しかつづかず、どのケースでも、もう一度やりなおそうと言ったのはジョシュのほうだった。ホープ自身について言えば、深く信じている哲学があった。それは「なにかを愛したら、手放してみよう。もどってきたら愛されたのだ」というものだ。いっしょにいてくれと人に頼むのは、常識で言えば、愛してくれと頼むのと同じことだ。そんなことをしても、うまくいくわけがないと心得るだけの賢さは、ホープも持ち合わせていた。

海から顔をもどして、彼女はまた浜辺をぶらぶら歩きだした。ひたいに手をかざして前方にいるスコティの姿を探したが、見つからなかった。ひょっとしたら気づかないうちにもどって通り過ぎていたのではと、後ろをふりむいて眺めてみた。やっぱりいない。浜辺にはほかに人影がなく、初めて少し心配になった。これまでの散歩では、姿が見えなくなっても数秒で見つかっている。スコティは単純に逃げてしまうタイプの犬ではない。もしかしたら鳥たちを追いかけて海に飛びこみ、引き波にさらわれたとか。でも、スコティは海で泳いだことがないし……だが、どこかに消えてしまった。

そのとき、目と鼻の先の砂丘を越えて人が歩いてくるのが見えた。父なら、いまでも演説を始めたはずだ。砂丘とは崩れやすいもので、浜へ下りる階段がないと、人は砂丘を小道がわりに使うものだが……とかなんとか。けれど彼女はそれどころではなく、差し迫った心配事があった……

ホープはその先を眺めて、また彼に視線をもどした。男が浜辺に下りてきたので、彼女はスコティを見かけたかどうかたずねる気になった。無駄かもしれないが、ほかに手はない。男のほうへ体を向けると、なんとなくなにかを運んでいるようだ。男の着ている白いシャツと色がまざってよくわからないが、ふと腕にかかえたものがスコティではないかと気づいた。彼女は足どりを速めた。

男は彼女のほうへやってきた。なんだか動物を思わせる柔らかな動きだった。色褪せたジーンズ、白のボタンアップ・シャツを肘までまくりあげている。近づくと、一番上のボタンははめておらず、胸の筋肉がのぞいていた。エクササイズをして活動的な生活を送っていそうだ。夕方に近い午後の空を思わせる濃いブルーの瞳をしており、耳のそばで白髪になった髪は黒かった。男が恥ずかしそうな笑みを浮かべたとき、あごが割れているのに気づいた。そして、予想もしない親しげな表情。その表情が、生まれてからずっとおたがいを知っていたような、不思議な感覚を彼女に運んできた。

サンセット・ビーチ

トゥルーは近づいてくるホープの胸のうちが全然読めなかったが、引き返すには遅すぎた。彼女は色褪せたジーンズに、サンダル、胸元が深いVネックの黄色いノースリーブ・ブラウスという服装だった。鳶色《オーバーン》の髪、すべすべして軽く日灼けした肌、高い頬骨など、その抵抗しがたい魅力に思わず目が引きつけられた。彼女は前で足をとめたとき、ほとばしる気持ちがあらわれたのか、目を大きく見ひらいていた——安堵？　それとも感謝？　驚き？——と同時に二人とも言葉を失って、ものも言わずに向かい合っていた。トゥルーはようやく咳ばらいをした。

「あなたの犬じゃないかな？」彼はそう聞きながら、スコティを前へさしだした。

ホープはイギリス風か、オーストラリア風のアクセントのようだが、どちらでもないと思った。それが我に返るきっかけとなり、彼女も手をスコティにのばした。

「なぜわたしの犬を抱いてるの？」

彼は手渡しながら、なにがあったかを説明し、犬が興奮して鼻を鳴らしながら、彼女の指をぺろぺろ舐めるのを見まもった。

話しおえたとき、彼はむしろ相手の返事にあわてた響きがあるような気がした。

「この子が車にはねられた？」

「ぼくは音を聞いただけなんだ。見つけたとき、この犬は後ろ肢をかばって、震えていた」

「車は見なかったのね？」

「そう」

「ちょっと変ね」

「接触した程度だったのかな。犬が走り去ったので、車の人もけがをしていないと思ったんだろう」

トゥルーは彼女がスコティの肢を一本ずつ、そっと握るのを見ていた。犬は甘え鳴きもせず、興奮して激しくシッポをふりはじめた。彼女がようやくスコティを地面におろした。トゥルーはそれを見て、心配そうな顔をしていると思った。彼女は犬が走っていく様子をじっと観察していた。

「肢は引きずってない」彼女は目の隅で、男がスコティをよく見ているのに気づいた。

「そうみたいだ」

「獣医に連れていくべきだと思う？」

「どうかな」

スコティはまたカモメの群れを見つけた。一目散に駆けていき、一羽に飛びかかったあと一瞬のうちに方向転換をした。それから地面に鼻をつけ、コテージのほうへ向かった。

「大丈夫みたいね」相手にではなく、ひとりごとのようにつぶやいた。

「ずいぶん元気がいいな」

（それどころじゃないわ）とホープは思った。「あの子の面倒を見て、浜辺まで連れてきてくれてありがとう」

「手助けができてよかった。用済みになる前に、もし知ってたら、近くでコーヒーが飲めるところを教えてもらえないか」

「ないわね。こっちのほうに、お店はないのよ。桟橋の向こうにクランシーズというのがあるわ。レストランとバーをやってる店だけど、営業はランチからじゃないかしら」

ホープは相手のがっかりした表情を理解した。コーヒーのない朝は最悪だ。もし彼女が魔力を持っていたら、それを考えるだけでも禁じただろう。スコティはといえば、もうかなり先まで行っていた。彼女は身ぶりで指した。「犬を見逃さないようにしないと」

「寄り道をしたけど、じつはこっちに歩いていたんだ」彼はふりむいた。「かまわなければ、いっしょに散歩を?」

その言葉を聞いたとたん、ホープはなんというか……ぞくぞくした。男の視線、低く響く声、ゆったりとした礼儀正しい態度が、彼女の心の弦をつまびき、気持ちをかき鳴らしたのだ。あわてて本能的に断ろうとした。古いホープ、昔のままのホープなら、無意識のうちにそうしていたはずだ。でもなにかが、彼女自身にもおぼえのない本能が、優位に立った。

「いいわよ」彼女は答えていた。

その瞬間も、ホープは自分がなぜ同意したのか、わからなかった。何年もの時間が過ぎたあとでさえ、理由ははっきりしなかった。そのとき彼女を悩ましていた心配事のせいにするのは簡単だとしても、すべてを説明するわけではなかった。たぶん、二人が出会ったばかりなのに、それまで自分のなかにあるとは知らなかったもの――原初的で異質な衝動を、彼が呼び覚ましたのだと信じるようになった。

彼はうなずいた。かりに彼がその返事に驚いたとしても、ホープにはわからなかった。二人は連れだって歩きだしたが、彼女が気まずく思うほど彼は体を近づけなかった。ただ、彼の豊かな黒髪の先端が海風に吹かれて揺れるのがわかるくらいは近く、ホープは足が小さな貝殻をぱりぱりと踏みつぶすのを感じた。とある家の裏手のポーチでは、水色の旗が風にはためいていた。透明で暖かい陽光が降りそそいでいた。浜辺には二人のほかにだれもおらず、彼の隣を歩いていると妙に親密になったような気がした。まるで二人で無人の舞台に立ったみたいだった。

「ところで、ぼくはトゥルー・ウォールズというんだ」彼は波が騒ぐ音に負けまいと声をはりあげた。

彼女は彼を眺めて、目尻のしわに気づいた。長時間、戸外にいることがわかる特徴だ。「トゥルーですって？　そんな名前、初めて聞いたわ」

「トゥルーイットの略称だよ」

「よろしく、トゥルー。わたしはホープ・アンダーソン」

「昨日の夕方、散歩するあなたを見たような気がする」

「そうかもしれない。ここに来ると、スコティを一日何回か散歩に連れていくから。わたしはあなたを見かけなかったけど」

トゥルーは桟橋のほうへ顎をしゃくった。「ぼくは反対方向に行った。脚をストレッチする必要があったからね。長時間のフライトだったんだ」

「どこから飛んできたの？」

「ジンバブエ」

「そこであなたは暮らしてるの？」彼女の顔には驚きが浮かんだ。

「生まれてからずっと」

「物を知らなくてごめんなさい」ホープが言った。「アフリカのどの辺？」

「南のほうだ。国境を接する国は、南アフリカ、ボツワナ、ザンビア、モザンビーク」

南アフリカはよくニュースで見かけるが、ほかの三つの国については、おぼろげな記憶しかない。「じゃ、故郷を離れてはるばるやってきたのね」

「そうだね」

「サンセット・ビーチも初めて？」

「アメリカ合衆国も初めてだ。ここはまるで別の世界だよ」

「どんなふうに？」

「すべてが……道路も、社会インフラ全般、ウィルミントン、交通システム、住人……それから風景に緑が多いのにも驚いた」

ホープは比較する枠組みを持っていないので、ただうなずき、トゥルーが片手をポケットにつっこむのを見ていた。

「あなたは？」と彼がたずねた。「あなたもここで暮らしてないんだね」

ホープはうなずいた。「家はローリーにあるの」と言ってから、それがどこか彼には全然わからないことに気づいた。「ここから北西へ二時間くらいの町よ。内陸のほうにね。もっと林があって、浜辺がないの」

「この辺りみたいに、土地が平らなのか？」

「いいえ。山がある。けっこう大きな都市よ。住んでる人も多いし、いろいろ便利なところ。気がついてるだろうけど、ここはとても静かなところなのよ」

「この浜辺はもっと混むときがあるんだろうと、想像してた」

「夏になるとね。今日も午後になれば、何人かはビーチに出てくるはずだけど、この季節に人が大勢いるなんてありえない。休暇を過ごす場所だから。あなたが出会う人は、たぶんこの島の住人ね」

ホープは風で乱れた髪が顔にかからないように、後ろに集めてまとめたが、ゴムがないので効果はなかった。ちらりと眺めて、彼の手首にはまった革のブレスレットに気づいた。すり切れて、くたびれていて、色褪せたステッチで図案が描いてあるのだが、それがなにか彼女には判別できなかった。とはいえ、この人の雰囲気には合っていると思った。

「これまでジンバブエ出身の人とは出会ってないと思うわ」ホープは目をほそくして彼を見た。

「休暇旅行で来たの？」

彼はすぐには答えず、何歩かあるいた。砂の上の動きとしては、驚くほど優美な身のこなしだった。「人と会うことになっていて、そのために来たんだ」

「そうなの」返事を聞いて、彼女は相手が女だろうと思った。気にするべきではなかったが、予想外にちらりと落胆をおぼえた。（バカみたい）と彼女は自分をたしなめて、そんな思いを押しのけた。

「あなたは？」彼は片方の眉を上げて聞いた。「なぜ、ここへ？」

「土曜日にウィルミントンで親友が結婚するの。わたしは花嫁付き添いをやる予定よ」

「いい週末なんだね」

（ジョシュがラスヴェガスに行ってなければね。わたしはダンスをする相手がいないし、きっと彼のこととか、なにがあったのかとか質問攻めにされるし、答えられたとしても、どれにも答えたくないんだから）

「もちろんどうぞ」

「たしかにめでたいことね」当たりさわりなく同意して言った。「ひとつ聞いてもいい？」

「ジンバブエってどんなところ？　わたしは一度もアフリカに行ったことがないの」

「それは、あなたがどこにいるかで違うかな」

「アメリカに似てないの？」

「これまでのところは、ほとんどね」

彼女はにっこりした。当然だ。「ちょっとバカな質問だけど、ライオンは見たことある？」

「ほぼ毎日見てる」

「家の窓からとか？」ホープは目をまるくした。

「ぼくは動物保護区でガイドをしてるんだ。いわゆるサファリの」

「わたし、前からサファリに行ってみたかったの……」

「案内したお客さんは、一生忘れられないツアーだと言う人が多いよ」

ホープは想像しようとしたが、うまくいかなかった。彼女が行けば獣たちは、子どもの頃の動物園でそうだったみたいに物陰へ引っこむに決まっている。

「どうやってそういう仕事に就くの?」

「政府の決めた規則によって管理されていてね。講習を受け、試験があり、インターン期間を経て経験を積むとライセンスが発行される。そのあとは実地にスポッティングを始め、ようやく一人のガイドが誕生するわけだ」

「スポッティングってどういうこと?」

「動物はだいたいどれもカモフラージュがうまい。だから、実際に見つけるのは、そんなに簡単じゃないんだ。スポッティングとは偵察し、見つけだすことだよ。スポッターとして動物を探し、それができたら、あとはガイドとして安全に車をドライブし、観光客の質問に答えてあげる」

ホープはうなずき、興味をそそられて彼を眺めた。「ガイドの仕事はどれくらいしてる?」

「長いあいだ」と、彼は答えた。そして笑顔になってつけたした。「二十年以上だね」

「同じ場所で?」

「キャンプはたくさん替わった」

「それぞれ違うの?」

「同じキャンプはひとつもない。ピンからキリまでだ。地域によって動物の分布も違ってくる。湿気の多い場所、乾いた場所。それによって種は移動をしたり、行動を変えたりする。贅沢さが自慢の、腕のよいシェフを売り物にするキャンプもあれば、基本的なものだけ――たとえばテント、簡易寝台、パック料理――を提供するキャンプもある。サファリの腕のうまい下手でも違いが出てくるし」

「あなたがいま働いてるキャンプは?」

「高級なキャンプだ。宿泊設備もととのっている。食事もよく、サファリの技術も優秀だ。それに見せる動物の種類が多岐にわたっている」

「じゃ、人に推薦できる?」

「もちろん」

「毎日、野生動物が見られるなんて、信じられないわ。でも、あなたにとっては毎日の仕事にすぎないのね」

「そんなことはない。毎日が新鮮さ」トゥルーは彼女を観察した。彼の青い瞳には、突きぬける鋭さと温もりが同居していた。「あなたは? なにをしてるの?」

理由はともかく、ホープは彼に聞かれることを予想していなかった。「病院で外科の看護師をしてる」

「というと……銃で撃たれた傷とか?」

「それは、たまにね。おもに自動車事故よ」

そろそろトゥルーの滞在する家に近づいており、彼はゆっくりと湿った砂地から方向を変えはじめた。

「わたしはあそこにある親のコテージにいるの」彼女が指さしたのは、隣の家だった。「あなたは?」

「隣さ。大きな三階建て」

「えっ」

「まずい？」

「大きい……のね」

「そうだね」彼は笑い声をあげた。「でも、あれはぼくの家じゃない。これから会うことになる人が、あそこに泊まってくれと言ってきた。たぶん彼が持ち主だと思うよ」

会うのは（男）なのだと、彼女は思った。それで気分はましになったが、どちらであっても気にすることではないと思いなおした。「ただ、おかげで夕方の光が裏のデッキにとどかなくなっただけ。それに、とくにうちの父にとっては少し目障りだってことなの」

「持ち主を知ってる？」

「会ったことはないわ。なぜ？　あなたも知らないの？」

「そう。つい二、三週間前までね。それまでは縁もゆかりもない人だ」

ホープはその先を聞きたくなったが、理由があって彼は慎重に話しているのだと思った。彼女はビーチを見まわしてスコティを発見した。行く手の砂丘におり、コテージと木道に通じる階段のそばで地面を嗅ぎまわっている。いつものように砂まみれだ。

トゥルーは足どりをゆるめ、階段の下に着くと足をとめた。

「ここでお別れかな」

「スコティの面倒を見てくれてありがとう。大丈夫そうだから、とても安心したわ」

「ぼくもだ。ここら辺でコーヒーが飲めないのは、まだ残念だけど」彼は苦笑いを浮かべた。

彼女にとって、こんな会話をかわしたのは久しぶりだった。出会ったばかりの男の人と。そればかりか、思いがけなく気楽に伸びのびと。まだ終わりにしたくなくて、彼女はコテージのほうへうなずいた。「今朝、ポットに沸かしたコーヒーがあるけど、よければ一杯いかが?」

「じゃまをするのは悪いな」

「たいした手間じゃないもの。コテージにいるのはわたしだけだし、ポットに残ったら捨てるだけの話だしね。それに、犬も助けてくれたんだから」

「そういうことなら、一杯いただこうか」

「じゃ、寄っていって」

ホープは先に階段をのぼり、コテージのデッキに向かう木道を渡った。スコティはもう門のところで尻尾をふっており、彼女が扉を開けると、すかさず裏口へ駆けていった。トゥルーは自分が泊まる家をちらりと見て、彼女の言葉は正しく、少し目障りだと思った。それにくらべると、このコテージには住まいの感覚がある。白いペンキが塗ってあり、シャッターは青で、プランターには花がたくさん咲いていた。裏口のドアの近くに木のテーブルと椅子が五脚あり、窓の前には物入れが二棹、いずれも横に古びた小さなテーブルが置いてあった。どの家具も雨と風と潮で傷んでいたが、くつろげるデッキの気分があった。

ホープはドアに歩いていった。「コーヒーをとってくるわね。スコティはまだ入れられないけど。まず体をふいてやらないと、午後中ずっと掃除をするはめになっちゃう」彼女は肩ごしに後ろへ告げた。「遠慮しないで、そこにすわってて。すぐにもどるから」

彼女の後ろで網戸がばたんと閉まった。トゥルーは椅子にすわった。手すりごしに見える海はおだやかで、誘いかけているようだ。午後になったら泳ぎに出てもいい。

窓からキッチンがのぞけた。ホープがコーナーをまわって姿を見せた。肩にタオルをかけており、戸棚からカップを二つ取りだした。彼女に興味を抱いた。まず、間違いなく美人だが、それだけではない。笑顔の裏になんとなく傷ついたような、寂しげな色が浮かんでいる。なにか悩みと闘っているかのように。もしかしたら、ひとつではなく複数の。

トゥルーは自分には関係のないことだと思いながら、椅子にすわりなおした。二人は他人だ。彼は週が明けたら帰国する。これから二、三日は裏のデッキで手をふりあうかもしれないが、これが彼女といっしょに話をする最後の機会だろう。

ドアをたたく音がして、彼は網戸の向こうにカップを二つ持っている彼女に気づいた。トゥルーは椅子から立つと、ドアを開けてやった。彼女は彼の体をかわして、テーブルにカップを置いた。

「ミルクと砂糖がいる？」

「いいや、いらない」彼は答えた。

「そう、それじゃどうぞ。わたしはスコティの面倒を見るから」

肩にかけたタオルをとると、彼女はしゃがんで、てきぱきと犬の体をこすりはじめた。

「この毛にどれだけ砂がもぐりこんでるか、きっと信じられないでしょうね。まるで磁石状態よ」

「彼はいい相棒なんだね」

「すごくいい子」彼女は犬の鼻に愛情のこもったキスをした。スコティはお返しに喜んで彼女の顔を舐めまわした。

「歳はいくつ？」

「四歳。ボーイフレンドのジョシュが買ってくれたのよ」

トゥルーはうなずいた。デートする相手がいることは想定しておくべきだった。彼は返事につまってカップに手をのばし、それ以上なにも聞くまいと決めた。コーヒーをひと口飲んだ。農場で飲んだ種類とは違う味だと思いながら。あれほどなめらかではないが、濃さと熱さは彼の求めるものだった。

ホープがスコティの砂落としを終えて、タオルを干すために手すりにかけてテーブルにもどってきた。すわった彼女の顔は半分翳になっており、おかげで表情が謎めいて見えた。彼女は繊細にコーヒーを吹いてから口をつけたが、トゥルーそのしぐさに妙に見とれた。

「結婚式の話をしてもらっても？」彼がたずねた。

「ああ、まあね……ただの結婚式よ」

「親友の、と言ってたけど」

「エレンは大学時代からの友だち。同じ女子学生クラブに所属してた。ジンバブエには女子学生クラブってあるの？」彼女はいったん黙り、彼のいぶかしげな表情を見てつづけた。「女子学生クラブは、小さな大学や総合大学にある女子だけの社交クラブなのよ……女子だけの集団がいくつかあって、それぞれのグループで寄宿舎生活とか社交とかをするの。とにかく、花嫁付き添いはたいてい所属した女子学生クラブのメンバーがするから、こんどは一種の同窓会みたいなものね。それ以外は、普通の結婚式だわ。写真を撮り、ケーキを切り、ガーターベルトを投げて、とかいろいろ。結婚式がどんなものか、わかると思うけど」

「自分のは別としてね。人のには一度も行ってない」

「え……あなた、結婚してたの？」

「離婚した。でも、結婚式はアメリカでするものとは、かなり違う。ぼくたちは裁判所の役人の前で結婚し、直接空港に向かった。ハネムーンはパリだった」

「ロマンチックね」

「そうだね」

彼女はあっさりした返事に好感をもった。くわしく話したり、飾りたてたりしないところが。

「あなたはどこでアメリカ風の結婚式を知ったの？」

「映画で何回か見てる。それに観光客から聞いた話でも。サファリはハネムーンとしても人気があるんだ。どの話を聞いても、結婚式は複雑で、ストレスがたまるものみたいだね」

まちがいなくエレンはそれに賛成するだろう。ホープは話題を変えた。「ジンバブエの子ども時代って、どんなもの？」

「自分の経験しか話せないな。ジンバブエは大きな国だ。人それぞれで境遇が違うから」

「あなたはどんな少年だった？」

どれだけ話したらいいのか迷い、彼はおおざっぱに説明した。「ぼくのファミリーはハラレの近郊に農場を持ってる。ぼくは農家の雑用を手伝いながら育った。祖父はそれがぼくのためになると思った。だから、牝牛の乳をしぼったり、ニワトリの卵を集めたりした。十代になると、もっと骨の折れる仕事をするようになった。いろいろな物の修繕だ。フェンス、屋根、用水路、ポンプ、エンジン……壊れた物はなんでも。それに学校にも行かなければならなかった」

「それで、なぜガイドに？」

彼は肩をすくめた。「森《ブッシュ》にいると、いつも心がほっとした。暇ができれば、一人で森にはいっていった。学校を卒業したとき、家族に家を出ていくと伝え、その言葉どおりにしたんだ」

トゥルーは答えるあいだ、相手の真剣なまなざしを感じた。またコーヒーカップをとった彼女の表情には疑問が浮かんでいた。

「言わなかったことが、もっとあるような気がするけど？」

「それは、言わないことがあるからさ」

ホープは笑った。その笑い声には驚くほど温かみがあり、自意識がなかった。「そうなのね。じゃ、サファリで見た、これまでで一番興奮した出来事はなんだった？」

慣れた分野なので、トゥルーはいつも観光客に聞かれたときの答えを話して、彼女を楽しませた。あちこちで彼女は質問をはさんだが、だいたいは聞くだけで満足していた。話が終わったとき、コーヒーはなくなっており、うなじに強い日ざしが照りつけていた。彼は空のカップをテーブルにもどした。

「おかわりはいかが？　まだポットに少しあるわよ」

「一杯いただければ十分だ。それに、あなたの時間をずいぶんじゃましたし。でも、感謝してる。ありがとう」

「最低限のことをしただけよ」彼女も立ちあがり、彼を門まで見送った。彼は扉を引きあけ、彼女がずいぶん接近していると意識した。階段を下りはじめて木道に下りたとき、ふりむいてさっと手をふった。

「会えてよかったわ、トゥルー」彼女が笑顔で呼びかけた。

確信できる証拠はなかったが、ビーチのほうへ斜めに曲がっていくあいだ、トゥルーはホープが背中を見つづけているような気がした。それを確かめようと肩越しに後ろをのぞく誘惑を断ち切るには、かなり強い意志の力が必要だった。

秋の日の午後

家にもどったトゥルーは、なにもすることがなかった。できることならアンドルーに電話でもしたいのだが、家の電話でかけるのは気がすすまなかった。海外への通話料金はかなり高額になるからだ。それに時刻を考えると家に帰っていないだろうし、ユースのクラブでサッカーをしているかもしれない。トゥルーは息子の練習姿を眺めるのがいつも楽しかった。アンドルーはチームのほかの仲間が見せる先天的な運動神経に欠けるとしても、母親に似て、リラックスした生まれながらのリーダー的素質があった。

息子のことを考えたせいで、彼はスケッチの道具を引っぱりだし、裏のデッキへ持ちだした。隣を見ると、ホープは家にはいっていたが、スコティをふいたタオルがまだ手すりにかけてあった。トゥルーは椅子にすわり、なにをスケッチしようか考えた。アンドルーは実物の海を見たことがない。そこで、できることなら、目の前に広がる途方もない巨大さを紙にとらえてみようと決めた。

いつものように彼は風景のアウトラインを、うっすらとした線で描きはじめた。構図は斜めの視点で、画面には海岸線、砕ける波、桟橋、そして水平線へとのびていく海原を入れている。むかしから、スケッチは気持ちをなごませる手段だった。描いていると、心が自由にさまよいはじめる。彼はホープのことを考え、自分はなにに興味を持ったのかと不思議に思った。一瞬にして人に惹かれるのは、とてもめずらしいことだ。でも、大きな問題ではないと思った。なぜなら彼がノースカロライナにやってきたのは別の事情があるからだ。思いはいつしか家族のことに移っていた。

この二年ほど、義父のロドニーとも、異父兄弟のアレンやアレックスとも、顔を合わせず、口をきいてもいなかった。理由は過去に根ざしており、富がさらに仲たがいを悪化させた。トゥルーはウォールズという名字にくわえて、農場と企業帝国の所有権の一部を相続した。利益はかなりの金額にのぼったが、彼は生活費をあまり必要としなかった。彼が農場から得た利益は、彼がまだ幼児だった頃に「大佐」が開設したスイス銀行の口座に、すべて送られていた。長年のあいだに金額は増えつづけていたが、トゥルーはほとんど残高を調べていない。その口座からキムには定期的に仕送りをし、アンドルーの教育費を支払っているが、ブラワーヨにぽんと家を買った以外は使っていなかった。アンドルーが三十五歳になったら、まとまった金を譲渡する手続きもすでに済ませた。たぶん自分よりアンドルーのほうが、有効な使い道を見つけるだろうと思ったのだ。

近年、異父兄弟の一人が、そのことに憤慨しはじめた。長年たがいに疎遠でいたから、意外なことではなかった。トゥルーはこの双子より九歳年上で、彼らがトゥルーのことを思い出すようになった頃には、すでに農場からできるだけ離れた彼方の森《ブッシュ》のなかで、ほとんどの時間を過ごしていた。十八歳になると家を出た。基本的に彼らは、最初から他人同士だったといえる。

一方で、ロドニーとの関係はより複雑だった。十三年前「大佐」が亡くなって以来、事業におけるトゥルーの持ち分はロドニーにとって大きな問題だった。しかし、実際には二人の関係はそれ以前から壊れていた。トゥルーの記憶では、彼が十一歳のときに起こった火事まで日付がさかのぼる。一九五九年、屋敷のかなりの部分を焼失し、トゥルーは二階の窓から飛び降りて、かろうじて助かったのだ。ロドニーはアレンとアレックスを安全に運びだしたが、トゥルーの母親エヴリンは生きて出られなかった。

火事以前でさえロドニーは、義理の息子を支えることも、やさしくすることもなかった。もっぱら放任していたのだ。火事直後、ロドニーの関心はトゥルーには無いも同然だった。悲しみ、幼い双子の育児、農場経営に追われて、義父は精神的にまいっていた。ふりかえると、トゥルーにもそれが理解できる。当時は、そんなに楽な時代ではなかった。「大佐」もそれほど力にならなかった。一人息子に死なれたあと、沈黙の墓所にみずからを閉じこめるように、深い絶望に沈んでいた。老人は黒焦げになった屋敷の焼け跡近くにすわりこみ、残骸を見つめるばかりだった。それが撤去され、ふたたび新しい家づくりが始まっても、黙りこくって工事を眺めていた。たまにトゥルーも隣にすわったが、「大佐」はぼそぼそとつぶやいて孫が来たことを認めただけだった。ようするに、うわさが流れていたのだ。祖父と、事業と、火事の原因について。当時のトゥルーはうわさのことを全然知らなかった。ただ、家族のだれもが彼に口をきかず、ハグさえしようとしなかった。テングウェとアヌーナがいなければ、トゥルーは確実に母親の死から立ち直れなかった。当時のことで憶えているのは、よく泣きながら眠りについたこと、学校が終わると一人で農場のどこかを長時間歩きまわったり、雑用を片づけたりしていたことだ。いまにしてみれば、それが農場から自立して、森で生きる生活へたどりつく長い旅の第一歩だったのだとわかる。母が死ななければ、自分が将来どうなるかなど考えなかっただろう。

だが、母の死後、彼が変わったのはそれだけではなかった。母を失ってから、トゥルーはテングウェに画用紙と鉛筆を買ってくれと頼んだ。それはスケッチする母を見たことを思い出し、自分もやろうとしたのだ。それまでは絵の勉強もしておらず、生まれつきの才能にもとぼしかった。一本の樹のような単純なものを写実的に紙に描けるようになるまで、何カ月もかかった。それでも、描いていると気持ちが軽くなる気がした。農場にはつねに静かな絶望感が流れていた。

彼は母の絵を描きたかったが、その面影は絵の技術が追いつかないうちに、たちまち記憶から消えていった。どんなふうに描いても、なにか違っていた。たとえテングウェとアヌーナが似ていると反対しても、記憶にある母ではなかった。ときには、まだましだと思える絵もあったが、本物そっくりだと感じるような肖像画を描きあげるには至らなかった。結局、数多く描いた絵を片づけてしまい、これ以上重ねて喪失感を味わうのをやめることにした。人生で味わったほかの喪失感にも蓋をしたように。

実の父親のように。

子ども時代、トゥルーはときどき、父親が最初から存在していないような気がしたものだ。母はトゥルーがせがんでも、父親についてほとんど話さなかった。「大佐」も話すのを拒んだ。時間がたつにつれて、トゥルーの好奇心はほとんどなくなった。その男のことを考えもせず、想像もしないで長い年月が過ぎた。そして二、三カ月前のある日、青天の霹靂のように、いきなりワンゲのキャンプに手紙が届いた。もともとは農場宛てに送られてきたものだったが、それをテングウェが転送したのだ。トゥルーはすぐには開封しなかった。ようやく開けたときも、航空券がはいっていたとはいえ、第一印象はなにかの悪ふざけだというものだった。ただ色褪せた写真をよく見たとき、ひょっとしたら本物かもしれないと意識した。

その写真には若く、ハンサムな男が写っており、彼は若いころの母親だという人に腕をまわしていた。写真のエヴリンは十代であり――トゥルーは母が十九歳のときに生まれた子だ――ふと、彼はすでに自分が当時の母親の二倍以上、歳をとったのだと超現実的な感覚に襲われた。それがまちがいなく母親ならば。

だが、実際にそうなのだ。心の底ではわかっていた。

その夜、トゥルーはどれくらいの時間、写真を見つめていたかわからない。その後の数日も、しょっちゅう手にとって眺めた。それが彼の手にした唯一の母の写真だった。ほかの写真はすべて母とともに火事で焼失した。これほどの歳月を経て目にした母の姿が引き金となり、新たな思い出が洪水のようにあふれだした。裏のベランダでスケッチをする母。ベッドに入れてもらうときに見あげた真上に浮かぶ母の顔。緑色のワンピースを着て、キッチンに立つ母。池のほうへ歩きながらつないだ母の手の感触。それでもまだ、こうした思い出が現実なのか、たんなる想像の産物なのか確信がなかった。

もちろん、写真に写る男は現実のものだ。

手紙のなかで、彼はハリー・ベッカムと名乗り、アメリカ人だと書いていた。生まれたのは一九一四年。トゥルーの母親と出会ったのは一九四六年の終わりごろ。アメリカ陸軍工兵隊の兵士として第二次世界大戦に従軍し、戦後にローデシアへやってきた。そこで、マタベレランドのブシュティク鉱山で働いた。トゥルーの母親と出会ったのはハラレで、二人は恋に落ちた。彼がアメリカに帰国したときは、彼女が妊娠していたことを知らなかったのだという。しかし結局のところ、もし彼がトゥルーのママの妊娠を予想もしていなかったなら、子どもの存在をどうして知り、なぜ探そうとしたのか？

トゥルーはその理由がいずれわかるのだと思った。

✉

それから二時間ほど、トゥルーは苦心しながらスケッチを描きつづけた。手を休めたのは、アンドルーが喜ぶものを考えたときだけだった。いっしょにいられない今週の時間を、埋め合わせるものになればよいのだが。

彼は家にはいって、釣りをするというアイデアをもてあそんだ。釣りは楽しめるが、この何年かはする暇がなかった。だが、午前中しばらくすわって過ごしたせいか、血流をよくしたいという欲求に駆られた。釣りは明日にしよう、と彼は思い、一枚しかない替えの新しいパンツにはきかえた。ビーチタオルで一杯のクローゼットを見つけて一本つかみ、海岸へと向かった。波打ち際のそばの乾いた砂にタオルを置くと、海にはいった。水の温かさに驚かされた。砕ける波を突っきって歩き、つぎの波も越えて先に進むと、海は胸の深さになった。そこで砂を蹴り、桟橋まで往復したいものだと思いながら泳ぎはじめた。

波は静かだったが、泳ぎのリズムをつかむのに少し手間どった。それもそのはず、まとまった距離を泳ぐのは何年かぶりだから、ゆっくりとしか進まないのだ。見える家々をひとつずつ過ぎていき、やがて筋肉に疲れをおぼえた。桟橋にたどり着いたときには疲れきっていたが、彼の取りえは粘り強さだ。海から上がらずにターンして、さらにスピードは遅くなったがスタート地点までもどりはじめた。

ついに彼の家の沖まで帰りつくと、浜へ上がった。脚の筋肉はふるえ、腕はほとんど動かせなかった。それでも、トゥルーは満足していた。キャンプでは狭いエリアでもできる自重トレーニングと、一種の激しいジャンプ運動を限界までやっている。可能なかぎり、機会をとらえて走ってもいる。たとえば、かなり前に地球上で一番退屈なジョギングと結論したのだが、週に二、三回、三十分ほどキャンプの囲いの内側に沿ってぐるぐる走る。ほとんどの日はけっこうウォーキングができる。彼が勤めるキャンプでは、ガイドが武装しているかぎり、観光客をジープから降ろし、森《ブッシュ》に連れていくことができる。たまにクロサイやチーターといった希少な獣を見られるチャンスがあり、そのためには近づいていくしか方法がないからだ。それはトゥルーにとっては脚の運動であり、観光客にとってはサファリのハイライトになる。

トゥルーは家にはいり、ゆっくりシャワーを浴びて洗面台でパンツを洗った。ランチにはサンドイッチを食べた。そのあと、なにもすることが思いつかず、気持ちが落ち着かなくなった。予定のない午後を過ごすのは何年ぶりだろう。またスケッチブックを手にとり、アンドルーのために描いた絵をもう一度よく眺め、手をくわえたい箇所があるのに気づいた。いつものことだ。レオナルド・ダ・ヴィンチはこんなことを言っている。「芸術はけっして完成しない、ただ放置されるだけだ」と。トゥルーはまったく同感だった。明日また描き足そうと考えた。

いまはこれだと、ギターを持って裏のデッキに出ていった。太陽の光を受けて砂は白く輝き、波の砕ける海岸から水平線へとのびる青い水は不思議と凪いでいる。すばらしい。だが、ギターの調弦をしていると、一日の終わりまで家にこもるのは抵抗があった。タクシーを呼んでもいいが、したいのはそういうことではない。そもそもどこに行っていいのか見当がつかないのだ。それより、ホープから聞いた桟橋のすぐ向こうにあるというレストラン。夜になったら、そこで夕食にしようと思った。

ギターの準備ができると、しばらくのあいだ、これまでに憶えた歌を片っ端から弾いていった。スケッチと同じで、歌は気持ちを解き放ってくれた。そのうち、やはり隣のコテージに目をやって、またホープのことを考えた。なぜ、ボーイフレンドがいるのに、親友の結婚式が迫っているのに、彼女はたった一人でサンセット・ビーチに来ているのだろう。

✉

ホープは髪とネイルの予約が、明日の朝でなく今日であればよかったのに、と思っていた。そうすれば、外出する口実ができるから。仕方なく、午前中は数カ所のクローゼットを調べて過ごした。欲しいものはなんでも持ち去ってかまわないと母から言われていた。そこには、姉たちもいろいろ欲しがるだろうから先に見ておいたら、という暗黙のアドバイスがあった。姉のロビンとジョアナは二、三週間後に、ここの片づけを手伝いにやってくる。三姉妹は自分勝手にならないように育てられており、ホープが暮らすマンションは収納スペースが限られているので、持ち帰るものが少なくてもかまわなかった。

それでも、たったひとつ箱を開けただけで、予想より時間がかかった。ガラクタ（ほとんどがそう）を捨てた後に残ったのは、お気に入りのゴーグル、ぼろぼろになった『怪物たちのいるところ』、バッグス・バニーのキーチェーン、くまのプーさんのぬいぐるみ、全部塗ってあるぬりえの本三冊、家族でバカンス旅行に行ったときのさまざまな絵葉書、ロケット、母の写真一枚だった。彼女はこうした物を手にしては、理由が違うとしてもそれぞれに笑顔を浮かべた。保存しておく価値があるし、姉たちも同感だろうと思った。捨てなかった物はまた箱にしまわれて、どこかの屋根裏に置いておかれるものなのだ。では、なぜわざわざ手間暇かけて調べるのか、という疑問が生じるのだが、ホープは心の底で答えがわかっていた。なにもせずにすべてを捨ててしまうのはよくないと感じるからなのだ。馬鹿げているとしても、こうした物たちがまだそばで生きていると、彼女は思っていたかった。

ふと気づいたのだが、このところ理路整然と物事を考えていなかった。たとえば、まず結婚式の前に一人でここへ来ること。結果論かもしれないが、よい思いつきではなかったような気がする。ともかく休暇を申請して取得してしまったのだが、別のプランはなかったのだろうか。両親を訪ねて、父の不安をやわらげてあげるとか、ローリーにそのまま残って、そこでも一人でいなければならないが、ジョシュのことを思い出させる物に囲まれているとか。ほかの場所で休暇を過ごすとか。だとしたら、どこで？　バハマ諸島？　キー・ウェスト？　パリ？　どこに行っても彼女は一人ぼっちだし、父が病気で、ジョシュがラスヴェガスにいることも変わらない。出席する結婚式が週末に待っていることも。

ああ、そうだ……結婚式だ。認めたくはないが、心の隅では気がすすまなかった。ジョシュに見捨てられたことを説明するのが嫌なだけではない。エレンが悪いわけでもない。エレンのことは心から祝福しているし、ほかの親友仲間にも早く会いたくてしかたがない。みんながたがいのことをすべて知っている仲であり、卒業後も絶えず連絡をとっている友だちばかりだ。仲間はジニーとリンダを始めとして、かわるがわる花嫁付き添いをつとめてきた。ジニーとリンダは二人とも卒業の翌年結婚式を挙げ、合わせて五人の子どもをもうけた。その二年後に結婚したのがシエナだ。彼女はいま子どもが四人いる。アンジーが結ばれたのは三十歳のとき。いまは三歳になる双子の娘の母親になった。スーザンは二年前に結婚。そしてこの土曜日にエレンがミセスの仲間入りをする。

最近スーザンが電話してきて、妊娠三カ月だと言ったときもホープは驚かなかった。でも、エレンは？　去年の十二月にコルスンと初めて出会ったんだっけ？　以前は絶対に結婚しないと言っていたエレン。子どもも産まないと言っていた。二十代の終わりまで服もワイルドな感じで、コカインのディーラーらしい当時の恋人と週末を過ごすため、アトランティック・シティに通ったりしていた。あのエレンに、結婚してくれと願う男が見つかっただけでなく、しかもそれがなんと教会に通う投資銀行家で、二週間前ホープに、じつはスーザンみたいに妊娠十二週目なのと打ち明けたのだ。エレンとスーザンはだいたい同じ時期に出産することになるだろう。それを意識したとき、ホープはかつて固いきずなで結ばれていた仲間たちの輪から、はずれる瀬戸際にいるような感覚を痛切におぼえたのだった。ほかの人はみんな人生の新しい段階にはいり、彼女はといえば、いつ仲間入りできるか、あるいは、できないままで行くのか想像もつかないところにいる。とくに、子どもを産むという点では。

彼女はそれが怖かった。いわゆる「出産可能年齢には限りがある」といった話は神話だと思っている。たしかに高齢になれば子どもを持つのがむずかしくなるのは当然だ。女性ならだれでも知っている。彼女が違うと思うのはそこではなく、自分については限りがあるとか無いとかは関係ないと思っているのだ。子どもを産むのは当たり前。そのときが来れば、単純にそうなるものだとホープは思っていた。そういう考えに、記憶のかぎりずっと縛られてきた。子どものいない未来は想像がつかなかった。大学に行って初めて、すべての女性がそう思っているわけではないことを知ったくらいだ。大学一年のときのルームメイトだったサンディは別の意見の持ち主で——子どもを持つよりも重要な仕事をしたいと言った——ホープにはまるで無縁の意見だったので、最初は冗談かと思ったものだ。卒業後、サンディとは疎遠になったが、二年ほど前、ショッピングモールでばったり出会ったとき、彼女は生まれたての赤ん坊を連れていた。ホープはあの夜寄宿舎でかわした会話をサンディが憶えていないと思ったが、そのことは口に出さなかった。とはいえ、彼女は家に帰って泣いた。

あのサンディに子どもがいて、ホープにいないとは、どういうことだろう。自分の姉たち、ロビンとジョアナは？　そして、親しい友だち全員が子どもを持つか、子どもを持つ途中にいる。思い出すかぎり前から、彼女は自分が妊娠し、生まれたばかりの新生児を抱き、成長ぶりに目をまるくし、だれの特徴がどこに遺伝したのか考えるといった、さまざまな場面を想像してきた。彼女の鼻に似ているとか、パパの足にそっくりとか。あるいは、祖母から受け継いだ赤毛だろうとか。母性はもとから運命づけられている、ぐらいに思っていた。

もともと、ホープは計画的な人間でもある。十五歳のとき、すでにライフプランを図にしたほどだ。よい成績をとる、大学を卒業する、二十四歳までに正看護師になる、一生懸命働く、順調にキャリアを伸ばす。そのかたわら、遊ぶことも忘れない。（若いときは一度しかない、でしょ？）女友だちといっしょに遊び歩く。男の子たちとも真剣になりすぎないようにデートする。それから三十歳が見えてきた頃、本命の人と出会う。デートをし、恋に落ち、結婚。一、二年後、子づくりを開始する。二人くらいが理想的。性別はできれば男女。もし最後の部分が実現しなくても、実際にはがっかりしないと思う。少なくとも女の子が一人いれば。

十代から二十代にかけて、ホープはひとつずつ、このプランを実現していった。そして、最後にジョシュがスケジュールどおりに登場した。ただ六年後にまだ独身で、子どもも産んでいないとは夢にも思わなかった。しかも、プランがどこで挫折したのか、はっきりと把握できていないのだ。ジョシュは彼女に結婚も子どもも望んでいると言った。では、これまで二人はいったいなにをしてきたのだろう。六年間はどこへ消えたのか。

確かなことがひとつあった。三十六歳になるのは、三十五歳とはまるで違うということだ。この前の四月の誕生日にホープはつくづく思い知らされた。家族がそこにおり、ジョシュがいて、幸せなイベントになるはずだった。でも、ケーキを見たとたん、（えっ、あんなにローソクがたくさん！）と思った。吹き消すのに、ものすごく長くかかったような気がした。

悩みは年齢そのものではなかった。そう、三十歳より四十歳に近くなったことでもない。気分はまだ二十五歳ぐらいなのだから。しかし翌日――まるで神が思い知らせてやると言わんばかりに彼女の顔を一撃した――タマネギをスライスしていて指を切ったある三十六歳の妊婦が、救急治療室に運ばれてきたのだ。出血がひどく、局部麻酔と縫合がおこなわれたが、その女性は全然病院に来るつもりはなかったとジョークを言った。「高齢妊娠」として扱われたからこその処置だったのだ。

ホープは看護学校時代からその言葉を聞いていたが、緊急治療室の外科看護師でありながら妊婦と接触がないこともあって、そこまで切実に思わなかった。

「高齢妊娠なんていう呼び方、嫌ですよね」ホープは妊婦に言った。「そんなに老けてもいないのに」

「そうね、でも正直な話、二十代で妊娠したときとじゃ、ずいぶん違うわよ」その妊婦は顔をほころばせた。「男の子が三人いるの。でも、女の子が欲しくて頑張ったの」

「それで？」

「また男」彼女は目をうわむけた。「あなたは何人？」

「いえ」ホープは答えた。「まだ、いないんです。独身ですから」

「心配いらないわ。まだ時間はあるしね。お歳は？　二十八ぐらい？」

ホープはつくり笑いをした。頭のなかでは高齢妊娠という用語を浮かべていた。「そんなところです」

✉

考えることに疲れ果てて――なぐさめ会につくづくうんざりして――ホープは気晴らしが必要

だった。来る途中、食料品を買ってこなかったし、外の空気を吸わなければよくないので、まず島の端の道沿いにある野菜の無人販売所に立ち寄った。記憶するかぎり昔からある販売所だ。麦わらの編みカゴに、ズッキーニ、カボチャ、レタス、トマト、タマネギ、トウガラシを入れた。つぎに隣の島へ車を走らせ、魚のサワラを数切れ買った。コテージにもどったとき、彼女はおなかが少しもすいていないことに気づいた。

窓を開け、野菜を片づけ、グラスにワインをつぎ、また箱の中身を調べはじめた。姉のロビンとジョアナのことも考えて、しっかり選別しようと心がけた。選び抜いた小さなひと山の記念品を、自分がクローゼットにしまう箱に入れた。残りは階下にあるゴミ入れに持っていき、今日の仕事に満足感をおぼえた。スコティも外までついてきて、いっしょに家の前にすわった。またビーチに出て犬の後を追いかけたくはなかった。

時計を見ると、ジョシュに電話がしたくなり、その誘惑とたたかった。滞在先はシーザース・パレスだが、彼が話したいのであれば、コテージの電話番号を知っているはずだと思った。（ちょっとだけ、自分に時間を使おうかな）。昨夜の寝不足がたたっているとしたら、まずは昼寝が必要だ。ホープは居間のカウチにごろんと横になった……ふと気づくと、午後の半ばになっていた。開いた窓から、かすかなギターの音色と歌声が流れこんできた。

窓からのぞくと、手すりごしにトゥルーの姿が部分的に見えた。キッチンをきれいに片づけながら、数分ほど音楽を聴いていた。今日はずっと憂鬱な考えごとをしていたのに、思わず顔をほころばせていた。こんなふうに、あっというまに人に魅せられたのは何年ぶりだろう。しかも、彼女は誘いに乗り、コーヒーまでご馳走したのだ！　自分がそんなことをしたのが信じられなかった。

カウンターを拭きおわると、ホープは予定どおり長風呂をすることにした。泡をたっぷり立てた風呂にはいるのが大好きだったが、日頃は忙しいから、さっさと簡単便利なシャワーだけですませている。だから、風呂にはいるのは贅沢なのだ。バスタブに湯をはり、長い時間浸かっていると、体から緊張が抜けていく感じがした。

そのあとバスローブにくるまり、棚から本を一冊取った。古いアガサ・クリスティのミステリーだ。十代の頃は本好きの少女だったことを思い出して、悪くないと思った。カウチにすわり、物語にはいりこんだ。読みやすい本だが、このミステリーは最近のテレビドラマのようにおもしろかった。途中まで読みすすんで、ようやく本を閉じると、脇へ置いた。夕日が水平線に沈みだす時刻になっており、彼女は空腹をおぼえた。考えてみれば朝からなにも食べていないのだが、料理をする気分になれなかった。午後のリラックスした流れをそのまま保っていたかった。ジーンズと、サンダルをはき、ノースリーブのブラウスを着た。さっと鏡で化粧をチェックすると、髪をおおざっぱにまとめてポニーテールにした。スコティに餌をやり、フロントヤードに出してやると——犬はいっしょに出かけないのがわかって、見るからに落胆した——玄関に鍵をかけた。裏のデッキから家を出て、木道を通り、海辺につながる階段を降りた。家族でサンセット・ビーチにやってくると、いつも一回はクランシーズで食事をしている。その伝統を守るのが、今日みたいな日の夜にはぴったりだと感じた。

デッキでのディナー

クランシーズは桟橋の向こう側へ歩いて二、三分のところにあった。トゥルーは浜辺からメインの階段を登る前に、悪くない店だと思った。会話のさざめきや笑い声にまざって、音楽が聞こえてくる。階段を上がったところには木製のアーチがあり、白いクリスマスの電飾がついていて、そこに褪せた文字でレストランの名前が書いてあった。デッキにはたくさんのポリネシア風の松明《たいまつ》が燃えており、炎がそれぞれに風でゆらめいていた。手すりの近くに、ペンキの剥げかかったバー・テーブルとミスマッチなスツールがあり、中央のスペースを占める木製テーブルを取り囲んでいる。席は半分ほど埋まっていた。建物のなかにはさらに席があり、調理場は左側に、客があまりいないバーのエリアにはジュークボックスが置かれていた。トゥルーはそれに興味をそそられた。炉棚に砲弾がのっている暖炉もあった。店内の壁を飾るのは、もっぱら海や船にちなんだもの——古い木の操舵輪、海賊黒ひげを讃える物、国際船舶信号旗《ノーティカル・フラッグ》などだった。トゥルーが店内を見まわしていると、五十代半ばくらいのウェイトレスが料理をのせたトレーを持って、両開きのスウィングドアから出てきた。

「どこでもお掛けください。中でも、外でも」彼女は大声で呼びかけた。「メニューを持ってうかがいます」

今夜のような美しい日に、店内ではもったいない。トゥルーは手すりのそばの海に向いたバー・テーブルを選んだ。水平線のすぐ上に月が昇りはじめており、水面をきらめかせていた。あらためて彼は、ここと、自分の知っている世界の違いに驚いた。もちろん、基本的には似ているのだが。夜の森《ブッシュ》は闇となり、謎めいて、危険でいっぱいだ。彼には海も同じように見えた。昼間は泳げたとはいえ、夜に泳ぐことを思うと原始的な恐怖が体内で鳴り響いた。

ウェイトレスがメニューを置き、調理場へと急いでもどっていった。ジュークボックスからは彼の知らない歌が流れていた。そういうことには慣れていた。観光客とドライブに出ていると、彼が見たことのない映画、テレビドラマの話をよく耳にした。それは歌やバンドも同じことで、彼はビートルズも知っており――知らない人がいるだろうか?――彼らの曲を弾くのも歌うのも好きだった。少しだけだが、ボブ・ディラン、ボブ・マーリー、ジョニー・キャッシュ、クリス・クリストファーソン、イーグルス、エルヴィス・プレスリーなども、気分によって弾くことがある。ジュークボックスから流れる曲は、彼の好みからするとシンセサイザーが少し使われすぎだが、聞かせどころのサビの部分は記憶に残りそうだった。

メニューをざっと見ていくと、シーフードが多く選べるのはうれしい驚きだった。それと期待していたバーガーとポテトフライもあった。残念なのは、シーフードがどれもしっかり焼いてあることだ。候補を絞りこんでいき、ツナのステーキか、ハタの揚げものにしようとメニューを閉じて、また海に注意をもどした。

数分後、ウェイトレスが酒をのせたトレーを運んできて、近くのテーブルのいくつかに置くと、彼のほうをほとんど見もせずに引っこんだ。トゥルーは心のなかで肩をすくめた。ほかに行く場所もなく、夜が終わるまで時間はまだ長いのだ。

ゲートのほうに動きがあり、つられて目を上げたとき、デッキにホープがはいってきたので驚いた。たぶん二人とも似た時間に浜辺にいたにちがいない。一瞬、自分を見かけて追ってきたのか、と考えた。だが、その考えもすぐに打ち消し、なぜそんなことを想像したのかと思った。彼女を見つめているのを気づかれたくなくて視線を海にもどしたが、頭のなかでは今朝のコーヒーの時間を再生《リプレー》していた。

彼女の笑顔だ、と彼は気づいた。あの笑顔が心から好きだった。

✉

ホープは店が変わりなく見えることに感動した。それこそ父がクランシーズを気に入っている理由のひとつなのだ。父はよく、世界が変われば変わるほど、ますますクランシーズの居心地がよくなると言ったものだ。でも、彼女は知っている。父がクランシーズを好きなのは、世界一おいしいレモン・メレンゲ・パイを出すからだと。クランシーの母親はおそらく何十年も前に完ぺきなレシピを作りあげた。おかげで州の物産市で六年連続最高栄誉賞を勝ちとり、伝えられるところではカリフォルニア州のレストラン・チェーン、メアリ・カレンダーズのレシピに影響を与えたとされている。真相はともかく、ホープもここで食べるパイは、海辺の夜のしめくくりとして最高だと認めざるをえなかった。いつもこれだと思わせる甘さと独特の味の絶妙なバランスは、なんとも言えない見事さだった。

ホープはデッキを見まわした。以前からここに来ると、店内では食べなかった。だから、そんなことは思いもしなかった。右側の手すりのそばのバー・テーブルは三つが埋まっており、左側のほうに空きが多かった。自動的にそちらへ歩きだし、突然トゥルーに気づいて立ちどまった。

一人でテーブルについている姿を見た瞬間、彼がサンセット・ビーチにやってきた理由の不思議さを思った。彼は知らない人に会うことになっていると言った。しかし、ジンバブエはあまりに遠く、彼女でさえサンセット・ビーチが海外からやってくる人の目的地として一般的ではないことくらいわかっている。彼がわざわざ来る気になるほどの人とは、だれなのだろう。

そのとき彼が挨拶するように両手を開いた。ホープはためらい、（とにかく、こんばんは、かしら？）と思いながら彼のテーブルへ歩いていった。近づくにつれて、またあのすり切れたブレスレットと、シャツの一番上のボタンをはずした着方が目にとまった。そんな服装でアフリカの森へ向かう彼の姿が、すぐに頭に浮かんだ。

「こんばんは、トゥルー。ここで会うとは思わなかったわ」

「同じく」

彼女は彼がもっとなにか言うかと思ったが、相手は黙っていた。ただ、その視線がひと呼吸だけ長く彼女にとどまっていたので、ホープは不意に緊張して胸がしめつけられた。彼はあきらかに彼女より、黙っていてもリラックスできるタイプだった。彼女は実際より落ち着いているところを見せようと、肩にかかったポニーテールを後ろへやった。

「あのあと、今日はなにをしたの？」と彼女はたずねた。

「特別なことはあまり。泳ぎに行った。そちらは？」

「ちょっと食料品を買いに出たわ。それと、家のなかで雑用。そう言えば、あなたがギターを弾いてる音が聞こえたような」

「迷惑だったかな」

「ぜんぜん。聞いてて楽しかったわよ」

「それはよかった。同じ曲を何度も、くりかえしやったからね」

ホープはほかのテーブルを見て、彼のメニューにうなずいた。「あなた、ずいぶん待たされてるんじゃゃない？」

「そうでもない。ウェイトレスが忙しそうだ」

「この店、ちょっとサービスが遅いのよ。親切だけど、遅いの。世界から見ても、この地域はほかのことも全部そうみたい」

「それはそれで魅力だね」彼は反対側にある席のほうを身ぶりで指した。「いっしょに、どう？」

彼が誘ったとたん、ホープはいまが伝える瞬間だと気づいた。犬を助けてくれたお隣さんにコーヒーをふるまうのはいいが、彼と夕食をともにするのは、まるで違う。いくら自然発生的であっても、これではデートになってしまう。きっとトゥルーは、彼女がなにを想像するか見抜くだろう。だが、彼女はすぐには返事をしなかった。かわりにゆらめく松明の灯りのなかで彼を観察した。二人で歩いたときのこと、デッキでかわした会話を思い出し、自分が一人でここにいる羽目になった原因であるジョシュと、ラスヴェガスと、口論のことを考えた。

「いいわよ」ホープはようやく返事をした。本気でそう思ったことを意識しながら。

彼女がスツールを引きだすと同時にトゥルーが立ちあがり、椅子の位置を直してくれた。彼が席にもどったとき、ホープは自分じゃなくなったような気がした。いましていることを思うと、ちょっとぐらぐらした。そこで足を地に着けるかのように、メニューを手にとった。「いいかしら？」

「どうぞ、なんなりと」

彼女は視線を感じながらメニューを開いた。「あなたはなにを頼んだの？」ちょっとした会話が、胸のざわめきを静めてくれるかもしれないと思った。

「ツナか、ハタか。どっちがいいかウェイトレスに聞いて決めようと思ってた。あなたでもわかるかな？」

「ツナはいつでもおいしいわ。ここに来ると、ママはかならずそれを注文するのよ。この店は地元の漁師さんと契約してるから、毎日新鮮なお魚が手にはいるの」

「ツナにしよう」彼は同意した。

「わたしもそれにしようかな。クラブ・ケーキも本当においしいんだけど、あれは揚げてあるから」

「だから？」

「わたしにはだめ。というか、太腿にだめ」

「全然心配なさそうだけどね。あなたはきれいだ」

それには返事をしなかった。というより、頬がほてって、またひとつ線を越えたことがわかった。こんなふうにお世辞を言われたら、もうデート同然だ。こんな成りゆきは、予測不可能だった。ホープはメニューに集中しようとしたが、文字が跳びはねて目にはいらず、メニューを横に置いた。

「クラブ・ケーキにするんだね?」と彼がたずねた。

「どうしてわかったの?」

「習慣と伝統は、しばしば変化を望ましくないものにする」

その返事はシックな部屋にいる上流階級のイギリス人を連想させる言い方だった。田舎の屋敷の書斎、壁が高級な木材の板で張られている。だが、テーブルの向かいにすわる男のイメージには、まるでそぐわなかった。

「とても個性的な言い方をするのね」彼女はにっこりして評した。

「そうかい?」

「アメリカ人じゃないと、すぐわかるかもしれない」

彼はそれをおもしろいと受けとめたようだった。「スコティはどうしてる? ちゃんと動けてるかな?」

「元のやんちゃにもどってる。でも、あれから浜辺へ連れてってないから、わたしに怒りくるってると思う。それか、しょげてるか」

「鳥を追いまわすのが好きみたいだ」

「捕まらないから、あれがいいのよ。捕まえたら、たぶんどうしていいか困るんじゃないかしら」

ウェイトレスがやってきた。先ほどより大変そうではなくなっている。「お飲み物はお決まりですか?」

トゥルーがホープを見て、彼女がうなずいた。

「注文できるようになったよ」とトゥルーが言い、料理を頼んで、地ビールの樽生はあるかとたずねた。

「すみません」ウェイトレスが答えた。「高級品はないし、樽も置いてなくて。あるのはバドワイザー、ミラー、クアーズです。でも、瓶はよく冷やしてありますよ」

「じゃ、クアーズにしてみよう」

「そちらは?」と、彼女はホープのほうに向いた。

ビールはもう何年も飲んでないが、どういうわけか、今夜は不思議にそれでいいと思っていた。不安な気持ちを楽にするものも必要だ。「同じものを」

ウェイトレスはうなずき、二人を残して去っていった。

ホープはナプキンを取って膝にのせた。

「ギターは何年くらい弾いてるの?」

「ガイドになるための実地訓練を始めたときからだ。いっしょに働いていた仲間の一人が、夜キャンプにもどると弾いていた。その人に少し教わったんだ。そのあとは何年もかけて独学で。あなたは弾くの?」

「いいえ。子どもの頃、何度かピアノのレッスンを受けたけど、それだけ。でも、姉は弾けるわ」

「お姉さんがいるんだね?」

「二人」と、ホープは言った。「ロビンとジョアナよ」

「行き来はあるのかい？」

彼女はうなずいた。「なるべく心がけてる。家族はみんなローリーに住んでるの。でも、家族全員が集合するって、最近はむずかしくなったわね。休暇中や誕生日は別として。ロビンもジョアナも結婚して、働いてるし、しょっちゅう子どもたちの用事で忙しいから」

「息子のアンドルーがそんな感じだ」

ウェイトレスがたくさんお酒をのせたトレーから、ビールの瓶を二本、置いていった。ホープは驚いて首をかたむけた。

「息子さんがいるなんて知らなかった」

「十歳だ。ぼくの仕事のスケジュールのせいで、ほとんど母親といっしょに暮らしてる」

「仕事のスケジュール？」

「仕事があると六週間不在になる。そのあと二週間の休みがある」

「それは二人にとって大変ね」

「ときにはね」とトゥルーは認めた。「ただ、逆に言えばあの子はそれしか知らない。だから、息子はそれに慣れてる。ぼくは自分にそう言い聞かせてるんだよ。その分、いっしょに過ごすときは楽しいことだらけだ。今回一週間、ここに来ることを知ったとき、息子は喜ばなかった」

「こっちに来てから息子さんとは話してないの？」

「ああ。でも、明日電話するつもりだ」

「どういう男の子？」

「好奇心が強い。頭がいい。男前。やさしい。でも、これはえこひいきだな」彼はにやりとして、ビールをひと口飲んだ。

「当然ね。あなたの息子だもの。大きくなったらガイドをやりたいって?」

「そう言ってる。ぼくと同じで森《ブッシュ》にいるのが楽しいみたいだ。とは言っても、もうひとつの夢はレーシングカーのドライバーだそうだ。あとは、獣医。それからマッド・サイエンティストも」

ホープは顔をほころばせた。「あなたはどう思う?」

「結局、ぼくたちと同じで、息子は自分で決めるだろう。ガイドになるということは、型どおりではない人生を送るということだ。だれにでも向いてる職業とは言えない。ぼくの結婚がうまくいかなかった理由のひとつでもある。ようするに、ぼくはあまり傍《そば》にいられなかった。キムにはもっと彼女にふさわしい人生があった」

「あなたと元の奥さんは、円満にやってるみたいね」

「そうだね。でも、彼女はうまくやりやすいタイプなんだ。とても優秀な母親だし」

ホープはビールを手にした。彼が別れた妻の話をする仕方に好印象を持った。彼女のことを語りながら自分のことも語っていると思った。

「帰国するのはいつ?」

「月曜日の朝。あなたは?」

「日曜のいつか。月曜から仕事だから。あなたが人と会うのは?」

「土曜日の午後」ひと口飲んでから、ゆっくりと瓶をテーブルに置いた。「たぶん父親に会うことになる」

「あなたが訪ねていくってこと？」

「いいや」と、彼は答えた。「初めて会うという意味さ。届いた手紙によれば、その人はぼくが生まれる前にジンバブエから旅立った。ぼくの存在を知ったのは、少し前のことだそうだ」

ホープは口を開け、また閉じた。少ししてから、思いきって言った。「父親を知らないなんて、わたしには想像もつかない。あなたの頭のなかはいま時速百マイルで回ってるんじゃないかしら」

「普通じゃない状況だとは認めるよ」

ホープは首をふり、いま聞いた話を理解しようとしていた。「わたしがあなたなら、どう会話を始められるか、見当もつかない。その人になにを聞くかも」

「ぼくもさ」トゥルーは初めて視線をわきへそらした。また話しだしたとき、その声はほとんど波音にかき消されそうだった。「聞きたいのは母のことだ」

ホープは意外な答えに、どういう意味かと考えた。彼の表情に悲しみの翳がよぎったような気がした。だが、こちらを向いた顔からは消えていた。

「どうやらおたがいに記憶に残る週末を迎えそうだね」と彼が言った。

話題を変えたい気持ちが出ていたので、彼女は好奇心をつのらせながらも思いを受けとめた。

「雨にならなければいいんだけど。きっとエレンが泣きだしちゃうわ」

「花嫁付き添いをすると言ってた？」

「ええ。うれしいことに、ドレスがすごくすてきなの」

「ドレス?」

「花嫁付き添いも花嫁に合ったドレスを着るの。選ぶのは花嫁なのよ。ときにはセンスの悪い花嫁もいるから」

「経験がありそうな感想だね」

「花嫁付き添いはこれで八回目」彼女はため息をついた。「友だちが六人、姉が二人。いままで、よかったドレスは二着かな」

「ドレスが気に入らないとどうなる?」

「べつになにも。ただ、死ぬまでそのときの写真が嫌いになるだけ。わたしが結婚するときには、へんてこなドレスを選んで何人かに仕返しするのよ」

彼は笑った。ホープはその声が――地震の始まりみたいに、低く、轟く声が――いいと意識した。

「まさかね」

「本当にするかも。一度なんかライムグリーンだったのよ。肩がちょうちん袖になってて。それが姉のロビンのときだった。ジョアナとわたしは、いまだにそのことで姉をからかってる」

「お姉さんは結婚して何年?」

「九年。夫のマークは保険仲立人よ。もの静かなタイプだけど、とてもいい人。子どもは三人できたわ。ジョアナはジムと結婚して七年。彼は弁護士。子どもはまだ幼い娘が二人」

「姉妹で仲良しなんだね」

「そうよ。みんな近くに住んでるし。もちろん道路の混みぐあいにもよるけど、おたがい二十分以内に行ける場所に家がある。たぶん交通事情はあなたのお国とは、全然似てないわね」

「ハラレやブラワーヨは大都市だから、それなりに交通問題をかかえてるんだ。見たら驚くよ」

ホープは市街の様子を想像しようとしたが、うまくいかなかった。

「こんなことを言うのは恥ずかしいけど、ジンバブエを想像すると、ケーブルテレビで見る自然の景色しか頭に浮かばないわ。アフリカゾウ、キリン、そんな感じ。あなたが毎日見ているものよ。そちらにも市街があるんだろうけど、わたしが想像するものはきっと現実とは違うものだわ」

「街はどこでも同じだと思うよ。上品な地域があり、人が行ってはいけない場所がある」

「森から出て、市街地にはいるとき、カルチャーショックはないの？」

「毎回感じる。騒音と車の群れ、大勢の人々に慣れるのに、一日か二日はかかる。でも、ある部分、それはぼくが農場育ちだからだろう」

「あなたのお母さんが農家だったの？」

「祖父だ」

「どうして農家育ちの子どもが、ガイドを職業にしたのかしら」

「それは長く、こみいった話なんだ」

「おもしろい話はたいていそうなのよ。話してみたくない？」

ホープがそうたずねたとき、ウェイトレスが料理を運んできた。トゥルーはビールを飲みおえていたので二本目を頼んだ。彼女もそれにならった。料理はじつにうまそうな香りがした。

こんどはウェイトレスもすばやく、二人がまだ皿に手をつけないうちにお代わりのビールを運んできた。トゥルーが瓶を上げ、彼女もそうするようにうながした。

「魅惑の宵に」彼はあっさりと言って、彼女と瓶を合わせた。

フォーマルでないクランシーズでは、伝統的な乾杯と言ってよかった。とはいえホープは、すでにどの時点だったか忘れたが、緊張の糸がほぐれて消えているのを意識した。それはトゥルーのかもしだす信頼感によるものにちがいなかった。そして、あまりに多くの人がありのままの自分を隠し、期待される役割を演じながら人生を送っているのだと、あらためて強く思った。

「あなたの質問にもどるよ。話すのはかまわない。でも、それはディナーの話題にふさわしいかどうか疑問だ。あとでまた、でいいかな?」

「ええ」彼女は肩をすくめ、クラブ・ケーキをナイフで切って、ひと口食べた。いつもながら絶品だった。トゥルーがツナの味見をしているので、「どう?」とたずねた。

「いい味だ。そちらは?」

「どちらも食べずにはいられない、って感じ。でも、週末にはドレスを着なければならないから」

「しかも、すてきなドレスに」

彼がきちんと話を聞いて、憶えていたのでうれしくなった。ディナーのあいだ二人は、もっぱら身近な話の種で会話をつないだ。ホープはエレンのことを少し話し、彼女の過去の一番まずい、たとえば麻薬密売関係の部分をごまかして、向こう見ずな冒険話に仕立てた。ほかの女子学生クラブの友人たちも取りあげ、そのうち話は自分の家族に移り、両親が教師をしている家庭で彼女がどう育ったか、両親二人が、子どもたちにみずから宿題のスケジュールを組み、人の助けをあてにせず自力でやるように教えたことを話した。父への尊敬をまじえながら、彼女がクロスカントリーやトラックで走っていたことや、そのときの娘たち全員を監督する父のたくみな指導法についても説明した。母との思い出はクッキーを焼いたこと。自分の仕事についてなら、たとえば救急治療室での猛烈なエネルギー、感動させられた患者や家族のことだった。話しながら、ときにはジョシュの姿が頭に浮かんだりしたが、現れる回数は驚くほど少なく、間遠だった。

二人が話すあいだに、夜空にはだんだん星屑が広がっていった。月光に照らされて、砕ける波がきらめき、わずかに風が強まって潮の香りを運んできた。ポリネシア風の松明の炎が風ではためき、ほかの客が出入りするあいだも、あちこちのテーブルにオレンジ色の灯影を投げかけた。夜がすすむにつれて店の雰囲気は静かに、そして落ち着いて、客の会話がとぎれるのも、くぐもった笑い声のときだけになった。ジュークボックスからは、同じ歌がくりかえし流れていた。

皿が空になると、ウェイトレスがレモン・メレンゲ・パイを二つ運んできた。トゥルーはひと口食べて、あの誇張めいた彼女の前ぶれがけっして大げさではないとわかった。二人がデザートにとりかかると、こんどはもっぱら彼が話した。これまで働いてきたさまざまなキャンプ、そして友人のロミーについて。長い一日の仕事が終わった後、どんなふうにロミーがギターを弾けとしつこく彼に迫ったかとか、キムとの離婚のあれこれを少しと、アンドルーのことをたくさん話した。ホープは彼の声音《こわね》から、すでに息子への思いがあふれていると感じ、ここでもまた自分が切実に子どもを欲しがっていることを意識した。

彼女は、彼の生いたちや、選んだ人生に、トゥルーがひとつの安心感を持っているのを感じた。ただしそれは、自分がよき父親かどうか絶対の自信がないことによって、バランスがとれているのだ。彼女はそれを正常なことだと思い、彼がそういうことすべてに正直なことが、二人のあいだの親密さを深めた要素かもしれなかった。彼女はそれに慣れておらず、とくに相手が見ず知らずの人なのに、一度ならず無意識のうちにもっとよく話を聞こうとテーブルに身を乗りだしてしまい、はっと気づいて姿勢をもどしたりした。そのあと、彼が笑いながらアンドルーを初めて病院から家に連れていったとき、どんなに怖くなったかをくわしく話したとき、ホープはトゥルーに対して予期せぬ胸の高鳴りをおぼえていた。美男子だからなのはもちろんだが、このディナーの会話が、二人の長い人生における果てしない会話の始まりではないかという想像が、すっと頭に浮かんだのだった。

彼女はその思いを、ばかげてると心から追いはらった。二人は通りすがりの隣人であって、それだけのこと。でも、一度感じた胸の高鳴りはいっこうに消えなかった。夜の時間がゆっくりと過ぎても、ふだんより顔がほてっているのがわかった。

請求書がやってくると、トゥルーが自然に手にとった。ホープは割り勘にしようと申し出たが、彼はただ首をふって、「ここはぼくに」と言った。東の夜空にひと群れの雲が湧いており、月を部分的におおい隠していた。二人は最後のテーブルになるまで話しつづけた。ようやく席を立ったとき、ホープは自分の気持ちがずいぶんなごんでいるのに驚いて、ちらりとトゥルーをのぞいた。二人はゲートへとぶらぶら歩き、彼がホープのために扉を開けた。それを見まもりながら、突然ホープはトゥルーとのディナーが、人生における驚くような日々のひとつを締めくくる完ぺきな形だったと確信していた。

暗闇の散歩

長年、何千人もの観光客と交流するなかで、トゥルーは人の心を読むすべがうまくなっていた。ホープが浜辺に降りて、彼をふりむいたとき、レストランで最初に視線を合わせたときにはなかった充足感が漂っているのにトゥルーは気づいた。あのときは警戒心と疑念と、おそらく不安さえあると感じた。そして、悪い感情を残さない形で出だしの社交辞令を終えるほうが簡単だったはずなのに、彼はそうしなかった。彼はなんとなく、彼女が格闘する悪魔がなんであろうと、一人で食事をしてもそれを克服する助けにはならないと思ったのだった。

「なにを考えてるの?」彼女がたずねた。トゥルーには、まのびしたその口ぶりが音楽のように聞こえた。「あなたは一瞬、表情がぼんやりするときがあるわ」

「ぼくたちの会話について考えてた」

「わたし、ちょっと話しすぎたみたい」

「そんなことはない」朝の習慣の再現をするように、二人は並んで浜辺を歩いていたが、足どりはさらにのんびりしていた。「あなたの生活を知るのは楽しいことだった」

「それ、わからない。おもしろいことなんか全然ないのに」

(きみに興味を持ったからだ)と思ったが、彼は黙っていた。そのかわり、彼女が言わなかったことに考えを集中した。「いま付き合ってるのはどんな人?」

彼女の表情を見て、その質問にめんくらったことがわかった。「なぜ、そういう人がいるとわかったの？」

「スコティは彼からのプレゼントだと言ってなかったっけ」

「ああ……そのとおりよ。たしかに、そんなことを言ったわ」彼女は少し口をすぼめていた。

「なにが知りたい？」

「話してもいいと思うことなら、なんでも」

彼女はサンダルが砂に埋まるのを感じた。「名前はジョシュ。整形外科医をしてる。頭がよくて、成功していて……いい人よ」

「付き合って、どれくらい？」

「六年」

「真剣なんだね」

「そうなの」彼女はうなずいたが、彼の耳にはまるで自分を納得させようとしているかのように聞こえた。

「結婚式に来るんだろ？」

数歩あるいてから返事をした。「じつは来ないの。来る予定だったんだけど、友だちとラスヴェガスへ行くことにしたのよ」彼女はかすかにほほえんだ。不幸感を隠さない笑みだった。

「いまは一種の関係解消状態ね。でも、きっとまた問題は解決すると思ってる」

それで、ディナーのときに彼の話をほとんどしなかった理由がわかった。とはいえ……。

「それは気の毒に。話をふってすまなかった」

彼女がうなずいたとき、トゥルーは目前の砂の上を、なにかがすばやく動いたのに気づいた。

「いまのはなんだ?」

「ミナミスナガニ」話題がそれてホッとした声だった。「夜に穴から出てくるの。でも、無害よ」

「ここにはたくさんいるの?」

「家に着くまで百匹に出会っても驚かないくらい」

「教えてもらってよかった」前方には桟橋があり、暗闇のなかでぽつんと孤独そうに見えた。沖のほうにはトロール漁船の明かりがあり、浜辺とのあいだには真っ黒な深い海が横たわっていた。

「個人的なことを聞いてもいいかしら?」

「もちろん」と彼は答えた。

「なぜお父さんにお母さんのことを聞きたいの? それはあなたがガイドになったことと関係があるの?」

トゥルーは彼女の勘のよさに頬をゆるめた。「実際、そのとおり」片手をズボンのポケットにつっこみ、どこから話そうかと考えてから、思ったまま話すことに決めた。「父親に母のことを聞きたいのは、母がどういう人だったのか、全然知らないからだ。なにを楽しみ、なにに幸せや悲しみを感じ、なにを夢見ていたのか。母が死んだとき、ぼくはまだ十一歳だった」

「かわいそうに」彼女はつぶやいた。「そんなに若いとき」

「母もね」と、トゥルーは答えた。「ぼくを産んだ母は、まだ十代だった。妊娠が二年後であれば、もっとスキャンダルになっていたはずだ。でも、当時は戦後まもない時期だったから、戦地から帰ってきた兵士と若い娘が恋に落ちるのは、母に限ったことじゃなかった。それに、ぼくたちが住んでいた場所は、ある意味でほかの文明社会から切り離されていた。だから、農場で働く労働者は別として、ぼくのことも長いあいだだれにも知られなかった。祖父は事を騒がれないようにしたかった。結局は世間にも知られたが、そのときには古いニュースになっていた。母はまだ若く、美人で、裕福な男の娘として、まだ十分に価値がある存在だった。それでも、ぼくは母のことをよく知らない感じがする。名前はエヴリンだが、母の死後、人が母について話すのはもちろん、名前を口にするのさえ一度も聞いたことがない」

「人って?」

「祖父。それと義理の父のロドニー」

「どうして?」

トゥルーはまたミナミスナガニが走っていくのを見た。「そうだね……その疑問にきちんと答えるには、いろんな背景や歴史を話さなければならないな」彼は彼女が期待するように見たので、ため息をついた。「ぼくが少年だった当時、うちの農場に接して別の農場があった。そこが持っているのはとても肥沃で良質な土壌の広大な土地で、水利の点でも恵まれていた。その頃は、生育が早く収益も上がる作物としてタバコの葉があった。祖父は可能なかぎりコントロールして生産性を高めようと意欲的だった。事業のこととなると無慈悲になれる人だ。隣人は祖父の申し出を断ったため、その無慈悲さがどんなものか思い知ることになった。祖父は隣人の土地に流れていた水の進路を変えて、大量の水を自分の土地へもたらした」

「それは違法みたい」

「たぶんね。でも、祖父は政府のしかるべき人間をよく知っており、問題にはされなかった。だから隣家にとって事態はいっこうによくならなかったが、そこの農場長はちょっとした天才だった。と同時に、彼がぼくの母に興味を持っていることはだれもが知っていた。そこで祖父は農場長に、彼が断るはずのないオファーをした。うちの農場の持ち株を提供し、日常的に母への接近を許すから、こちらの農場で働いてくれと申し入れたんだ。名前をロドニーといった」

「義理のお父さんになった人ね」

トゥルーはうなずいた。「彼が来てから、うちのタバコ畑はすぐにほぼ二倍の面積になった。一方、隣の農場はうまく行かず、どこからも融資を受けられなくなった。そこで祖父は金を貸してやったが、必然の結果を先のばしにしただけのことだ。祖父は担保を回収し、つまりただ同然で隣の農場をすべて手に入れた。その後、水路を元どおりにして、すでに豊かになっている農場をさらに繁栄させた。わずか二、三年のあいだの出来事だよ。ぼくの母はロドニーの魅力に勝てなかった。二人は結婚し、双子をもうけた。義兄弟のアレンとアレックスだ。すべては祖父とロドニーの思惑どおりに事が運んでいた……だが、ほどなく屋敷を含めた農場の建物が火事になった。ぼくは二階の窓から飛び降り、ロドニーは双子を救出したが、母は脱出できなかった」

彼女が息を呑む音がした。「お母さんは火事で亡くなったの」

「警察は放火を疑った」

「隣の人の」

「噂があった。ぼくは数年後にそれを知ったが、祖父とロドニーは知っていたはずだし、彼らは罪悪感を抱いていた。つまり、間接的にしても、母の死に責任があったということだ。そのあと母の思い出は封印されたような気がする。それから、ロドニーも祖父も、ぼくとは関係を持ちたくなくなったようだった。ぼくが自分一人で生きていこうとしたのは、それでなんだ」

「想像がつかないほど、過酷な体験ね。あなたはものすごく悲しく、寂しい時期を過ごしたのね」

「たしかに」

「隣の人は逃れたの？」

トゥルーは立ちどまって、貝殻をひろった。あらためると一部が欠けた巻貝だったので、横へほうった。

「隣人は母の死後、火事の一年後に亡くなった。ハラレにあるあばら家で極貧の生活をしていたそうだ。ぼくが知ったのは何年も後のことだが、ある夜祖父が酒を飲みながら、話のついでに教えてくれた。祖父によれば、自業自得だった。そのとき、ぼくはもうガイドになっていた」

ホープをちらりと見て、彼女が事実のピースをきちんとはめ込もうとしているのだと思った。

「おじいさんはだれからも疑われなかったの？」

「疑われたと思う。でも、当時のローデシアで、白人の富裕層だ。正義は金で買うことができた。祖父は娑婆《しゃば》の人間として自由の身で死んだ。いまはロドニーと双子が農場を経営していて、ぼくはできるだけ遠ざかって関係を持たないようにしている」

トゥルーは、ホープが首をふりながら、話を頭に入れる様子を見まもった。

「すごい」と彼女は言った。「こんな話、いままで聞いたことがない……あなたがなぜ家を出たか、わかるわ。それと、なぜさっき話さなかったのかも。いろいろ考えてしまうし」

「そう」彼はうなずいた。

「週末に会う人が、本当の父親だという確信はあるの？」

「ない。でも、その可能性はけっこうあると思う」彼女に、封筒に航空券といっしょにはいっていた手紙と写真の話をした。

「写真の女の人はお母さんらしかった？」

「思い出すかぎりではね……でも、百パーセントそうだとは言えない。母の写真はすべて、あの火事で燃えてしまった。そのことをロドニーに聞きたくもなかった」

ホープは慎重にトゥルーを評価して、新たな敬意をおぼえた。

「あなたはこれまで、ずいぶん過酷な人生を送ってきたのね」

「いくらかはね」彼は肩をすくめた。「でも、ぼくにはアンドルーがいる」

「もっと子どもが欲しいとは思わなかったの？　結婚してたときに」

「キムは欲しがった。でも、その後ぼくがおたふく風邪になって、できなくなってね」

「それが離婚の原因？」

彼は首をふった。「いいや。ぼくたちは相性が悪かった。たぶん、結婚してはいけなかったんだ。でも、彼女が妊娠したし、ぼくは父親がいない子どもの成長期がどんなものか知っている。それをアンドルーに味わわせたくなかった」

「お母さんのことをよく憶えてないというけど、憶えてることもあるんでしょ？」

「母は裏のベランダにすわって、絵を描いてた。それを憶えてる唯一の証拠と言えるけど、母が亡くなってほどなく、ぼくも絵を描きだした」

「絵を描くの？」

「ギターを弾いてないときには」

「絵は上手？」

「アンドルーは気に入ってる」

「ここに描いた絵を持ってきてる？」

「今朝新しく描きはじめたよ。ほかにも持ってる。スケッチブックにね」

「見てみたいわ。かまわないなら」

二人は桟橋をだいぶ通りすぎて、コテージと彼の滞在する家に近づいていた。先ほどからホープは隣で静かにしており、彼は彼女が自分の話したことすべてを消化しているところだと察していた。こんなに身の上話をするのは彼らしくなかった。いつもなら、過去についてはほとんど話さないのだ。今夜、こんなにおしゃべりなのは、どういうわけだろうと不思議な気持ちになった。

だが、心の奥底ではわかっていた。この反応はすべて隣を歩く女のせいなのだ。コテージの木道へと登る階段の下までやってきたとき、彼は本当の自分を彼女に知ってもらいたいという気持ちに気づいた。ただ彼女のことをすでによく知っていると感じる、ただそれだけの理由だったとしても。

✉

結局トゥルーは自分の幼いころの育ち方まで話しており、いきなり話を終わりにするのは切りが悪いように感じた。彼女がコテージを身ぶりで指した。「ちょっと上がって、ワインでも一杯いかが？　こんなにきれいな夜だし、もう少しデッキで話してもいいんじゃない？」

「ワインとはうれしいね」彼は答えた。

ホープが先に歩きだし、裏のデッキにやってくると、彼女は窓辺に置いてある二脚のロッキングチェアを指さした。「シャルドネでいいかしら。今朝ボトルを開けたんだけど」

「なんでもありがたいよ」

「すぐもどってくる」

ふと彼女は家にはいりながら思った。（わたしったら、なにをしてるの？）後ろでドアがかちりと音を立てた。夜のお酒を付き合うように、男を誘うのは生まれて初めてだ。これが彼にあいまいな印象を与え、誤解を招かなければよいのだが。彼がどう思うか考えて、彼女はひどく軽はずみなことをしたような気分になった。

スコティが後からついてきて、さかんに尻尾をふりながら歓迎してみせた。彼女はかがんで犬をかわいがった。

「気にしすぎよね？」と彼女は小声で言った。「わたしが近所づきあいをしてるって、彼はわかってるはずよ。家のなかに誘うわけじゃないし」

スコティは眠そうな目で彼女を見つめた。

「役立たずさん」

食器棚からロングステムのワイングラスを二個とりだし、ワインをついだ。二つとも、半分くらい。デッキの外明かりをつけようかと考え、明るすぎると思ってやめた。キャンドルが理想的だが、そんなことをすれば違うメッセージを送りかねない。そこで、キッチンの照明にして、ポーチに光がもれるようにした。このほうがいい。

グラスを両手に持ち、足でドアを押しあけると、スコティが先にすりぬけて外へ駆けだした。犬は浜辺へ行く気まんまんで、ゲートへと走った。

「いまはだめよ、スコティ。明日、行きましょう」

ホープがロッキングチェアに向かっていても、スコティはいつものように無視していた。トゥルーにワイングラスを渡したとき、二人の指がふれあい、彼女の腕に小さなショックが走った。

「ありがとう」

「どういたしまして」彼女はつぶやいた。彼のふれた感触が消えなかった。

彼女がすわっても、まだスコティは門の近くに立っていた。まるで彼女に本来の目的を思い出させようとしているかのように。ホープは気をそらすものがあるので喜んだ。

「明日って言ったでしょ。そこに伏せてればいいのよ」

スコティは期待をこめて尻尾をふりながら、彼女を見あげた。

「わかってるようには見えないわね」とホープが言った。「それとも、わたしをむりやり説得しようとしてるか」

トゥルーは笑顔になった。「かわいい犬だな」

「駆けだしていって、車にぶつかったりしなければね。そうでしょ、スコティ？」

名前を呼ばれて、尻尾のふりがさらに激しくなった。

「以前犬を飼っていた。長くはいなかったが、いるあいだは、いい仲間だったよ」

「その犬はどうしたの？」

「たぶん聞きたくないんじゃないかな」

「いいわよ、話して」

「獣に殺されて食べられた。枝が積み重なったところで、残骸がみつかったんだ」

彼女は目をみはった。「そうね。聞かないほうがよかった」

「別の世界さ」

「まじめな話ね」ホープは考えるように首をふって答えた。しばらくのあいだ、二人はただワインを飲み、黙っていた。キッチンの窓の辺りで一匹の蛾がダンスを踊りだし、穏やかな夜風に吹き流しがはためいた。浜辺では波が寄せては引いており、壺のなかで小石が揺すられるような音を立てていた。トゥルーは海を見つづけていたが、彼女は彼が自分を見まもっているような感覚を抱いた。あの目は全部気づいてるみたいだ、と。

「あなたはきっと、ここが恋しくなるんだろうね」彼が言った。

「どういうこと？」

「いつご両親はコテージを売るの？　昨日ここに着いたときに、前にある看板を見たんだ」

（当然見てるよね）

「ええ、きっと恋しくなると思う。みんなが来られなくて寂しがるわ。長年家族で使った場所よ。手ばなすなんて、まさか考えもしなかった」

「なぜ売ることに？」

そう聞かれたとたん、ホープは心配事がまた浮上するのを感じた。「父が病気なの。ＡＬＳ、筋萎縮性側索硬化症よ。どういう病気か知ってる？」トゥルーが首をふったので、彼女は説明し、政府の援助や保険の適用があまり期待できないとつけ足した。「売れるものは売って、自宅をリフォームしたり、在宅医療費を工面したりしないと」

ホープはグラスを指で回転させてから、つづけた。

「最悪なのは、予測がつかないこと……母のことが気がかりよ。父なしで、どうやっていくのか。いまは父のことも全然問題がないと平気を装ってるけど、時間がたてば母にとって状況がさらに悪くなるだけ。だから心配だわ。父本人は診断を聞いても淡々としてる。でも、父だって平気を装ってるんだと思う。わたしたちが苦しまないように。ときどき、まるでわたしだけが心配してるみたいに、思えてくるほどなの」

トゥルーは黙っていた。ロッキングチェアに身をあずけ、彼女の様子を観察していた。

「わたしが言ったことを考えてるのね」ホープは思いきって言った。

「そう」彼がみとめた。

「それで？」

トゥルーの声は静かだった。「つらいことはわかった。でも、心配しても、ご両親やあなたの救いにはならない。かつてウィンストン・チャーチルは作家のアーサー・ロシュを引用してこんなことを言った。不安とは心の中でぽたぽたしたたる恐怖の細い流れだ。もしも不安をつのらせれば、ほかのすべての考えを流す水路を閉じてしまう、と」

彼女は感心した。「チャーチルが？」

「祖父のヒーローの一人だよ。祖父はしょっちゅう彼の言葉を引用していた。でも、この言葉はいいところを突いてる」

「そんなふうにアンドルーを考えてるの？　なるべく心配しないように？」

「ぼくがそうじゃないことは、もう知ってるだろ？」

ホープは思わず笑った。「とりあえず、あなたはその点では正直ね」

「知らない人にならなら、正直になるのはとても簡単なことかもしれない」

彼女は彼が自分だけでなく、彼女のことも言っているのだとわかっていた。彼の向こうを眺めると、浜辺に連なる家々の明かりはすべて消えており、サンセット・ビーチはまるでゴーストタウンだった。ホープはワインをひと口飲んだ。安らぎの感覚が手足を流れて、ランプの炎のように外へ放射していた。

「なぜここに愛着があるか、わかるな」彼が沈黙のなかへつぶやいた。「とても安らぐ」

彼女は思いが過去へと漂っていくのを感じた。「うちの家族は夏になると、ほとんどここで過ごしていたのよ。少女の頃は、姉たちもわたしも、ずっと海にいたの。サーフィンもあそこの桟橋の近くでおぼえた。うまくできないまま終わったけど、それはいいの。あの辺でぷかぷか浮かんで、何時間もいい波が来るのを待ってたわ。それに、驚くようなものも見た。サメ、イルカ、クジラのカップルまでね。どれもすごく近くで見たわけじゃないけど、でも一度は十二頭ぐらいに囲まれたことがあった。まわりに流木があると思ったら、すぐ横に浮かんできて、顔とひげが見えたのよ。わたしは全身固まっちゃった。悲鳴も上げられないくらい恐ろしかった。いつからそばにいたのか、わからないし、それがなにかも知らないんだもの。カバみたいに見えたけど、もしかしたらセイウチ？　でも、相手が危害をくわえる気がないと気づいて……やっと観察することができた。パドリングで彼らについていきながらね。結局、二時間くらいそのまま浮かんでたかもしれない。いまだに、あれが過去最高のびっくり体験だわ」

「実際にそれはなんだった？」

「マナティ。フロリダではもっとよく見かけるんだって。この海岸では、ときおり目撃情報があるけど、わたしもそのとき一度きりよ。姉のロビンはいまだにこの話を信じてない。わたしが注目されたいから作った話だって言うの」

トゥルーはほほえんだ。「ぼくは信じる。それに、いい話だ」

「そうだと思った。だって動物の話だものね。でも、ほかにも、ここにいるあいだに見るべきものがあるわよ。雨が降る前に」

「それは？」

「明日、キンドレッド・スピリットに行ってみて。桟橋の向こう側よ。隣の島なんだけど、引き潮の時間なら歩いていける。アメリカの国旗が見えたら、砂丘のほうに曲がっていくの。見逃せないわよ」

「なにがあるのか、よくわからない」

「驚いたほうがいいと思うの。見れば、どうすればいいかわかるから」

「どういうことかな」

「絶対にわかる」

ホープは彼の顔を見て、好奇心を刺激したのがわかった。

「明日は釣りをしようと思ってたんだ。餌が見つかれば、の話だけど」

「餌は桟橋の売店に行けばあるわ。でも、両方できるわよ」彼女はうけあった。「引き潮の時間は午後四時くらいだから」

「考えておこう。そちらの明日の予定は?」

「結婚式にそなえて、ヘアサロンとネイルに行く。それから新しい靴も買えれば買いたい。女の子らしく」

彼はうなずいてワインを飲んだ。また、自然に静けさがやってきた。二人はしばらく同じようにゆったりとロッキングチェアをゆすり、壮大な夜空を味わっていた。ふと、ホープが思わずあくびを噛みころし、そろそろお開きにするときがきた。彼もワインを飲みおえており、彼女の心中を察したようだった。

「もう帰る時間だね。長い一日だった。ワインをありがとう」

ホープはこれでいいのだと思った。にもかかわらず、かすかな落胆も感じた。「ディナーをごちそうさま」

彼はグラスを彼女に渡し、門のほうへ歩いていった。彼女はグラスをテーブルに残して彼についていった。門のところで彼は立ちどまると、ふりかえった。彼女は彼からエネルギーが発散されるのを感じたが、彼が口をひらくと、その声は小さかった。

「すばらしい女性だよ、ホープ。きっとジョシュとうまくいくだろう。ジョシュは幸運な男だ」

その言葉に彼女は不意をつかれたが、それは判定や予測ではなく、ただの親切な社交辞令だということもわかっていた。

「そうね。わたしもそう思う」彼女の返事は、自分に言い聞かせるものでもあった。

彼は門を引きあけ、階段を降りはじめた。ホープもついていったが、半分降りたところで立ちどまった、そして腕を組んで、彼が小道に達し、浜辺へと向かうのを見送った。隣の家まで四分の一ほどすすんだとき、彼がふりむいて手をふった。彼女もふりかえし、さらに遠ざかるのを見て、ようやく階段からデッキへと一歩一歩もどっていった。グラスを回収し、流しに運んで、寝室へと静かに歩いた。

服を脱いで鏡の前に立った。最初に思ったのは、二キロくらいやせる必要があるということだ。でも、全体として見ればそれほど悪くなかった。もちろんフィットネス雑誌を飾るような柔軟な体ならばすごいと思うが、あんなふうに鍛えてもいないし、これまで一度もしたことがない。幼い頃から、あと十センチ背が高ければといつも思い、せめて姉たちほど背丈があればと願うだけの少女だった。

そして、鏡に映る姿を見つめながら、トゥルーの彼女を見るまなざしや、彼女のどんな話にも興味を示したこと、彼女の外見について口にしたほめ言葉などを考えた。それを単純にセックスへの前奏曲だとみなさずに、一人の男があきらかに彼女に魅力を感じていたことが恋しくなった。こんなふうに思うのは危険だと知りながら、自分の気持ちをひとつずつ、めくるように調べていた。

鏡からふりむいて、バスルームに行き、顔を洗った。ポニーテールにしていたゴムバンドをとると、翌朝からまないように手ぐしで髪をほぐし、ブラシでよく梳かした。スーツケースからパジャマをとりだして、ためらい、またスーツケースに放りいれ、クローゼットからもう一枚余分の毛布を引っぱりだした。

夜中に寒くなるのが嫌だった。裸のままカバーにもぐりこんで、セクシーな気分と奇妙な満足感をおぼえながら目をとじた。

サンライズ、サプライズ

翌朝トゥルーはぶらぶら歩いて、ホープのコテージを通りすぎた。釣り竿を肩にかけ、道具を入れるタックルボックスを運んでいた。コテージを眺めて、多くの窓枠やドア框《がまち》のペンキが剥げていること、手すりの一部が腐っていることに気づいた。それでも、滞在中の家より自分の性に合っていると思った。あっちは大きすぎて、絶対に現代的すぎる。それに、どうやればコーヒーマシンが動くのかが、まだつきとめられない。一杯淹れられればいいのだが、あの機械はそういうふうには出来ていないのだ。

夜明けから一時間たっていた。ホープはもう目覚めているだろうか。朝のまぶしい光を浴びているせいで、家の明かりがついているかどうか、よくわからなかった。デッキに人影はない。彼はボーイフレンドのことを考えて首をふり、その男がなにを考えているのかと思った。ほとんどを森《ブッシュ》で暮らしてきたトゥルーでさえ、ボーイフレンドなら彼女の親友の結婚式に出席するのは重要度の高い義務だとわかる。二人の付き合いが順調かどうかは関係ないし、たとえ彼女の言うように一時的に関係解消モードになっていても、それは別問題だ。

知らず知らずのうちに、一日をスタートする前の彼女はどんな姿だろうと想像していた。髪が寝ぐせで変な形になり、目ははれぼったいが、それでもきれいな顔をしている。人にはどうしても隠せないものがある。彼女がほほえむとまわりに穏やかな光がさし、あの特徴ある口調にも簡単に惑わされてしまう。子守歌のような静けさと、うねりがあって、彼女がエレンのことやマナティのことを話したときは、永遠に聞いていられると感じた。

上空はどんよりしているものの、気温は前日より上がっており、湿気が増していた。風も強まっていて、すべてがホープの言うとおり週末に嵐がやってくる可能性を示していた。ジンバブエでも雨が降りそうな日々になると、大気に同じような襲来のきざしが感じられる。

彼が階段に向かって歩きだしたときには、すでに栈橋で五、六人の男が釣りをしており、見ているあいだに一人がリールを巻きはじめた。遠く離れているので細かいことはわからないが、いい兆候だと受けとった。ただ、問題は釣れたとして獲物を保管できるかどうかだ。冷蔵庫には食料品があり余るほどはいっている。きれいに始末したい気分ではないし、タックルボックスにあるナイフの切れ味があやしいからなおさらだ。とはいえ、なにかを捕まえるのは、つねに胸躍ることだった。

売店にはいると、中央通路の棚には軽食と飲み物がぎっしりとあり、奥の壁沿いにはグリルが設けられていて、温かい食べ物を提供していた。釣り道具もさまざまな種類が棚に並び、物によっては壁のボードのフックに吊るしてあった。入口のドアのそばには餌の棚札をつけたクーラーボックスが置かれていた。トゥルーはエビのパックを取り、レジに持っていった。栈橋で釣りをする料金も支払い、お釣りを受けとると、トゥルーは店を出て、公衆電話を通りすぎて栈橋を歩きだした。曇り空だったが、ときおり太陽の光が雲間から射しこんで、海をきらきらと輝かせた。

大半の人が栈橋の突端付近に集まっていた。彼らはよくわかっているのだろうと思い、それにならって彼も近い場所に陣どった。タックルボックスと違って、釣り竿は新品同然だった。針に餌をつけ、釣り糸に重りをして、海に投げいれた。

桟橋の隅でラジオが鳴っており、カントリー・ウェスタンの曲が流れていた。奇妙に思えるが、アンドルーはガース・ブルックスとジョージ・ストレイトのファンだった。トゥルーは息子がどういうふうに彼らの歌に出会ったのか、見当もつかなかった。数カ月前、アンドルーが二人の名前を口にしたとき、トゥルーはぽかんと息子の顔を見た。そのときアンドルーは彼に「フレンズ・イン・ロウ・プレイシズ」を聞いてくれと言いはったのだ。たしかに、いい歌だったが、正直に言ってビートルズへの忠誠心をゆるがすものではなかった。

意識するしないにかかわらず、トゥルーは桟橋で、遠くにホープのコテージが見える側を選んでいた。彼はディナーと夜の散歩を思い出し、彼女のおかげで夜のあいだじゅう、ゆったりした気持ちになれたことに気づいた。キムとは一瞬にして燃える恋であり、昨夜のように感じたことはほとんどなかった。たいていの場合、キムをがっかりさせていると思ったものだ。現在も友だちの間柄になったとはいえ、やはり彼女をがっかりさせていると感じる。とくに、彼がアンドルーと過ごしているときには。

ホープといると、彼女が友だちや家族の話をする仕方を好ましく思った。純粋に気づかっていることがわかるのだ。同情ではなく、自然に相手の立場に身を置いている。そういう人に出会うのは、まれだった。彼がアンドルーの話をするときでも、彼女からそれを感じた。

息子を思い出して、この旅の出発を遅らせればよかったと思った。なにしろ土曜日の午後まで父親には会えないのだ。父が電話で理由を説明してこないのも妙な気がしたが、アンドルーのことを思うといらいらするだけだ。今朝も、息子が恋しくて目が覚めた。そうだと思いたち、先ほど見た公衆電話で電話をしてみようと決めた。料金は高いだろうが、コレクトコールにして、国にもどってから返金すればキムは気にしないだろう。時差を考えるとアンドルーはまだ学校で、そのあとは宿題をするから、あと二時間は待たなければならない。すでに月曜日に帰りの飛行機に乗るのが楽しみになっていた。

(ただ……)

彼はまたホープのコテージのほうへ目をあげた。スコティがちょこちょこと走って階段を降り、そのあとを彼女がついていくのが見える。トゥルーはほほえんだ。彼女が浜辺でかがみ、スコティのリードをはずした。犬はさっそく駆けだしていった。近くにはカモメはいないが、きっと見つけるだろうと彼は思った。そんな光景を見まもりながら、ホープが自分のことを考えているだろうか、自分と同じくらい昨日の夜を楽しんだだろうかとも考えた。

彼女はだんだん桟橋から遠ざかり、姿が小さくなっていった。ともかく目を離さずにいるうちに、びくっと釣り竿に軽いあたりがあった。さらに微妙な引きを感じたので、釣り針を沈めながら竿の先端をちょっと上げた。と、その瞬間、糸がぴんと張り、一気に引っぱられた。彼はリールを巻きながら竿をさしこみ、ラインをゆるめないように繰り返した。どんなサイズにしても、この魚は力強いと感心した。彼らは全身が筋肉だ。だが、釣りは獲物との遊びであり、いずれ魚が疲れてくるとわかっていた。

トゥルーはリールを動かしながら、ついにラインの先の水面へ上がってきた獲物を見て、変わった魚だと思った。後のことを考えるまもなく、竿をふって桟橋へ釣りあげた。魚は平たく、楕円形で、両目が片側にそろっていた。ブーツのつま先を使って、ばたつく魚を押さえ、片手の手袋をむしりとって、ツールボックスからプライヤーを取り、魚の口を痛めないように釣り針をはずしにかかった。やっていると、隣で声がした。

「すごいヒラメだ。こいつはでっかい獲物だな」

ちらりと目をあげると、野球帽をかぶった年寄りがいた。体より何サイズか大きい服を着ている。前歯のあいだにすきまがあって、ホープより訛りが強いので、言葉がよく聞きとれなかった。

「それがこいつの名前?」

「初めて見るなんて、言わんでくれよ。ヒラメをさ」

「初めてなんだ」

男は目を細くした。「あんた、どこから来たんだい?」

ジンバブエと言って通じるだろうかと考えて、トゥルーは簡単に答えた。「アフリカ」

「アフリカだと! アフリカから来たようには見えんね」

トゥルーは釣り針をはずしおえ、プライヤーを傍に置くと、リリースしようと魚をつかんだ。投げようとしたとき、男の声が聞こえた。

「なにしてるんだ?」

「海に放すのさ」

「おれにくれないか? 昨日も今朝もツキに見はなされちゃってよ。ヒラメが夕飯になれば、ありがたいんだが」

トゥルーは少し考えて肩をすくめた。「どうぞ」

男は手をのばし、魚を受けとった。そして桟橋の反対側へ持ち去ると、小さなクーラーボックスに入れた。

「ありがとう」男が声をはりあげた。

「なんでもない」

トゥルーはまた釣り針の用意をし、二回目の釣りを始めた。ホープはもう染み程度の大きさになっていた。

ともかく、あれが彼女だとわかった。そして長いあいだ、目を離すことができなかった。

✉

ホープはスコティを見張りつづけ、砂丘に近づくたびに呼びかけたが、犬は無視するばかりだった。スコティが急に従順になるのを期待しても、それは無駄な声かけにすぎなかった。もちろん、これは今朝の彼女の傾向に完全にはまっていた。

目覚めたとたん、彼女はキッチンの電話が鳴りだすのを聞いた。毛布を体に巻かなければならず、受話器をとりに急ぐ途中、家具の角につま先をぶつけて激痛が走った。ジョシュかもしれない。と思ったのもつかのま西部との時差を思い出し、線の向こうからエレンの泣き声がした。実際にはすすり泣きだった。最初はエレンがなにを言おうとしているのか、まるで話が見えなかった。エレンはちょっと言葉を出しては声をつまらせ、そんなことを繰り返すばかりだった。ホープは結婚式がキャンセルになったのだと思ったが、しばらく解読をつづけて天候のことで泣いているのが判明した。エレンはすすり泣く合間に、今日の午後から雨が降りだし、週末は確実に嵐で大荒れになるのだとホープに情報を伝えた。

ちょっと反応が大げさすぎる、とホープは思ったが、なにを言ってもエレンを慰めることはできなかった。というか、なかなか口がはさめなかったのだ。電話で話すというより、人生の不公平をなげく哀れっぽい四十分間のひとりごとを聞くようなものだ。延々とつづく友だちの声を聞きながら、ホープはカウンターに寄りかかり、まだつま先がうずく足を組んで、ひょっとしたら受話器を置いてバスルームに行っても、エレンは気づかないのではないかと考えた。用を足したくて、必死にこらえていたのだ。ようやくエレンの電話から解放されると、すぐさま毛布を落として全力でよたよた走らなければならなかった。

そのあと、まるでどこかの神様がトゥルーとホープの両方を懲らしめるかのように、彼女のコーヒーメーカーが危機におちいった。電源のライトはつくのだが、水が温まらない。ホープはお湯を沸かして、どうにかしてドリップをしてみようかと考えた。が、そのときスコティがドアのところでうろうろしだした。すぐに犬を外に出さなければ、掃除が大変なことになる。そこで、取り急ぎ適当に服を着て、犬を浜辺へ連れだした。ゆったりと散歩でもすれば、このひどい朝を少しはましにできるかもと期待して。しかし、それをスコティが不可能にした。砂丘に駆けのぼること二回。だれかの家の小道へはいりこもうとするので——たぶん、またあの猫を発見したか、あるいはわざと彼女に心臓発作を起こさせようとしたのか——ホープは緊急発進して追いかけなければならなかった。リードをつけようかと思ったが、そんなことをしてもスコティは彼女の腕をもげるほど引っぱったり、すねたりをかわるがわるやりそうだ。ホープはそこまで面倒を見る気分ではなかった。

そんなひどい朝でも……

電話中、彼女はトゥルーがコテージを通りすぎて、桟橋のほうに向かうのを見ていた。釣りの道具を持っていたので、ホープは笑顔になった。いまだに彼とディナーを食べたことが現実とは信じられなかったが、思いは二人がかわした会話へとさかのぼって……とても気持ちのよい夜だったこと、そしてたぶんなんの力みもなくやりとりしたことに驚いた。

彼は彼女の助言どおり、釣りを終えたらキンドレッド・スピリットに行くだろうか。嵐がやってくるから、明日ではもう遅すぎる。それは彼女も同じだ。予約した用事が終わったあとで、あの郵便ポストに行く暇ができるだろうかと思い、浜辺を歩きながらできればそうしようと決めた。

しかし、そのためには着実に事を運ばなければ遅れてしまう。予約は九時にウィルミントンで髪のセット、十一時にペディキュアだ。そのあと、結婚式ではく靴を見つけておきたい。エレンが花嫁付添い用に用意してくれたワインレッドのパンプスは、小さすぎて抓《つね》られているみたいに痛く、あれにひと晩中苦しめられるのはごめんだった。道が混んでるだろうから、散歩を早めに切りあげよう。ホープはスコティを呼んで、Uターンした。すぐにテリアは舌を出しながら、彼女のわきを弾丸のように追い抜いていった。犬が駆けていく姿を見ながら、ふと桟橋へ視線を投げた。人々がひとかたまりになっていた。影のようでしかないが、そのなかでトゥルーは幸運に恵まれるだろうか。

コテージにもどり、タオルでスコティを拭き、短時間でシャワーを終えた。そのあとジーンズ、ブラウス、サンダルに着替えた。昨日とそっくりの服装だが、鏡をちらりと見て、違う自分がそこにいると思わずにはいられなかった。もっときれいだし、たぶん、魅力的。その理由は、彼女自身わかっていた。見ず知らずの人の目で自分を見ているからだ。昨夜二人がテーブルをはさんで席にいたとき、トゥルーが彼女を見ていたように。

それに気づいて、もうひとつ決めた。ホープは電話の下の引き出しをひっかきまわして、必要なものをすべて見つけた。メモを走り書きし、裏のドアから出ると、浜辺へ降りていった。階段を使い、木道を歩いて隣の家へ行った。トゥルーがかならず気づくように、門の掛け金にメモを貼りつけた。

やってきた経路をもどり、玄関に向かいながらハンドバッグをつかんだ。車に乗りこんだとき、ホープは大きく息をついて、つぎはなにが起こるだろうと思った。

✉

トゥルーは、ホープがなにをしたのか、わからなかった。

彼女がコテージの裏のデッキに現れるのが見えた。スコティとの散歩から帰った四十分後のことだ。彼女は彼が滞在中の家へ向かった。自分がいないときに会いにくるとはと、一瞬残念になったが、彼女は門のところで立ちどまった。裏のドアに行こうか迷っているのかと思ったら、数秒ほどですぐにコテージにもどってしまい、姿を消した。そのあと彼女を見ていない。

変だ。

彼はまだホープのことを考えていた。こういう彼の気持ちを、夢中になったせいだとか、たぶん必死だからだと言うのは簡単だ。キムなら間違いなくそう言うだろう。離婚以来、元妻は折にふれて、いまデートしている人はいないのかと聞いてきた。だれもいないと答えると、キムは冗談まじりに、そんなふうに実戦不足だと、だれかからちらりと色目を使われただけで、たちまち真っ逆さまに恋に落ちるだろうと言うのだ。

でも、ここで起きているのは、そういうことではなかった。彼はホープに夢中になったわけでも、必死になっているわけでもない。ただ、彼女から目が離せなくなったことは認める。皮肉にも、それはキムと関係があった。早くからトゥルーは、キムが自分自身に魅力があると承知して、それを利用するすべをおぼえて生きてきたことに気づいていた。一方ホープは同じくらい美しいのに正反対のようだ。たとえばスケッチを描きおえて、(これがあるべき姿だ)と思ったときのような直感的な形で、彼に訴えかけたのだった。

そんなことを考えるのが、タイミングとしてまずいこともわかっていた。そこからはなにも生まれない。彼が月曜日にここを離れるだけでなく、ホープも日曜日にここを去って元の暮らしにもどるしかない。たとえ現在むずかしい状況にあるとしても、そこには彼女が結婚しようと思っている男がいる。それぞれが週末を自由に過ごせるとしても、ホープに二度と会わないことは確かだ。

また引きがあり、魚とのゲームになって、タイミングよく食いつかせた。ひとしきり格闘したあと、驚いたことにヒラメとは別の魚を釣りあげていた。これもやはり知らない魚だった。

彼が釣り針をはずしているのを見て、あの野球帽の年寄りがぶらぶら近づいてきた。

「こいつはすごいメルルーサだな」

「メルルーサ？」

「タラの一種だが、ボラみたいなもんだよ。こいつは大きいから逃がすこともない。りっぱな料理になるぞ。また、逃がすつもりなら、ちょっと言っておくけど」

トゥルーがまた手渡すと、魚はまたクーラーボックスに消えた。

そのあと大きな幸運には恵まれなかったが、おかげでアンドルーに電話をする時間がやってきた。釣り道具を片づけ、売店まで歩いていって小銭をつくった。それから公衆電話で三十秒ほど、たくさん硬貨を投入したあとで国際電話のオペレーターに通じると、トゥルーの耳もとで聞きなれた呼び出し音が鳴りはじめた。

電話に出たのはキムだった。コレクトコールの申し出を受けてもらい、アンドルーが電話に出てきた。息子はアメリカについて彼を質問攻めにしてきたが、ほとんどが見たことのあるいろいろな映画のことだった。街中でひっきりなしに銃撃戦をし、人びとがカウボーイハットをかぶり、映画スターがどの街角にもいて……という想像が事実ではないと知って、息子はがっかりしたようだった。そのあと、会話はもっと普通のことになり、アンドルーがこの二、三日どう過ごしていたのかを話して、トゥルーは不在を埋めるために耳をかたむけた。息子の声を聞いていると、たがいに地球を半分も離れているのだと胸が痛くなった。トゥルーの番になったので、浜辺のことや、今朝釣った二匹の魚について話した。スコティを助けた話もした。電話が思ったより長くなり——二十分近くになっていた——キムがアンドルーに宿題をまだやっていないと言うのが聞こえ、息子が離れてキムに電話をかわった。

「会いたがってるのよ」彼女が言った。

「わかる。ぼくも会いたいよ」

「お父さんには会えたの？」

「まだなんだ」彼は土曜日の午後にならないと会えないと伝えた。それを聞いてキムが咳ばらいをした。

「なんだか犬の話をしてたみたいね。車にはねられたとか」

「深刻な事故じゃなかった」トゥルーは話をくりかえしたが、そこでうっかりホープの名前を出すというミスをおかした。キムがすぐに飛びついた。

「ホープ？」

「ああ」

「女の人？」

「当然」

「で、仲良くなったのね」

「どうしてそう思う？」

「だって名前を知ってる。つまり二人でしばらく話をした。あなたは普段そういうことを絶対にしない男よ。どういう人か話して」

「あまり話すことはないが」

「デートしたの？」

「なぜ、そんなに重要なんだ？」

キムは答えずに、笑い声をあげた。「信じられないわ！　ついにあなたは女に出会ったのね。よりによって、なんとアメリカで！　彼女はジンバブエに来たことがあるの？」

「いいや……」

「彼女のこと、すべて知りたいわね。この電話代は請求しないから。それでどう？」

キムはそれから十分間、電話にとどまった。トゥルーはホープへの気持ちをできるだけ軽く見せようとつとめたが、電話の向こうでキムが笑顔を浮かべているのが目に見えるようだった。受話器を置いたとき、彼は動揺しており、時間をかけて浜辺をもどっていった。鉛色に変わりつつある厚い雲の下で、トゥルーはどうしてキムがあんなにすばやく勘づいたのかと不思議に思った。たしかに、だれよりも彼をよく知っている事実はあるものの、その鋭さには驚かされた。

女というものは、じつに謎めいた生き物だ。

やがて、裏のデッキへと階段を登り、そこで門の掛け金のそばに押しこんである紙に驚いた。ホープが残していったものに違いないと思い——このために、あのとき彼女はここへ来たのだ——紙を抜きとってメモを読んだ。


おかえりなさい！　今日、キンドレッド・スピリットへ行くことにしたわ。いっしょに行く気があるなら、三時に浜辺で会いましょう。

彼は片方の眉をあげた。絶対に謎めいた生き物だ。

家にはいると、ボールペンを見つけて返事を書いた。ホープがいくつか予約をしていると言っていたのを思い出しながら、玄関から出て、コテージへと歩き、表のドアのドアノブのそばにメモを差しこんだ。彼女の車がなくなっているのに気づいた。

家にもどり、ワークアウトをしてから、簡単にランチをとった。食卓にすわり、窓から外を眺めると、空がゆっくり不吉な様相を帯びてくるのが見てとれた。少なくとも夜まで、雨が待ってくれればよいのだが。

✉

エレンはウィルミントンのヘアサロンだけでなく、クレアというスタイリストも推薦してくれた。ホープは椅子にすわり、耳にたくさんピアスをした鏡に映る女性を眺めた。スタイリストは鋲を打った黒い犬の首輪をして、黒髪に紫色の筋を何本も入れ、ぴったりした黒のパンツに、黒のノースリーブのトップという完ぺきなアンサンブルで決めていた。ホープはひそかに、エレンはなにを考えているのかと不思議になった。

クレアは以前ローリーで働いていたことがわかった。ウィルミントンに引っ越してきたのは、今年になってからだそうだ。エレンは彼女の上得意らしい。ホープはまだ心もとなかったが、無言で祈りをとなえると、椅子にもたれた。クレアはホープがしてほしい髪の長さとスタイルについて質問したあと、よどみなくおしゃべりをつづけた。八センチ近く髪を切られたのを見てホープがハッと息を呑むと、クレアはきっと気に入ると約束して、最初に希望していたスタイルがどうだったかはともかく、カットをすすめていった。

ホープは髪形が変わっていくあいだずっと緊張していたが、ハイライトを入れ、ドライヤーをかけ、スタイルを整えると、クレアには才能があると認めざるをえなかった。ホープの自然な鳶色の髪には、淡いニュアンスがはいり、夏のあいだほとんど戸外で過ごしたような色合いを帯びていた。髪形も変化して、顔の輪郭がこんなになるとは想像もつかない形になっていた。彼女は、クレアにチップを奮発して渡し、店を出て、通りの向こう側にあるネイルサロンへ向かった。ドアを開けたとき、ちょうど彼女の予約時間になった。ネイリストは中年のベトナム人女性で、あまり英語がしゃべれなかった。そこで、花嫁付添いのドレスに合うワインレッド・ローズを選び、ペディキュアをしてもらうあいだ雑誌を読んだ。

そのあと、ホープはウォルマートに立ち寄って新しいコーヒーメーカーを買った。一番安いモデルを。コテージを売るのだから無意味な気もするが、一杯のコーヒーは彼女にとって欠かせない朝のルーティンのひとつだし、土曜日には包装してエレンに結婚祝いとして贈ることもできる。少し使ってあるというメモをつけて（ちょっとしたジョーク）。そう考えて、ホープはひとり笑いをもらした。それから近くの店をいくつか偵察し、うれしいことに花嫁付添いドレスに合う、はきやすいストラッピー・ヒールを見つけた。値段は少し高かったが、最後の努力でぴったりの靴に出会ったのは幸運だと感じた。さらに、いまのすり切れたサンダルを取り替えようと、ビーズ飾りのついた白いサンダルにも散財した。隣にある服のブティックにはいって、棚を見てまわった。ささやかな買い物療法はけっして悪いことではないのだ。結局、そこでもセール品になっている花柄のサンドレスを買ってしまった。前身ごろに小さなくぼみがついており、ウエストにはシンチベルトがあって、丈は膝上だった。ふだん彼女が買うタイプのワンピースではなく――というか、正直に言えばほとんどワンピースを買ったことがないのだが――おもしろい形だし、女らしいし、見逃すことができなかった。いつどこで着るか、当てがあるわけではなかったが。

帰り道は楽だった。道はすいていて、幸運にも交差点にさしかかると連続して青信号になった。高速道路では低地の農場を眺めながら走り、最後にサンセット・ビーチに通じるインターチェンジにはいった。数分後、ホープはコテージの駐車場に車を乗りいれた。買った物をまとめて持ち、正面のドアへ階段を上がって、ドアノブのそばに差しこんである紙を見た。引っこぬくと、朝トゥルーに宛てて書いたメモ用紙だとわかった。最初はただ彼が返してよこしたのかとがっかりしたが、メモを裏返すと返事があった。

三時に浜辺へ行く。温かい会話と、キンドレッド・スピリットをとりまく謎を知るのが楽しみだ。驚くのが待ちきれないよ、ぼくのガイドをするきみに。

ホープはまばたきをして、あの人はどこでメモの書き方をおぼえたのだろうと考えた。言葉の使い方がなんとなくロマンチックだ。じつはそのせいで、彼と実際にいっしょに出かけられるのだと赤らめた頬のほてりが、さらに強まったのだったが。

ドアを開けると、スコティが激しく尻尾をふりながら、周囲をまわってじゃれついた。犬にまとわりつかれるまま古いコーヒーメーカーをはずし、外のゴミ容器に放りこむと、新しい機械をセットした。ほかの買い物袋は寝室に運び、時計を見て、まだ一時間ほど準備をする余裕があると確認した。髪はそのままでいい。となると必然的にスーツケースから薄いジャケットをとりだし、出かけるまで手のとどく場所に置いておくだけだ。

つまり、もうなにもすることがなく、カウチでリラックスしようとしたり、鏡を見て外見を何度もチェックしたりするしかなかった。時間が過ぎるのは、なんとのろいのだろうと、そればかり気にしながら。

一通のラブレター

三時まであと十分。トゥルーは家を出て、木道から浜辺へ向かった。朝にくらべると、気温がぐっと下がっているのを感じた。空は灰色で、風は衰えることなく海を波立たせていた。潮の泡が浜辺に吹き飛ばされて、子どもの頃テレビで見た西部劇の回転草《タンブルウィード》のように砂地をころがっていた。

ホープの姿を見ないうちに声が聞こえた。そんなに引っぱらないでと、スコティに叫んでいたのだ。浜辺へ降りてくる彼女が、薄い上着を着ているのに気づいた。鳶色の髪もただ短いだけではなく、ところどころ光っているようだ。彼が見ていると、スコティがぐいぐい彼女を引いてきた。

「こんにちは」近くにきたホープが言った。「今日はどんな感じ？」

「静かなものさ」トゥルーは答えながら思った。いつもの青緑色《ターコイズ》の瞳に灰色の空が映りこみ、この世のものではないような色合いが出ていると。

「今朝、向こうへ歩いていくのが見えたけど、結果は？」

「ちょっとだけね。そちらは？　全部思いどおりになったのかな？」

「ええ。でも、起きてからずっとフル回転って感じだったわ」

「その髪、いいじゃないか」

「ありがとう。思ってたより大胆に短くされちゃったの。まだわたしだとわかってくれてうれしいわ」彼女は上着のジッパーを閉めてから、スコティのリードをはずした。「あなたは上着がなくても平気？　けっこう肌寒いし、これからまだちょっと歩くのよ」

「ぼくは大丈夫だ」

「きっと体にジンバブエ人の血が駆けめぐってるのね」

スコティは自由になったとたん、砂を撥ね散らかしてダッシュし、二人は後を追わざるをえなかった。

「手に負えない犬だと思ってるでしょうね」彼女が言った。「これでもしつけ教室には連れてったの。頑固すぎて、おぼえようとしなくて」

「とりあえず信じておくよ」

「信じないってこと？」

「どうしてぼくが信じないと思うんだい？」

「わからないけど。あの子と争うと、わたしはすぐ負けて言いなり――そう思われてるみたい」

「そのコメントに、安全に答える手段はあるのかな」

彼女は笑った。「たぶんないわ。アンドルーとは話ができた？」

「ああ。でも、息子よりぼくのほうが会いたがってるのは、絶対に確かだ。それがわかったよ」

「子どもって、そんなものじゃない？　わたしだってキャンプに行くと、いつもあんまり楽しくて、親のことなんか考えなかったもの」

「そんなものか」トゥルーはちらりとホープを見た。「子どもが欲しいと思ったことはある？」

「ずっと欲しいと思ってる」彼女が認めた。「子どもがいないなんて考えられない」

「そうなんだ」

「そもそもわたしって、結婚とか家族的なものに、のめりこんでるタイプなの。仕事は楽しいけど、人生を賭けるものじゃない。姉が最初の赤ちゃんを産んだときのことを思い出すわ。姉が赤ん坊を抱かせてくれたとき、もう……メロメロになっちゃった。人生の目標がわかったみたいに。でも、思い返すと、以前からそんなふうだったんじゃないかしら」彼女の目がほのかに輝いた。「少女の頃、シャツの下にソファのクッションを入れて、赤ちゃんができたみたいに歩きまわってた」彼女は思い出して笑い声をあげた。「いつもお母さんになった自分を思い描いてね……なんというか、自分のなかで一人の人間を育てるという考えが、その子をこの世にもたらして、一種の原始的な激しさで愛するってことが、わたしには……深いものに感じられる。いまはあまり教会に行ってないけど、この気持ちはかなり宗教に近いものよ」

彼が見ていると、ホープはつらい真実を押しのけでもするように、ばらけた髪を耳の後ろへ引っかけた。その弱々しさに、彼は彼女に両腕をまわして囲ってやりたくなった。

「でも、物事って想像したとおりに運ぶとは限らない。そうでしょ？」この問いかけは、漠然としていたので彼も答えなかった。ホープは数歩あるいてから、話をつづけた。「人生が公平じゃないことはわかってるし、人が計画すれば神が笑う、という古い言いまわしを聞いたことがあるけど、この歳まで独身でいるとは夢にも思わなかった。まるで人生が保留にされてるみたい。ずっとすべてが順調だったのに。すてきな人と出会った。二人で計画を立てた。それから……なんにも起こらなかった。彼とは六年前のまま。いっしょに暮してもいなければ、結婚はおろか、婚約さえしていない。ただデートをしてるだけ」彼女は首をふった。「ごめんなさい。こんなことを話しても、たぶん興味はないわね」

「そんなことはない」

「どうして？」

（それはきみが大切だからだ）と思った。かわりにトゥルーは言った。「ときに人は、ただ話を聞いてくれる相手が必要なことがあるんだ」

砂浜を歩きながら、彼女はその返事を真剣に考えているようだった。スコティは遠く先へ行っており、すでに桟橋を通り過ぎて、いつもどおり元気一杯、鳥の小さな群れをつぎつぎに追いまわしていた。

「たぶんなにも言うべきじゃなかったのよ」彼女は負けたように肩をすくめた。「いまも、ただジョシュにがっかりしてるし、二人にどんな未来が成り立つのかと考えてしまう。あるいは、未来自体があるのかって。でも、これは怒りをぶちまけてるわけじゃない。もし、わたしたちがいい関係だったときのことを聞かれたら、彼のすばらしさをずっと話していられるもの」

彼女の声が小さくなって消えると、トゥルーはちらりとホープを見た。「彼は結婚を考えてるのかな。子どもを持つことを望んでる？」

「問題はそこなの……彼は望んでると言うのよ。というか、以前はね。最近はあまり話してないし、それをやっと話題にしても議論はあっというまに決裂する。だから、彼がここにいないのよ。大きな言い争いになっちゃって、わたしと結婚式に参列するかわりに、遊び仲間とラスヴェガスにいるわけ」

トゥルーは表情を曇らせた。ジンバブエでも、人はラスヴェガスのことを知っている。

ホープはかまわずに話をつづけた。「わからないけど、わたしが悪いんだわ。もっとうまく持っていけるはずだから。それに、こんなふうに話したら、彼がずいぶん身勝手な人に見える。そんな人じゃないのよ。ただ、ときどき、大人になりきってないのかなって」

「何歳だい？」

「四十ちょっと手前。ところで、あなたは何歳なの？」

「四十二」

「いつ大人になったと思った？」

「十八のときだ。そして農場を出た」

「聞いても驚かないわ。あなたの身に降りかかったことからすると、大人になる以外に選択肢はないもの」

二人は桟橋に着いていた。トゥルーは多くの杭がすでに顔を出しているのに気づいた。彼女の言うとおり、引き潮の時間だった。

「これからどうするつもり？」と彼はたずねた。

「さあ。いまのところ、結局わたしたちは元にもどって、別れたところからやり直すんでしょうね」

「きみはそう望んでるんだね？」

「愛してるの」彼女は負けを認めた。「彼もわたしを愛してる。いまはちょっと不愉快なやつだけど、たいていの場合は、そうね……ほんとにすばらしい人だわ」

彼はその言葉を予期していたが、心の隅では、彼女に言ってほしくなかった。「そうだろうな、もちろん」

「どうしてそう言えるの？」

「それは、六年間、彼と離れずにいたからだ。ぼくの知るかぎり、彼に数えきれないほど立派な長所がなければ、そこまでしなかったと思う」

彼女は立ちどまって鮮やかな色の貝殻を拾ったが、手にしてみると砕けていた。「わたし、あなたの言い方って、好きよ。けっこうイギリス人っぽく聞こえる。〝数えきれないほど立派な長所〟なんて、これまで一度も聞いたことがないわ」

「それは残念だ」

彼女は貝殻を投げると、おかしそうに笑った。「わたしがなにを考えてるか知りたい？」

「なんだい？」

「キムはあなたと別れて失敗したかもしれない」

「ご親切にありがとう。でも、失敗じゃなかった。ぼくは自分が夫というものに向いてるかどうか自信がないんだ」

「もう二度と結婚しないということ？」

「それは考えたこともない。仕事があり、アンドルーとの時間がある。その合間にデートをするのは優先順位が低いな」

「ジンバブエの女性ってどんな感じなの？」

「ぼくの周囲で、ということ？　独身の女の人？」

「そうよ」

「あまりいないからね。出会う女性はほとんど既婚だ。ロッジで夫といっしょにいる」

「じゃ、あなたは別の国に行くべきだわ」

「ジンバブエはぼくの故郷だよ。アンドルーもいる。彼を置き去りにするなんて無理だ」

「そうね。無理よね」

「きみはどう？　アメリカを離れて外国に行こうとは思わなかった？」

「一度もね。それに、いまはできないことも確かよ。父が病気だから。将来を考えても、できるとは思えない。家族がここにいて、友だちもここにいる。でも、いずれはアフリカに行ってみたいわ。それとサファリにも」

「そのときは、ガードをよく固めておいたほうがいい。なかには、とても魅力的なガイドがいるからね」

「ええ、わかってる」ホープはふざけるようにトゥルーの肩にぶつかった。「キンドレッド・スピリットはどんなところだと思う？」

「まだ、イメージが湧かないな」

「浜辺にある郵便ポストなの」

「それはだれのポスト？」

彼女は肩をすくめた。「だれのでもない。というか、みんなのものよ」

「ぼくが手紙を書くってこと？」

「書きたければね。初めて行ったとき、わたしはそうしたわ」

「それはいつ？」

ホープは答えを考えた。「五年ぐらい前」

「もっと小さいときから行ってるのかと思った」

「むかしからあったわけじゃないの。たしか父から、一九八三年にできたと教えてもらった気がする。もしかしたら違うかもしれない。わたしもまだ二、三回かな。去年のクリスマスの前日に行ったけど、もう大変だった」

「大変って？」

「雪が降って四十センチ近く積もってたの。この海辺で雪に降られるなんて初めてよ。家に帰って階段のところに雪ダルマをつくったんだから。どこかにそのときのコテージの写真があると思う」

「ぼくは雪を見たことがない」

「一度も？」

「ジンバブエには雪が降らないし、ぼくがヨーロッパに行くのは夏だけだ」

「ローリーでもめったに雪は降らない。でも、うちの両親はわたしたちを冬にウェストバージニアのスノウシューに連れてって、スキーをさせてくれたわ」

「スキーはうまいのかい？」

「まあまあね。スピードを出して滑るのは嫌いよ。わたしはリスクをとらないタイプだから。ただ楽しいだけで十分なの」

水平線の彼方で、雲間に閃光が明滅した。「あれは稲妻かな」

「たぶん」

「引き返したほうがいいんじゃないか？」

「あれは沖のほうだわ。嵐は北西からやってくるのよ」

「絶対に？」

「もう絶対に。この場合は、わたしもリスクをとるわ」

「それならいいよ」トゥルーはうなずいた。二人は歩きつづけ、後方に置いてきた桟橋もずいぶん小さな姿になった。サンセット・ビーチの端までやってくると、バード・アイランドはもう目前だった。足を濡らさないように、二人は砂丘を巻いていった。トゥルーは彼女がふざけて体をぶつけてきたことを思いながら歩いた。まだ肩にその感触が残っていて、腕が上から下までちりちりしびれるような気がした。

✉

「郵便ポストだ」とトゥルーが言った。

二人はキンドレッド・スピリットに到着して、ホープは彼がまじまじと見ている様子を眺めていた。

「だからそう言ったでしょ」

「なにかのたとえだと思ってたよ」

「違うわ。まさにそのもの」

「だれが世話をしてる？」

「知らない。父に聞けば教えてくれると思うけど、たぶん近辺の人？　ねえ、ちょっと来てみて」

彼女は郵便ポストに近づきながら、トゥルーのあごにできるくぼみと、風に乱れた髪に気づいた。彼の肩先の向こうでは、近くの砂丘にいるスコティが舌をたらしてくんくん嗅ぎまわっている。休みなく鳥を飛び立たせるという冒険の旅にも、さすがに疲れたのだろう。

「このアイデアをジンバブエに持ち帰って、森《ブッシュ》に郵便ポストを立てるというのはどう？　すてきだと思わない？」

彼は首をふった。「一カ月もたたないうちに、ポストはシロアリに食われて消えてるな。それに、だれも手紙を入れに来ないし、読みにも来ない。危険すぎて」

「一人で森にはいったことはないの？」

「武器を持たずには出ていかない。事前に安全だと予測がつくときだけだ。獣がどこに生息しているか、わかってるから」

「一番危険な獣って、なに？」

「それは時と場所、動物の不機嫌さによって違う。おおざっぱに言って、人が水中か水辺にいれば、クロコダイルやカバだ。昼間の森では、アフリカゾウ。とくに発情期は危険だ。夜間の森では、ライオン。つねに注意したいのが樹上にいるブラックマンバ。これは蛇で、猛毒を持ってる。咬まれたら、十中八九命を落とすよ」

「このノースカロライナにはヌママムシがいるのよ。アメリカマムシも。一度、咬まれた少年が救急で運ばれてきたわ。でも、病院には抗毒血清があるから、その子は助かった。どこからこんな話になったんだっけ？」

「アフリカの森に郵便ポストを立てたらという話からさ」

「ああ、そうだった」彼女はポストの取っ手に手をかけていた。「じゃ、開けるわよ」

「開けるときのルールはないの？」

「もちろんある。まず、十回ジャンピング・ジャック（訳注・ジャンプしながら開脚して同時に手を頭上で合わせ、またジャンプしながら足を閉じて手を体側に戻す体操）をして、〝懐かしい昔《オールド・ラング・サイン》〟を歌うの。捧げものは赤いビロードのお菓子。それをベンチに置くのよ」

彼が目をみはると、ホープはくすくす笑った。

「だまされた！　いいえ、ルールはなにもないわ。ただ……郵便ポストのものを読むだけ。もし書きたくなったら、書いて入れるの」

彼女は引きあけて、はいっている手紙をすべてとりだし、ベンチに運んでいった。すわって手紙を横に置くと、トゥルーも隣に腰を下ろした。彼女が彼の体の熱を感じるほど近いところに。

「わたしが先に読んで、あなたにわたす順序でいい？」

「きみのいいように」と彼が答えた。「始めて《プロシード》」

彼女は目をうわむけた。「始めて、ね」と繰り返して、「ただ〝オーケー〟でいいんじゃない？」

「オーケー」

「おもしろいのがあるといいけど。ここに来て、何度かびっくりするような話を読んだのよ」

「一番記憶に残ってるものは?」

ホープは何秒か考えた。「あるレストランで少しだけ話した女性を探している男の手紙。二人はバーにいて、彼女の友だちがやってくるまで数分しゃべり、女の人はテーブルのほうへ立ち去った。でも、彼は彼女が運命の人だとわかったの。星が衝突して、彼の魂に光のきらめきが踊ったとか、そんなきれいな文章が書いてあった。とにかくだれかその女性のことを知らないか、知ってたらもう一度会いたいから、この想いを彼女に伝えてほしい、というの。自分の住所と電話番号まで書いてね」

「ほとんど話してないのに?　なんだか強迫観念の持ち主っぽいな」

「彼の文章を読まないとわからないわ。すごくロマンチックなの。人は直感でなにかを悟るときがあるのよ」

彼はホープが束の一番上から葉書をとるのを見まもった。第二次世界大戦の時の合衆国海軍の戦艦ノースカロライナの絵葉書だった。彼女はそれに目を通して、なにも言わずに彼へわたした。

トゥルーはざっと眺めて彼女を向いた。「これはバーベキュー用の買い物リストだ」

「そうね」

「さすがに興味をそそられないな」

「そそられなくてもいいんじゃない?　だから、おもしろいのよ。石ころの山からダイヤモンドを探したいの。最初からわかるはずがないでしょ?」ホープは束から手紙をとった。「これがそうかも」

トゥルーは葉書を横に置いた。彼女が読みおえて、彼にわたした。少女が両親に宛てた詩だった。それを見て、彼はアンドルーがもう少し幼ければ書いたかもしれないと思った。読んでいると、ホープの脚が彼のほうに動いて、くっつくのを感じた。彼女は読みおえた彼に、ノートから破りとった一枚の紙をわたした。トゥルーは、体が触れているのを彼女は気づいているのだろうか、それとも無名の作者の言葉に夢中で、感じていないだけなのかと考えた。見ていると、ときおりホープは目を上げてスコティが近くにいることを確認した。鳥たちがいないせいか、犬は波打ち際のほうでぺたりとすわりこんでいた。

また葉書があり、裏にコメントを書いた写真の小さな束があった。ほとんど会話のなかった父親から、子どもたちに宛てた手紙には、壊れた関係についての悲しみよりも、恨みや非難が書きこまれていた。トゥルーはこの父親が起きたことの責任を果たしたのだろうかと疑った。

彼がそれを横に置くと、ホープがつぎの手紙をまだ読んでいた。沈黙のさなか、トゥルーは砕ける波のすぐ先で、海上を滑空する一羽のペリカンを見つけた。その向こうの海は暗い色を増しつづけ、水平線の近くではほぼ真っ黒になっていた。固くなめらかな表面をした砂には、引き潮でとりのこされた壊れた貝殻がばらばらに散らばっていた。ホープの髪が潮風に吹かれてかすかに持ちあがり、灰色をおびた光のなかで、彼女だけが色彩をまとっているように感じられた。

まだ、彼女は手紙をよこさない。そのとき彼は、彼女が便箋をもう一度読み返しているのに気づいた。そして洟をすする音がした。

「うーん」ホープはようやく声をあげた。

「星が衝突して、彼の魂に光のきらめきが踊ったと書いてあるのかい？」

「違う。でも、考えてみれば、たぶんそのとおり。この男の人も強迫観念の持ち主みたい」

トゥルーは笑いながら、彼女から手紙を受けとった。彼女はつぎの手紙をとろうとせず、彼に真剣なまなざしを向けつづけた。

「ぼくが読むあいだ、こちらを見ないでくれないか？」と彼が言った。

「もっといいことを思いついた。その手紙、声に出して読んでみない？」

それには彼も不意をつかれた。が、手紙をわたされたとき、彼女の手が軽く手にふれてきたのだ。ずいぶんたがいに気をゆるしていると彼は思った。ホープみたいな人に恋心を抱くのは簡単だ。そう感じたとき、いや、たぶん、すでにもう恋に落ちたのだと意識した。この想いは止められないと。

沈黙のなかで、彼女がさらに身を寄せてくるのがわかった。髪の香りがした。清潔で甘い、花のように新鮮な匂いだ。トゥルーは両手で抱きしめたい思いと闘い、かわりに息を深く吸いこんで視線を落とすと、弱々しく乱れた筆跡を読みはじめた。

リーナへ

砂時計の砂が、無慈悲に僕の人生から落ちていく。それでも、とくに——悲しみと喪失の激流におぼれている今、僕らが分けあった幸運な年月を、なんとか思い出してみよう。

君のいない僕は、いったい何者なのか。僕が老けて疲れたときも、一日に立ち向かわせてくれたのは君だった。ときどき、君に心を読まれていると感じた。僕が望むこと、必要とするものを、いつも知ってるようだった。僕らは、ときには喧嘩もしたが、いっしょに暮した半世紀以上を思い返すことができて、僕はつくづく幸運な男だった。君は僕を元気づけ、心をとらえた。君が隣についているおかげで、僕は少し背筋を伸ばして歩いた。君を抱くたびに、ほかにはなにも必要ないと感じた。もう一度君を抱けるなら、なんでも代わりに差しだそう。

　君の髪の匂いをかいで、一緒に夕食の席につく。いつでも唾が湧いてきたフライドチキンを、君が作るところが見たい。医者が食べるなと言った料理だ。君の誕生日に買った青いセーターに、袖をとおすところが見たい。夜、居間で僕の隣にいるときも、よくあれを着ていた。子どもたち、孫たち、たった一人のひ孫のエマと一緒に座りたい。どうしてこんなに老けてしまったのか？　あの子をハグするときだと思うが、君がそのことで僕をからかうのを聞きたくても、もうその声は聞こえない。いつも、胸がつぶれるほどそれが悲しい。

　こういうことは苦手だ。一人で日々を暮らしている。わけ知り顔の君の笑顔がなつかしい。君の声もなつかしい。たまに、庭から僕を呼ぶ声が、いまだに聞こえるような気がする。窓辺に行くと、そこにはカーディナル（猩々紅冠鳥《ショウジョウコウカンチョウ》）しかいない。君に頼まれて、餌台を吊るしてやったあの赤い鳥だ。

　君に代わって餌は欠かさず入れている。そうしてほしいだろうから。あの鳥たちを眺めるのが君の楽しみだった。ペット・ショップの男によれば、なぜか理由はわからないが、カーディナルのつがいは一生添いとげるという。

本当かどうかはともかく、それを信じたい。君がしていたように、鳥たちを眺めていると、君はずっと僕のカーディナルだったのだと思う。そして僕も君の。恋しくてたまらない。

記念日おめでとう
ジョー

読みおえても、トゥルーは便箋に見いっていた。認めたくないほど、手紙の言葉に動かされていた。ホープの視線を感じ、彼女のほうに顔を向けたとき、あけっぴろげで無防備な美しさに打たれた。

「その手紙」と、彼女は静かに言った。「そういうのが、キンドレッド・スピリットに来たくなる理由よ」

トゥルーは便箋をたたんで封筒に入れ、脇に積まれた小さな束にのせた。彼女が未読の手紙を手にするのを見まもりながら、たぶんもうこれ以上のものはないだろうと感じた。予想は当たった。ほとんどが心のこもった真剣なものだったが、ジョーの手紙ほど胸を打つものはなかった。二人がベンチから立ちあがり、郵便ポストに手紙をもどしたときも、トゥルーはまだその男のことを考えていた。彼はいま何歳で、どこに住み、なにをしているのだろう。人里から離れ、浜辺が連なった島の、簡単には近づけないこの場所に、いったいどうやって来たのだろう。

二人は帰路についた。ときおり思い出したように、なにげない会話をかわしたが、もっぱら黙って歩くだけで満足していた。その安心感からか、トゥルーはまたジョーとリーナについて、なぐさめと、信頼と、離れがたい気持ちが長く根を張った関係について考えた。そして、ホープも同じことを考えているのではないかと思った。

前方ではスコティが、砂丘と波打ち際を行ったり来たりして、ジグザグに動いている。雲はさらに暗さを増し、風に吹かれてたえまなく形を変えており、数分後にはぱらぱらと細かい雨が飛んできた。上げ潮の時間になって、波が浜辺を洗いだし、濡れないためには砂丘へ登らなければならなかったが、トゥルーはすぐに濡れるのを避けている場合ではないと気づいた。稲妻が二回空を照らしたかと思うと、雷鳴が二回たてつづけに轟いた。世界が一転して薄暗くなった。ぱらぱらした雨が本格的に降りだし、すぐにザーッと大雨に変わった。

ホープは悲鳴をあげて走りだしたが、桟橋はまだまだ遠く、結局あきらめて歩きだした。彼女はふりかえると、両手を挙げた。

「時間を読み違えたみたい。でしょ?」大声で叫んだ。「ごめんね!」

「平気さ」歩いて近寄りながら、彼は答えた。「濡れるけど、凍える寒さじゃない」

「濡れるどころじゃないわ。これじゃ、水浴び。わたしたち、まるで冒険してるみたいよね?」

どしゃ降りの雨で彼女のマスカラが頬に流れ、ほとんどすべてに完ぺきな女性の、ちょっとした瑕《きず》となっていた。彼はなぜこの人生に彼女が現れたのかと思い、すでに抱いている彼女への深い思いを、どうして持つことができたのかと不思議になった。トゥルーは彼女のことしか考えられなかった。ジンバブエでの暮らしも、ノースカロライナに来た理由も思い出さなかった。ただ彼女の美しさに驚き、二人で過ごした時間を、あのいきいきとした光景を心で再生していた。それは興奮と感情の高潮だった。突然感じたのは、これまでの人生の一歩一歩が、じつはすべて彼女と出会う小道に向かっていたのではないかという思いだった。まるで彼女が目的地であるかのように。

ホープは凍りついて動かなかった。トゥルーは、たぶん彼の気持ちを察したのだと思った。彼女も同じように思ったのだろうか。それはわからないが、片手を彼女のほうへ伸ばしても、ホープは動かなかった。そして、彼の手が腰に置かれた。

長いあいだ、二人はその姿勢のままで立っていた。わずかなそれだけの接触なのに、そこを通じて波動がかわるがわる二人の体を走りぬけた。彼が見つめ、彼女が見つめ返した。永遠につづく瞬間が過ぎ、彼がほんの少し前へ動いた。首をかたむけて、ゆっくりと彼女の顔に近づけると、ホープの手がやさしく彼の胸に置かれるのを感じた。

「トゥルー……」彼女がささやいた。

声の調子が彼を踏みとどまらせた。一歩下がって、二人のあいだを空けるべきだとわかっていたが、彼にはその力が湧かなかった。

彼女も引かなかった。どしゃ降りの雨に打たれながら、二人は顔を見合わせていた。トゥルーは古い本能が、自分ではどうにも制御できない本能が起きあがるのを感じた。突然澄みきった気分で、これが恋なのだと理解した。たぶん、これまでずっと彼女みたいな人を待っていたのだと。

✉

ホープは彼を見つめ、めくるめく思いで、トゥルーの手のやさしい力を無視しようとした。触れる手からつたわる彼の望みと憧れを、無視しようとした。キスしてほしいと、ある部分では思っていた。ほかの部分、もっと強い部分が、それはいけないと警告しており、二人のあいだに手が置かれたのだ。

まだ、早すぎる……

気がすすまなかったが、彼女はやっと目をそらした。彼が落胆し、それを受けいれるのを感じていた。トゥルーがついに一歩下がり、彼女も息がつけるようになった。まだ彼の手は腰に置かれたままだった。

「家まで帰ったほうがいい」彼女はつぶやくように言った。

彼がうなずき、手が彼女の腰からすべり落ちると、その手をホープが握ろうとして止めた。同時にちょうど彼が手をひねったので、二人の指がまるでバレエを演出したように組み合わさった。それから二人は手を握りあい、並んで歩きだした。

それが激しく心を高ぶらせた。大きな枠組みで言えば、手をつなぐ行為などとるに足りないことなのに。彼女はコテージでキスをしたトニーとも、同じことをしたとぼんやり思い出した。つぎの日、映画を見に行ったときのことだ。当時はあの単純な行為が、ついに大人になったみたいな、成熟のしるしとして印象深かったのだが、ここでは、これまで体験したなかでもっとも私的な、人に言えない行為のひとつに思われたのだ。彼の手の感触が、あとでさらに深い関係になる可能性さえ運んできた。そのことを考えすぎないように、ホープはスコティの見張りに神経を集中した。

二人はクランシーズの前を通り、やがて栈橋を過ぎた。ほどなくコテージの階段に帰り着いたが、トゥルーが手を放したのは、彼女が立ちどまってからだった。ホープは彼を見つめた。まだ二人の時間を終わらせる気になれなかった。

「今夜、夕食をどうかしら?　コテージで。昨日、マーケットで生のお魚を少し買ってきたんだけど」

「ああ。とてもいいね」と彼が言った。

真実の瞬間

コテージのドアを開けたとたん、スコティがなかに飛びこんで立ちどまり、激しく身ぶるいして、近くにあるものすべてに細かい水滴を撒き散らした。ホープはタオルをとりに走ったが、犬は彼女に捕まる前に、もう一度身ぶるいをしてのけた。彼女は顔をしかめた。とりあえず自分の体を拭いたら、家具や壁を掃除しなければならないだろう。とはいっても、まず風呂が先だ。

二人は一時間半後に始めることにしたので、時間はたっぷりあった。バスタブにお湯を入れはじめ、濡れた服をはぎとって乾燥機に放りこんだ。もどってくるとお湯が半分はいっていたので、バブルバスを投入した。なにか忘れていると思い、タオルを体に巻くとキッチンへ行き、昨日開けたボトルからグラスにワインを注いだ。バスルームにもどる途中、戸棚からキャンドルとマッチブックを取ってきた。

キャンドルを灯してから、泡立った熱いお湯にすべりこみ、ワインを大きくひと口飲んだ。顔をあおむけて首を浴槽にあずけると、風呂も昨日とは全然違って、より贅沢な感じがした。リラックスするうちに、トゥルーがあやうくキスをしかけた浜辺での瞬間を、もう一度思い浮かべた。彼女がぎりぎりで彼を止めたのだが、そのすべてに夢に似た質感《クオリティ》があって、それを追体験したかったのだ。単純にまたうっとりする、というのではなく、トゥルーとの接点には平和というか、どこか素直で自然なものがあり、彼と出会って初めて、こうした感覚をどれほど切望していたか、気づかされたのだ。

わからないのは、この感覚が新しいのか、それとも潜在意識にずっと埋まっていたものなのか、ということだ。ジョシュに対して感じていた不安や不満や怒りで見えなくなっていたのだろうか。確かなのは、この二、三カ月の精神的動揺のせいで、自分をたてなおす気力が残っていなかったことだ。このところずっと、平和な時間や、シンプルなリラクゼーションがとれなかった。悲しいことに、今週末も友だちに会うのがおっくうだった。ここに至るまでのどこかで、彼女は生気を失くしてた。

トゥルーと時間を過ごして、最近なりかけていた人間にはなりたくないと目が覚めた。あるべき自分を思い出し、それになりたいと思った。それは一生懸命に生きる人、普通のことにも特別なことにも熱を込めて取り組む人間だ。将来そうなるのではなく、たったいまから。

彼女はすね毛を剃り、お湯がぬるくなるまで長めに浸かった。タオルで体を拭いたあと、カウンターのローションをとった。それを両脚、胸、おなかにのばして、肌が生き返るしっとりとした感触を味わった。

買ってきたサンドレスを引っぱりだして、新しいサンダルもいっしょに身につけた。ブラをどうしようか迷って、必要ないと決めた。ちょっと浮わついてるとは思ったが、それがあとでどんな意味を持つかは考えたくなかったし、ショーツも手にしなかった。

髪を乾かし、クレアがどんなふうに仕上げたかを思い出しながらヘアスタイルをととのえた。こんなものだと満足して、メーキャップにとりかかった。アイシャドウは瞳の色にアクセントをつけるように、青緑の薄いぼかしにした。少しだけ香水をつけ、ロビンから誕生日プレゼントにもらったクリスタルのドロップ型イヤリングを選んだ。

そのあと、彼女は鏡の前に立った。サンドレスの肩ひもを調節し、髪を納得いくまで入念に直した。外見を欠点だらけだと思った時期もあったが、今夜は見た目に合格点をつけた。

ワインの残ったワイングラスをキッチンに持ってきた。窓の外では、景色がさらに暗くなっていた。夕食の準備を始める前に、モップで玄関まわりに残ったスコティの身ぶるいの後始末をした。団らんスペースもざっと片づけ、クッションを起こし、読みかけの本を棚にもどした。居間のスタンドを一部だけつけて、ムードが出るように明るさを調節した。ラジオは選局つまみをまわし、昔のジャズを流しているところに合わせた。完ぺきだ。

キッチンにもどると、彼女は新しいワインを開け、冷やすために冷蔵庫へ入れた。それから黄色いカボチャ、ズッキーニ、タマネギをとりだして、カウンターに置き、さいの目切りにした。つぎはサラダだ。トマト、キュウリ、ニンジン、ロメイン・レタスを刻んで、木のボウルに入れたとき、玄関のドアをノックする音が聞こえた。

その音で彼女は急にそわそわした。

「はいって！」シンクに近づきながら呼びかけた。「開いてるわよ！」

ドアが開くと、雨音が急に強まり、また遠くなった。

「まだちょっと時間をもらえる？」

「どうぞ」彼の声がホールで響いた。

ホープは手を洗って拭き、ワインをとりだした。グラスについだとき、おつまみを出さなければと気づいた。戸棚にはあまりないが、冷蔵庫にカラマタ・オリーブがあった。これでいい。瀬戸物の小鉢にひとすくい入れ、食卓に置いた。それからレンジの上の明かりをつけ、天井の明かりを消して、二つのワイングラスを持った。彼女は深呼吸をすると、角をまわってファミリールームに向かった。

トゥルーはしゃがんだ背中を見せて、スコティをかわいがっていた。青い長袖のシャツにストレッチジーンズをはいており、生地が腿とお尻にぴったり張りついていた。彼女は途中で足をとめ、ただその体つきを見つめていた。こんなにセクシーなものを見るのは初めてだった。気配を感じたのか、彼が立ちあがって、ふりむきながら反射的に笑顔を浮かべた。それから彼女をまじまじと眺めて、目を大きく見ひらいた。口が少しあいていた。体が動かせず、声をあげようにも言葉を見つけそこねているようだった。

「きみは……なんていうか、きれいだ」やっと小さな声がもれた。「ほんとうに」

彼は恋してる、とホープは突然はっきり意識した。引きずられるように、彼女も気持ちを高ぶらせていた。二人とも、この瞬間に向かってずっと歩いてきたのだ。それればかりではない。彼女もこうなってほしかった。なぜなら、彼女だって彼に恋していたのだから。

✉

ようやくトゥルーが視線を落としたので、ホープはそばに近づき、グラスをわたした。

「ありがとう」また、彼が彼女の姿を眺めた。「わかってればジャケットを着てきたのに。旅の荷物に持っていたなら」

「あなたは完ぺきだわ」彼女はほかの服より、その格好でいてほしかった。「夕べのものとは違うワインよ。口に合えばいいんだけど」

「好みはないよ。これもおいしい」

「まだお料理を始めてないの。あなたがすぐに食べたいかどうか、わからなかったし」

「きみにまかせる」

「おつまみが欲しければ、オリーブが出してあるわよ」

「いいね」

「食卓に置いてある」

二人ともなるべく遠まわりをしているのが、彼女にはわかっていた。しかしあまりに気持ちが揺さぶられて、ワインをこぼさないようにするのがやっとだった。彼女は深く息を吸いこむと、ダイニングのほうへ向かった。窓の外では、水平線がストロボを海中に隠しているように、閃光をぼうっと放っている。

ホープは食卓の椅子を引きだしてすわった。トゥルーもそれにならい、二人で窓に向かいあった。彼女は喉がからからに渇いていたので、ワインをひと口飲んだ。二人の動作はまるで無意識にたがいを鏡に映しているようだと思った。トゥルーがグラスをテーブルに置いたが、指はグラスの柄を持ったままだった。彼女は彼も緊張しているのだと察して、なんとなく妙にホッとした。

「今日、わたしに付き合ってくれてうれしいわ」

「ぼくもだ」

「ここにいてくれるのも」

「ほかにいる場所はないよ」

電話が鳴った。

受話器はトゥルーの近くの壁についていたが、一瞬、間をおいて二人は顔を見合わせていた。二回目のベルで、ホープは音のほうへ顔を向けた。留守番電話にまかせようかと思わないでもなかったが、両親が頭に浮かんだ。立ちあがると、トゥルーを通り過ぎて受話器をとった。

「やあ」とジョシュが言った。「ぼくだ」

胃がきゅっとつかまれた。彼と話したい気分ではなかった。ここにトゥルーがいるのに。いまはちょっと。

「こんばんは」と彼女は硬い声で答えた。

「いないかと思ったよ。どこかに行ってるみたいだったから」

言葉が少しはっきりしないのは、酔っているせいだと彼女は気づいた。

「ここにいるわ」

「ついさっきプールから帰ってきてさ。こっちは暑くてたまらないんだ。元気か?」

トゥルーは食卓で動かず、黙っていた。すぐ近くで……

見ると、彼はシャツも体にぴったりしている。彼女は腰に置かれた彼の手の感触を思い出しながら、生地の下の筋肉を見ていた。

「元気よ」彼女は無関心に聞こえるように答えた。「あなたは?」

「いい感じだ。昨夜はブラックジャックでそこそこ儲けた」

「よかったわね」

「コテージはどうだい？　そっちの海岸は天気がいいのか？」

「いまは雨降り。週末ずっとそうみたい」

「じゃ、エレンは大変だ」

「ええ」ホープは答えた。そこでどちらも黙り、気まずい静けさがはさまれた。

「大丈夫なのか？」と彼が聞いた。彼女は眉をひそめている顔を想像した。「なんだか静かだな」

「元気だと言ったでしょ」

「まだぼくに怒ってるように聞こえる」

「どう思う？」彼女はいらだちを抑えこもうとこらえた。

「きみは過剰反応してたと思わないか？」

「電話では話したくないんだけど」

「どうして？」

「面と向かって話すべきことだと思うから」

「なぜきみがこんなふうに反応するか、わからないな」

「だったら、あなたがわたしのことをよく知らないってことよ」

「ああ、頼むよ、そんなふうに拗ねないでくれ……」彼がひと口飲んだらしく、彼女の耳に氷の鳴る音が聞こえた。

「そろそろ切るわ」彼女は彼をさえぎった。「じゃあね」

受話器を置くときも、まだ抗議しているジョシュの声があった。

ホープは一瞬電話を見つめ、それから手をだらんと脇に落とした。「ごめんなさい」ため息をついて、トゥルーにあやまった。「電話に出たりしたのが、よくなかった」

「このことを話したい？」

「いいえ」

ラジオでは歌がひとつ終わって、別の歌が始まった。曲は物悲しく、せわしなく、トゥルーが椅子から立ちあがるのが見えた。彼はすぐそばに来て、見つめた。彼女は背中を壁に押しつけてその圧力を感じた。

ホープがまっすぐに真剣なまなざしを受けとめると、彼がさらに身を寄せてきた。なにが起こるか、わかっていた。言葉は必要なかった。彼女はまた現実離れしたことのように思ったが、彼の体が押しつけられたとき、突然これまで経験したなによりもそれが現実なのだと感じとっていた。

まだ止めることはできた。たぶん、止めるべきだった。二、三日後に彼は地球の裏側に行ってしまう。二人のあいだの肉体的そして感情的な絆は断たれる運命にある。彼は傷つき、彼女も傷つくだろう。それでも――

彼女は止められなかった。もう無理だ。

雨は窓を幕のように流れ落ちており、雲は明滅しつづけていた。トゥルーは腕を彼女の背中にまわしたが、そのあいだも目をそらさなかった。彼が両方の親指でなぞるように小さな円を描いた。彼女はワンピースの薄くて軽い生地のせいで、まるでなにも着ていないような気がした。ショーツがないと言われるかもしれないと思って、彼女は濡れてくるのを感じた。

彼がぴったりと彼女を引きよせた。その体の熱さが彼女自身の体に刻みこまれた。小さく吐息をもらしながら、彼の首に両腕を巻きつけた。音楽が聞こえ、二人はゆっくりと体をまわしはじめ、彼の体がごくわずかにかたむいた。彼が自分の世界に招きいれるように笑いかけると、彼女の最後の防護壁がもろくも崩れはじめた。彼女は自分も望んでいることがわかっていた。うなじに彼の息を感じて、体をふるわせた。

キスはやさしく耳たぶに、そして頬に、湿りけを残していった。ついに唇が彼女の唇と出会ったとき、彼が自制しているのを感じた。そこで終わりにする最後のチャンスを与えるかのように。それに気づいて、浮きうきするような、解放された気分になった。彼が彼女の髪に両手を差しこんだとき、彼女は口をわずかにひらいた。どこかで小さなうめき声がして、あれは自分のものだとかろうじて意識しながら、二人の舌がひとつになった。彼の手が彼女の背中を、腕を、そして、おなかを動きまわり、あちこちで小さな電気ショックの痕跡を残して興奮を巻きおこした。彼が人さし指で胸のふくらみの下側をなぞると、乳首がかたくなった。

彼女は体と体がくっついているのを感じていた。彼の頬に手をもっていき、爪の先でざらついた無精ひげをなでた。彼女が彼の胸をさわるあいだに、彼がうなじに顔を寄せてちょんちょんと小さく噛んでいった。最後に彼女が手をとり、彼を寝室に連れていった。

キャンドルとマッチを見つけて火を灯したとき、寝室の鏡のなかに、彼女を見まもる彼が映りこんでいた。キャンドルのひとつはエンドテーブルに、もうひとつは化粧箪笥に置いた。ぼんやりとした仄かな明かりの影が壁でダンスを踊った。ホープがふりむき、二人の視線が出会っても、たがいの姿を見る以外になにもできなかった。

彼の欲望がつたわってきた。彼女はそれにひたってもかまわないと思い、一歩近づいた。彼も近づいて、二人のあいだの世界が縮んだ。二人はキスをした。彼女は彼の舌のうるおいと温かさを味わった。彼のシャツのすそを引っぱりだし、ゆっくりボタンをはずしたあと、シャツがだらんと左右に開くと、彼女は爪をおなかのあたりに這わせていき、そこから腰骨へと動かした。彼の体はしなやかで固く、腹筋が割れていた。彼女がシャツを上へ脱がし、そのまま床へ落とした。

彼女の口が彼の首筋に動き、ベルトに手をふれながら優しく噛んだ。バックルをはずして、ジーンズのボタンをはずした。ジッパーを下げはじめると、彼が両手で乳房をさわりだすのを感じた。彼のジーンズを強く下へ引きおろすと、トゥルーが後ろへ下がった。彼がブーツの紐をといて脱ぎさり、そのあと靴下も抜きとった。ついでジーンズも、ボクサーショーツも。

目の前に裸の彼が立っていた。大理石から彫りだした古代彫刻のように完ぺきな体つきだった。ホープはじらすように片方ずつ足をベッドに上げながら、わざとゆっくりサンダルを脱いだ。トゥルーが彼女に近寄り、また両手で包みこんだ。彼はサンドレスの肩ひもを探り、舌で彼女の耳たぶをつっついた。片方の肩ひもを腕に引きさげ、反対側も同じようにした。ドレスが床に落ちて足元で輪になり、二人の裸の体がいっしょになった。彼の体は熱くほてり、指がそっと動いて彼女の背骨を下りていった。その手がさらに下へ向かうと、彼女は息を吐いた。彼は一気に彼女を抱きあげ、キスをしながらベッドへと運んだ。

ベッドに横たえた彼女の隣に寝そべると、彼は胸とおなかを愛撫した。彼女は指を彼の背中にぐっと食いこませながら、彼の下唇をやわらかく噛んだり吸ったりした。キャンドルの明かりのなかで美しさを、彼の腕に抱かれて欲望を感じていた。彼がゆっくりと胸のあいだに舌を這わせ、それがおなかへ動き、また上へともどってきた。つぎにその動きがもっと下へ移り、ふざけるように、そそるように動くと、彼女は指を彼の髪にからめてぎゅっと力を入れた。それは何度も繰り返されて、彼女はもう我慢ができずに彼を強く引きもどし、しがみついて体をさらに密着させた。

すると彼が真上になった。彼は熱気を発散しながら、彼女の手を求め、こんどは指に一本ずつキスしていった。キスは頬に、鼻に、そしてまた口へと降りそそいだ。ついに彼がはいってくると、彼女は背をのけぞらせて声をあげた。これまでの、ほかのだれよりも彼が欲しいとわかっていた。

二人はいっしょに動き、たがいの求めるものに完全に同調して、ともに相手を喜ばせようとした。彼女はしだいに切迫するにつれて、体がふるえるのを感じた。そして圧倒的な歓びの波に呑まれたとき、叫び声をあげていた。だが、その感覚が過ぎ去ったのに、ふたたび波は高まりはじめた。こうして彼女は何度ものぼりつめ、いつ果てるともない歓びにひたった。最後に彼が頂点に達すると、ホープはくたくたになり、体は汗でぐっしょりと濡れていた。トゥルーに抱きしめられて、彼女は荒く息をついていたが、彼の手はまだ肌のあちこちを動いてやまなかった。キャンドルの炎は低くなっており、彼女は二人が直前まで分かちあった潮流に身をまかせて漂っていた。

そのあと二人はまた愛しあった。こんどはもっとゆっくりと、だが激しさは同じだった。彼女は先ほどよりさらに強い歓びを味わい、彼が終わったときにはぐったりして体をふるわせていた。とことん消耗したように感じたが、外では嵐があいかわらず荒れくるっており、彼女のなかでまた欲望がふくらみだした。三度目など無理だと思ったが、そうでもなく、ただ頂点に達したあと夢のない眠りへと、ひたすら落ちていった。

✉

翌朝、ホープが目覚めると、窓から灰色の光が流れこんでいて、キッチンから馨《かぐわ》しいコーヒーの香りが漂ってきた。彼女はバスルームでローブをつかみ、飢餓感をおぼえながら廊下をそっと歩いた。そのとき昨夜はなにも食べなかったのだと思い出した。

トゥルーが昨日の服の姿で食卓についていた。すでにスクランブルド・エッグと切った果物が用意してあった。彼女を見ると、食卓から立ちあがり、彼女を両腕で抱えこんだ。

「おはよう」

「おはよう」と彼女が答えた。「キスはしないで。まだ歯をみがいてないから」

「朝食を作ったりして、気にさわらなければいいんだが」

「ぜんぜん」彼女はうれしそうに食卓を見た。「いつから起きてたの?」

「二時間前かな」

「眠ってないの?」

「たっぷり寝たよ」彼は肩をすくめた。「それから、きみのコーヒーメーカーの使い方をマスターした。もう、ついでもいいかな?」

「もちろん」彼女は彼の頬にキスをし、椅子にすわって、さっそく卵と果物を皿にとった。ガラスの向こうでは雨がやんでいたが、空の様子からすると中断は一時的なものだった。

トゥルーがカップを持ってもどり、彼女の脇に置いた。「ミルクと砂糖もそこにあるよ」

「すごい。みんな見つけてくれたのね」

「きみもすごいよ」彼が隣にすわった。

彼女は彼がどんなに大切な人か、そして、朝がもうこんなに自然に過ぎていると考えた。「朝食を作る以外に、なにをしてたの?」

「隣に行って、タオルを何本かとってきた。それと、ほかの物も少し」

「なぜタオルが必要に?」

「デッキの椅子を拭きたかったんだ」

「また濡れちゃうのに」

「そうだね。でも、そうなる前に、ちょっと外にいたかったのさ」

彼女はコーヒーに手をのばしながら彼を観察した。「あなたって、いろんなところが謎めいてる。どうかした?」

トゥルーが彼女の手をとって、その甲にキスした。「愛してる」返事はそれだけだった。

その言葉が口にされると、彼女は突然めまいがした。まさにいま、彼女もそう感じていたからだ。

「わたしも愛してる」とつぶやいた。

「それなら、してほしいことがあるんだ」

「朝食が終わったら、いっしょに外にすわってくれないか？」

「いいわよ」

「なぜ？」

「きみの絵を描きたい」

驚いて、ホープはうなずいた。

食後、ホープが先にデッキに出ていき、トゥルーが椅子にうながした。彼女は妙に照れくさく感じながらすわると、コーヒーカップを両手で持った。

「これを置いたほうがいいかしら」

「どちらでもいい」

「なにかポーズをとる？」

彼はスケッチブックを開いた。「自然にそこにいればいいんだ。ぼくがいないと思って」

それが、むずかしかった。こんなふうに絵を描いてもらうのは初めてだ。ホープは脚を組んで、また左右を入れかえて組みなおした。でも、コーヒーをどうしよう？　カップを横に置こうかと迷い、やめてひと口飲んだ。姿勢を前かがみにしたあと、後ろへ椅子の背にもたれてみた。首をまわしてトゥルーの滞在する家を眺め、海に視線を移し、それから彼にもどした。どんなことをしても、それでいいとは思えなかったが、彼が静かに集中して見つめているのは気づいていた。

「そんなふうに見られてるのに、あなたがいないと思えなんて、どうしたらできる？」

「さあ、わからない」彼は笑い声をあげた。「ぼくも逆の立場になったことがないからね」

「いいアドバイス」彼女はからかって、姿勢を楽にしようと片足を体の下に引っぱりこんだ。（まだ、ましになった）と思った。ありがたいことにスコティがいっしょにデッキへ出ていたので、彼女は犬に注意を向けることにした。いまスコティはキッチンの窓の下に丸くうずくまっている。


トゥルーはもう口をきかなくなっていた。彼女が見まもるうちに、彼は鉛筆をとりあげ、スケッチと彼女とを、すばやくかわるがわる目で追った。修練を積んだ手つきで、描いたりぼかしたりするのを見ていると、自信を持った動作だとわかった。ときおり目を細くし、眉を寄せているが、彼自身はそれに気づいてもいないのだ。そんな頼もしい態度の下に、どことなく素《す》が一瞬透けて見えるので、彼女はいっそう彼に惹かれた。


また雲が暗さを増したとき、二人ともやめる潮時だと思った。

「見てみたいかい？　まだ仕上がってないけど、だいたいの感じはできてる」

「シャワーを浴びてから見せてもらうわ」彼女は椅子から立ちながら、いったん保留にした。トゥルーはスケッチブックと鉛筆を集め、ドアのすぐ内側で立ちどまって彼女に優しくキスをした。彼がホープを引き寄せると、彼女はもたれかかり、二人を結びつけた謎めいた力をあらためて不思議に思いながら彼の香りを吸いこんだ。

二人きりで

ホープはシャワーを終え、カウチでトゥルーの隣にすわって、ほかの絵といっしょにスケッチを見せてもらった。出来ばえに感心して、ひとしきり時間をかけた。そのあと雨が弱まったので、二人は思いきってランチを食べに、オーシャン・アイル・ビーチのカフェに出かけた。だが、もどってからは嵐も窓の向こうで猛烈に勢いを増していた。

彼女がリハーサル・ディナーに出かける準備をする時刻になった。トゥルーはベッドの端にすわって、落ち着いた視線を彼女のほうに向けていた。女性が化粧をするところを眺めるのは、どこかセクシーだといつも思っていた。そしていまは、彼女が彼という観客がいることを楽しんでいるように感じた。

ホープが出発するとき、二人はドアのところで長いキスをした。彼は彼女をしっかりと抱き、彼女の体を自分に刻みこんだ。そしてフロントポーチに立ち、出ていく車に手をふった。彼女はあとでスコティの散歩を彼に頼み、そうしたければコテージに泊まってもかまわないと言った。

トゥルーは隣の家を駆け足で往復し、ステーキと付け合わせの材料をとってきた。ホープのキッチンで料理し、食事をしながら、彼女が友だちに囲まれているところを想像し、彼女たちはこの何日かの経験を、ホープの顔に見つけだすだろうかと考えた。

昼間彼女を描きかけたスケッチに、しばらく時間をかけて、満足するまで細部をつけたした。けれども、そこで鉛筆を置く気になれず、また新しい絵を描きはじめた。それは浜辺で向かいあう二人の、横から見た立ち姿だった。彼女にモデルを頼む必要はなかった。想像するだけでよく、絵はすばやく描かれていった。夜が更けて手をとめたときには、すでに数時間が過ぎており、彼はホープのいないことを痛みとして感じていた。

彼女がコテージにもどったのは真夜中だった。二人は愛しあったが、ホープはまだ前夜の疲れが残っていて、彼の腕のなかにはいると、すぐにその息づかいが寝息に変わった。一方でトゥルーは、なかなか眠れずにいた。ここで二人がともに過ごす時間は、やがて終わりになってしまう。それでも、彼女と残りの人生を歩みたいという思いは揺るがなかった。

彼は天井を見つめて、二つの現実を一致させようと必死に考えていた。

✉

翌朝、トゥルーは普段より口数が少なかった。話すかわりに、ベッドで長いあいだ彼女を抱いていた。ホープは、自分の全存在に、彼への深い感情が轟いているのを感じた。

だが、彼女はそれが怖くて、彼も同じように怖いのではないかと疑った。彼女はただ、ここだけでなく、あらゆる場所で同じように時間が止まり、この三日間が永遠につづいてほしかった。なのに、時計はいつもより大きな音で、過ぎる時間を分刻みですすめているようだ。

ベッドから出たときも、雨はまだ控えめに降っていたが、ともかく二人は浜辺の散歩に出ることにした。ホープはレイン・ジャケットをクローゼットで見つけ、二人はスコティを外に出した。歩くあいだ手をつなぎ、初めて出会った場所に来ると、期せずして立ちどまった。彼がキスをし、彼女が離れると両手をとった。

「きみと出会った瞬間から、たぶんこうなってほしいと願っていた」

「どの部分？　わたしと寝ること？　恋に落ちること？」

「両方」彼はみとめた。「きみはいつだった？」

「わたしはたぶん夕食のあと、ポーチでワインを飲んだときよ。寝るかもしれないって。でも、あなたが夕食に来た夜まで、恋をするとは思わなかった」彼女は彼の手をぎゅっと握った。「あなたが最初にキスしようとしたとき、横を向いてごめんなさい」

「いいよ」

二人は来た道をもどりはじめ、トゥルーの泊まっている家に立ち寄った。留守番電話にメッセージがあり、父の声が午後二時から三時のあいだに到着したいと言っていた。完ぺきなタイミングだとホープは思った。ちょうどその時間に、結婚式へ出発する予定だったのだ。式の開始は午後六時だが、記念写真の撮影があるので早めに行かなければならなかった。

トゥルーはスコティが独自に探検しているあいだに、彼女にざっと家を見せてまわった。彼女が予想していたよりも、ずっと趣味のよいインテリアだった。最初に持っていた偏見にもかかわらず、ここを借りて、友だちと一週間ほど使っても快適な時間が過ごせそうだと想像した。主寝室に行くと、ホープはそこにあったジャグジーのバスタブを指さした。

「はいらない？」彼女がもちかけると、いつのまにか二人は服を脱ぎ、ジャケットもすべて乾燥機に放りこんでいた。彼女は泡風呂に体を沈め、トゥルーにもたれかかった。彼がタオルでホープの胸やおなか、腕や脚を、そっとなでていくと、彼女はため息をもらした。

乾燥機で服を乾かすあいだに、二人はバスローブを着て早めのランチをとった。そのあと、ホープは乾いて温まった服に袖をとおし、食卓にすわって二人で話をした。やがて、出かける準備のためコテージにもどる時間になった。

昨日と同じく、彼はベッドから彼女が髪をととのえ、メーキャップをするのを眺めた。花嫁付添いのドレス、つぎに新しい靴。すべてが終わると、ホープは彼の前でくるりとまわって見せた。

「これでどう?」

「すばらしい」トゥルーの感心するまなざしが、彼の率直さを強調していた。「たまらなくキスしたいけど、口紅をめちゃめちゃにしたくない」

「かまわないわ」彼女はかがんで彼にキスをした「今日、お父さんと会うのでなければ、いっしょに行ってと頼むところよ」

「だとしたら、ふさわしい服を買わなければ」

「スーツを着たら、信じられないくらい素敵になるわね」ホープは彼の胸を軽くたたき、ベッドの隣に腰かけた。「お父さんと会うから緊張してる?」

「そうでもない」

「お母さんのこと、あまり憶えてなかったらどうするの?」

「だとしたら、会う時間が短くなるだろうね」

「お父さんがどんな人か、ほんとに興味はないの？　どんな容姿だとか？　これまでずっとどこにいたのか、とか」

「とくに思わない」

「あなたがどうしてあまり関心がなさそうなのか、わからないわ。お父さんはなにか関係を結びたいんじゃない？　ごくわずかなものであっても」

「それは考えた。でも、本当にそうなのかな」

「でも、飛行機代まで出して呼んだのよ」

「しかし、まだ会えてない。つながりを持ちたいなら、もっと早く来てもいいんじゃないか？」

「だったら、あなたに来てもらう理由はなんだと思う？」

「たぶん」トゥルーは核心にふれた。「なぜ母を置いていったのか、その理由を話したいからだ」

✉

数分後、トゥルーはホープが濡れないように二本の傘をさして、車まで見送った。

「バカげて聞こえるかもしれないけど、きっとあなたが傍《そば》にいなくて寂しく思うわ」

「ぼくもだ」彼は答えた。

「お父さんとのことが、どうなったか教えてくれる？」

「もちろん。それと、スコティをかならず散歩に連れていくよ」

「何時にもどるかわからない。遅くなるのは確かだけど、コテージで待っててくれてもいいのよ。あなたが先に寝てたって、傷ついたりしないし」

「楽しむといい」

「ありがとう」彼女は運転席にすわった。

彼女は車をバックで出しながら笑顔で手をふったが、視界から消えるとなぜか予感めいたものを感じ、そもそもなぜそんな感覚が湧きおこったのかと考えていた。

父との出会い

たぶんスコティはコテージに残しておくのが望ましい。トゥルーはそう決めてスケッチブックと鉛筆をまとめると、隣の家にもどって父の到着を待った。

つぎに彼とホープの絵の仕上げに取り組んだ。調子はすぐにもどり、やがて、より細かい部分に集中するところまですすめた。それは完成に近づいているという無意識の信号だった。作業に没頭していたので、だれかがドアをノックする音を一瞬聞きのがした。

父だ。

テーブルから立ちあがり、トゥルーは居間をよこぎった。ドアノブを握り、少し手をとめて、心の準備をした。ドアを開けると、初めて見る父の顔に出会った。驚いたのはその風貌だった。目の前に立つ老人には、どこか彼を思わせる特徴が感じられたのだ。たとえばブルーの目、そしてあごを割る小さなくぼみ。白髪はあまり残っておらず、灰色の筋がわずかに交ざっている。背中がややまるくなり、顔は青ざめ、体は弱々しくやせていて、上着がサイズ違いの人のものを買ったようにだぶだぶだった。嵐が立てる物音に、老人のぜいぜいという息づかいが重なって聞こえた。

「ようこそ、トゥルー」父はやっと言葉をしぼりだした。トゥルーは父が片手で傘を持ち、ポーチにはブリーフケースが置いてあることに気づいた。

「はじめまして、ハリー」

「はいっても、かまわんかな?」

「もちろんです」

父はブリーフケースにかがんだが、顔をしかめて動作をとめた。トゥルーが手をのばした。

「持ちましょうか」

「頼む」ハリーが答えた。「歳をとると、地面が遠くなるようだよ」

「さあ、はいって」

父が通り過ぎると、トゥルーはブリーフケースを持った。父はゆっくり足を引くように居間へ歩いていき、窓辺に立った。トゥルーはそこに並んで、父を周辺視野に入れた。

「ここはすごい嵐だね」とハリーが言った。「でも、内陸部のほうが、もっとひどい。高速道路にも水が出ていて、ここにたどり着くのに、えらく時間がかかった。運転手が何度か、迂回しなければならなくてね」

それは独り言のようだったので、トゥルーは返事をしなかった。黙ったまま父を観察し、未来を見るようなものだと思っていた。(彼と同じぐらい生きたら、自分もこんなふうになるのか)。

「この家で不自由はしなかったか?」

「大きいですね」トゥルーはホープが最初に感想を言ったときの口ぶりを思い出しながら答えた。「でも、不自由はなかった。きれいな家です」

「数年前に建てたんだよ。妻が海辺に欲しいと言ったから。しかし、わたしたちはほとんど使ってない」彼は二回長く、苦しげな音をたてて息を吸った。「冷蔵庫に入れてある食料品で足りたかな？」

「多すぎました」トゥルーは答えた。「帰ったあとも、大量に残りますよ」

「それはよかった。あとは清掃業者に片づけてもらう。ともかく、間に合うように来られて幸いだった。きみがすでに飛行機に乗っていることを忘れてしまって、ほかに打つ手がなかったんだ。集中治療室にいたから、電話も禁じられた。それで娘に細かい手配を頼んだ。娘のおかげで、不動産管理人に荷物を受けとってもらってね」

父が話しおえたあとも、言葉がトゥルーの頭のなかを流れつづけた。（妻、集中治療室、娘……）彼は混乱して、考えがまとまらなかった。出会いは少し現実離れしたものになるとホープが予言していたが、それは正しかった。

「そうですか」トゥルーはそれしか言えなかった。

「レンタカーを用意せずにタクシーしか頼まなかったのも、すまなかった。レンタカーがあればもっと便利だったろう」

「問題ありません。どこに行けばいいかわからないし。集中治療室にいたと言いましたね」

「昨日、退院した。子どもらは、ここに来るのを止めたが、きみに会うチャンスを逃したくなかった」

「すわりませんか？」トゥルーがうながした。

「そのほうがいいな」

二人は食卓に移り、ハリーはほとんど崩れるように椅子に落ちた。窓からは灰色の光が流れこんでおり、老人は到着したときよりさらに消耗して見えた。

トゥルーは隣にすわった。「なぜ集中治療室にいたか聞いてもいいですか?」

「肺がん。ステージ4だ」

「がんの知識はあまりないんです」

「末期だよ」とハリーが答えた「余命二カ月と医者に言われてる。それより短くも長くもなりうると。神のおぼしめしだよ。春から死期はわかっていた」

トゥルーは悲しみで胸がうずいた。けれども、それは家族ではなく、他人の悪い知らせがもたらす種類のものだった。「お気の毒です」

「ありがとう」ハリーは分かちあった情報の残酷さにもかかわらず、笑顔を浮かべた。「わたしはなにも思い残すことはないんだ。いい人生を送った。多くの人と違って、別れを言うチャンスも与えられた。あるいは、きみについて言うなら、ようこそ、とも言えた」。彼は上着のポケットからハンカチをとりだし、口を押さえて咳をした。終わると、濡れた音まじりに、苦労して二回息を吸いこんだ。「わざわざここまで来てくれて、礼を言いたい」とつけ足した。

「航空券を送ったときは、きみが来てくれるかどうか自信などなかったよ」

「初めは、その気になりませんでした」

「でも、興味が湧いたんだね」

「ええ」トゥルーはみとめた。

「わたしもそうだった。きみの存在を知ったときは。去年まできみのことは知らなかった」

「でも、すぐに会う気にはならなかったんですね」

「そうだ」

「なぜです？」

「きみの人生を複雑にしたくなかったんだ。あるいは、自分の人生を」

正直な返事だった。だが、トゥルーはどう答えたらいいのか、判断がつかなかった。

「ぼくのことを、どうして知ったんです？」

「長い話だ。でも、できるだけ短くしてみよう。昔から知っているフランク・ジェサップという男がいる。彼がたまたま町にいた。四十年近く会っていなかったが、最小限の連絡はついていてね。クリスマス・カード、たまに出す手紙、せいぜいそんなものだが。ともかく、わたしたちはランチをともにした。そのとき彼がきみの母親のことを話題にした。そして、わたしが国を離れたあと一年もしないうちに、彼女が男の子を産んだといううわさを聞いたと言ったんだ。わたしの子どもだとは言わなかったが、彼はそう想像していたと思うよ。友人と別れたあとで、わたしも想像した。それで調査員を雇い、彼がアフリカまで調べに行った。時間はかかった。きみの祖父を恐れて語らない人が多かったのと、国がひどい状態になって記録が不明なんだ。けれど、てっとりばやく言えば、調査員が優秀だった。わたしはワンゲ国立公園にあるロッジに人を送りこみ、きみの写真を撮ってもらった。それを見たとき、すぐにわかったよ。きみの目はわたしゆずりだ。でも、顔立ちは全体的に母親から受けついだようだ」

ハリーは顔を窓に向けて、沈黙が下りるままにした。トゥルーは父が先ほど告げた言葉を考えていた。

「ぼくの人生を複雑にしたくなかったというのは、どういう意味ですか？」

父が答える前に、いくらか間があいた。

「人は真実を語るとき、これで人生のあらゆる悩みが解決するかのようにふるまうものだ。わたしは長生きをして、そうとは限らないことを知っている。ときには、真実がよいほうに働かず、物事を悪くすることがある」

トゥルーは黙っていた。父が核心にふれようとしているのがわかった。

「わたしはそれを考えていた。きみが来ると意識したときから、どれくらい話すべきかをね。きみにとって過去はさまざま……痛ましい側面もある。あとから考えて、話を聞かなければよかったと思うかもしれない。だから、この先はきみにゆだねようと思ってる。すべてを知りたいのか、部分的に聞きたいのか。ただし、思い出してほしいのは、わたしから話が聞けるのも長くはないということだよ。わたしは後悔したところで、ごくごく短いあいだだ。あきらかな理由で」

トゥルーは両手を組み合わせてその質問を考えた。ぼかした言葉、注意深い言いまわしで想像力が刺激されたが、父の警告が引っかかった。正直に言って自分はどこまで知りたいのか？すぐには答えずに、食卓から立ちあがった。

「水を持ってきます。グラスでいいですか？」

「温かいお茶をもらおうか。できれば」

「もちろん」

トゥルーは戸棚からティー・ケトルを見つけ、水を入れてレンジにかけた。さらに別の戸棚からティーバッグを見つけた。自分にはグラスに水をつぎ、ひと口飲んで、また水を足した。

ケトルの笛が鳴るのに時間は長くかからなかった。彼はカップを用意して、食卓に運ぶと、椅子に腰を下ろした。

そのあいだ、父はずっと黙っていた。トゥルーと同じで、老人はどうでもいいことを口にして静けさを破る傾向はなさそうだ。好奇心がそそられた。

「心は決まったかね」と父がたずねた。

「いいえ」

「知りたいことがなにかあるかな?」

(母のことが知りたい)と、トゥルーはまた思った。だが、老人の隣にすわっていると、まったく違う質問が頭に浮かんだ。

「まず、あなたについて教えてください」

父は頬にある色素斑を軽くひっかいた。「いいよ。わたしは一九一四年コロラド州で生まれた。信じられないかもしれないが、生家は芝土の家《ソッド・ハウス》(屋根に芝が張ってあるAの字型の家)でね。姉が三人いた。母は教師で、教育熱心だった。わたしはコロラド大学に行き、学位を二つほど取った。それから陸軍に入隊した。工兵隊に所属していたことは手紙に書いたと思う」

トゥルーはうなずいた。

「当初、任務のほとんどはアメリカ本土だった。しかし、戦争が始まると、北アフリカ、イタリアと転戦し、そのあとヨーロッパに派遣された。最初はおもに爆破活動が専門だったが、一九四四年の年末から翌年の春にかけては、モントゴメリー(訳注・バーナード。英国軍ひいては連合軍の名将)の指揮下で、主として橋の建設にたずさわった。連合軍が電光石火の勢いでドイツに進攻していた時期だった。ライン川など、多くの水の防御線があったんだ。戦争のあいだに、わたしは英国陸軍のあるエンジニアと友人になった。彼はローデシア出身で、たくさんコネクションを持っていた。除隊になるのを待っているあいだ、彼から鉱石や鉱山の話をよく聞かされた。それで戦後、友人についてそこへ行った。彼のおかげでブシュティク鉱山の職が見つかり、何年か働くあいだにきみのお母さんと出会った」

父はお茶をひと口飲んだ。トゥルーは老人がまだ、どの程度まで話そうか迷っているのだと察した。

「そのあと合衆国へもどり、エクソン石油に就職して、会社のクリスマス・パーティで妻のルーシーと出会った。彼女は重役の娘のひとりで、わたしたちは気が合った。デートをし、結婚し、子どもに恵まれた。わたしは長年いろんな国で仕事をした。安全な国もあれば、そうでない国もあった。わたしが海外赴任をするあいだ、ルーシーと子どもたちはいっしょに移住したり、合衆国にとどまったりした。いわば、優等生の会社家族だ。それがわたしのキャリアにつながった。順調に昇進し、退職するまで勤めあげた。最終的には副社長の一人となって、ひと財産築いた。十一年前にノースカロライナへ引っ越してきたが、それはルーシーがここの出身で、故郷に帰りたがったからだ」

トゥルーは、父がアフリカ以後につくった新しい家族と人生について考えながら、彼を細かく観察した。「子どもは何人ですか？」

「三人。息子が二人、娘が一人だ。全員がいま三十代になった。この十一月に妻とは結婚四十周年を迎える。わたしがそこまで保てれば」

トゥルーは水をひと口飲んだ。「あなたのほうから、ぼくのことで聞きたいことがありますか？」

「きみのことはかなりよく知っているつもりだよ。調査員がいろいろ教えてくれたのでね」

「では、ぼくに息子がいることも？　あなたの孫です」

「知ってる」

「孫に会いたいですか？」

「ああ」と彼は答えた。「だが、たぶんいい考えじゃない。わたしは見ず知らずの男で、死にかけている。彼のほうにプラス面があるとは思えないな」

トゥルーはそのとおりだと思った。それでも……

「でも、ぼくについては、あなたも別だと感じた。同じ現実があったとしても、違う結論に至った」

「きみはわたしの息子だよ」

トゥルーはグラスの水を飲んだ。「ぼくの母のことを教えてください」

父はあごを下げ、さらに小さな声で言葉を口にした。「彼女はきれいな人だった。これまで出会った女性のなかでも、とりわけ美しい一人だった。わたしよりずいぶん年下だったが……年齢のわりに知的で、大人っぽかった。詩や、芸術や、わたしの知らないことについて、情熱と専門的知識を込めながらくわしく話すことができた。それに、笑い声がなんとも言えなかった。あっというまに人をとりこにするというか。彼女と出会った最初の夜に、もう恋していたよ。彼女は……まれにみる人だった」

父はまた口をハンカチでぬぐった。

「わたしたちは、翌年いっしょの時間をたくさん過ごした。彼女は大学に行っており、鉱山はそこに研究所を持っていた。たがいに可能なかぎり会っていたな。もちろんわたしは長時間働いていたが、二人でなんとか時間を作ったものだ。彼女はイェーツの詩の本を持ち歩いていた。二人で詩集の詩を何度朗読したことか、数えきれないほどだ」息づかいが不規則になり、彼はいったん休んだ。「彼女はトマトが好きでね。食事をするときは、かならずトマトを食べていた。いつも砂糖をふりかけて。チョウも大好きだった。あとは『カサブランカ』のハンフリー・ボガートが、これまで出会った男のうちで最高にセクシーだと思っていた。陸軍にはいる前からわたしはタバコを吸いはじめたが、彼女からボガートの話を聞いて、映画で彼がしたようにタバコを持つことにした。人さし指と親指にはさんでね」

父は物思いにふけるように、ティーカップを回転させた。

「車の運転はわたしが教えた。わたしと出会うまでは、やり方を知らなかった。農場育ちにしては変だなと思った憶えがある。そのうち、ほかにも彼女のことがわかってきた。頭がよくて大人っぽく見えるが、水面下に深く染みついた不安感があるのだ。なぜなのか、わたしにはわからなかった。彼女はなんでも持っていた。わたしが欲しかったものすべてをね。だが、彼女を知れば知るほど、隠したがる人だとわかってきた。長いあいだ、彼女の父親のことも、彼がふるう権力についても、ほとんど知らなかった。彼女がめったに話さなかったからだ。関係が終わりに近づいた頃、よく彼女に、合衆国へ帰るならいっしょに連れていってと約束させられた。懇願する様子を見ると、ときどき思った。わたしと別れたくないというより、自分の境遇から逃れたいほうが強いのではないかと。彼女はわたしを父親に紹介もせず、農場にも立ち入らせなかった。会ったのは、つねに無関係の場所だった。そして妙なことに、お父さんともパパとも呼ばなかった。〝大佐〟としか。こうしたすべてのことが、結局わたしに疑いを持たせたんだよ」

「疑いとは？」

「ここでまた、きみがきみ自身に、どこまで本当に知りたいのかを問いかけるべきなのだと思うよ。最後のチャンスだ」

トゥルーは口をむすんで、うなずいた。「つづけてください」

「彼女がきみの祖父について話しはじめると、そこには二人の完全な別人が現れた。片方は彼女が敬愛する人だ。たがいがたがいをとても必要としあう間柄だと、彼女は強調した。だが、もう一人のほうは憎んでいると言った。そっちは悪魔であり、可能なかぎり遠く離れていたいというのだ。彼女が少女時代を暮らした家でなにがあったのか逐一は知らないし、自分でも知りたいとは思わない。わかるのはただ、あの父親にわたしの存在が知れたとき、きみのお母さんがパニックになったことだ。わたしの家にやってきて、いますぐ国外に出なければならないと、ヒステリックにまくし立てた。〝大佐〟が怒りくるっていると。わたしには荷造りをする時間もなく、彼女を落ち着かせることもできなかった。だが、わたしが頼みを聞き入れないことがわかると、彼女は走り去った。それがお母さんを見た最後だ。そのときは妊娠していることなど知らなかった。たぶん彼女が打ち明けていたら、事は違ったふうになっただろう。あとを追って、彼女が逃げられるように力を貸したはずだと思いたい。しかし、そのチャンスはなかった」

父は両手を組みあわせ、力を欲しがるかのように握りしめた。

「その夜、わたしが寝たあとで、彼らが家にやってきた。男たちの集団だ。わたしはぶちのめされ、頭にフードをかぶせられて車のトランクに放りこまれた。運ばれたのは地下室のある住居の一種だった。車から引きずりおろされ、気づくと階段を転げ落ちるところだった。気を失い、昏睡から覚めると、辺りに湿ったカビ臭い匂いがした。手錠をかけられてパイプかなにかに繋がれていた。落ちたときに肩を脱臼していたので、体が猛烈に痛かった」

老人は最後のひと押しをする力を得るかのように、何度か長く息を吸った。

「彼らがフードをとり、懐中電灯でわたしの目を照らした。なにひとつ見ることができなかった。だが、彼はそこにいた。〝大佐〟だ。わたしには二つの道があると言った。翌朝、ローデシアを出ていくか、水も食料も与えられず、このままパイプに繋がれて地下室で死ぬか」

父はトゥルーに顔を向けた。

「わたしは戦争に行っている。恐ろしいことを見ている。撃たれて、名誉負傷章《パープルハート》をもらっている。どうしたら生き残れるかと考えたことも一度ではない。だが、あのときほど怖い思いをしたことはなかった。なぜなら彼が冷酷無比の殺人者だと知ったからだ。きみもあの声を聞けばわかるだろう。翌日、わたしは車に乗り、南アフリカに着くまで一度も止まらなかった。それから合衆国行きの飛行機に乗り、そのあときみのお母さんとは会うことも話すこともなかった」

父はつばを飲んだ。

「わたしはこれまで、自分がしたことを臆病者だと思いながら生きてきた。彼のもとに彼女を残してきたこと。彼女の人生から完全に消えたことをね。それを後悔しない日は一日もなかった。つまり……わたしは妻を愛しているが、きみのお母さんに感じた、深い、燃えるような情熱を感じたことはないのだ。わたしはあの男のもとにエヴリンを置き去りにした。それは自分のした最悪の行為だと頭ではわかっている。そしてまた、きみにもわかるだろうが、わたしはきみの赦しを得るためにここへ来たわけではない。けっして赦されないことが、この世にはあるのだ。でも、知っておいてほしいのは、きみのことがわかっていたら、物事は変わっていたということだ。ここにあるのはたんなる言葉だけで、わたしはきみの知らない人間だが、これが真実だ。そして、すべてがこんなふうになったことを詫びたい」

トゥルーは黙っていた。たったいま聞いた話を、自分の知っている祖父と一致させるのはむずかしかった。不快な気分を味わいながら、それ以上に、母への身を切るような悲しみが沸きあがるのを感じた。そして、横にすわる男への哀れみも。

父がブリーフケースのほうをさした。「あれをとってくれないか」

トゥルーはそれをとり、食卓に置いて、父が開けるのを見まもった。

「きみに渡しておきたかった。ローデシアを立ち去る日、トランクに入れたものだ。長い年月のあいだ、すっかり忘れていた。でも、きみの写真を見たとき、息子の一人に言って、屋根裏からトランクを探しだし、降ろしてもらった。もしきみが来なかったら、送り届けようと思っていた」

ブリーフケースには封筒があり、開口部から端が変色して黄ばんだ写真の束がのぞいていた。

父がトゥルーに封筒ごと渡した。

「当時、友だちの一人にカメラマンがいた。どこへ行くにもカメラを手放さないやつでね。二枚ほど、わたしたちの写真があるが、あとはほとんどきみの母親のものだ。彼はモデルにならないかと彼女を説得していた」

トゥルーは封筒から写真を抜きだした。全部で八枚あった。一枚目をよく見ると、川を背景にして父と母が並んですわっており、二人とも笑っていた。二枚目も二人で、見つめあうところを横顔で撮っている。彼がいま描いているホープと自分のスケッチに似た構図だ。残りはすべて母だけの写真だった。さまざまな服を着て、いろんなポーズをしており、背景になにもない一九四〇年代末によく見られるスタイルの写真だった。トゥルーは母の姿を目にして、喉をつまらせた。突然、予想もしない喪失感に襲われていた。

父がつぎに渡したのはスケッチだった。最初は母の自画像。母は鏡に映る自分を見ている。影で暗くした顔のせいで、美しいのに悪夢に取り憑かれたような雰囲気がある。つぎの絵は後ろ姿のスケッチ。シーツにくるまって、肩越しに後ろをふりむいている。同じ構図の写真があり、それを見て描く気になったのかもしれない。さらに自画像が三枚あり、トゥルーがアンドルーのために描いたような風景画が数枚あった。その一枚は、火事になる前に一族が暮らした屋敷で、優雅な円柱で飾られたヴェランダのある母屋を描いたものだった。彼がすっかり忘れていた当時の姿だ。

トゥルーがスケッチを置くと、父が咳ばらいした。

「職業としてアトリエを持てるくらいの腕前だと思ったが、彼女は興味がなかった。描くのは、そうしていると、自分を忘れていられるからだと言っていた。当時はその意味がピンとこなかったが、午後彼女がスケッチするのを何度も見て時間を過ごした。彼女には没頭していると唇を舐める癖があって、わたしはうっとり眺めたものだ。彼女が絵に満足したことは一度もなかった。頭のなかでは、どの絵も未完成だと思っていた」

トゥルーは水を飲み、おもむろにたずねた。「母は幸せでしたか？」

父はトゥルーの真剣なまなざしを受けとめた。「どう答えたらいいかわからないが、わたしたちがいっしょにいたときは幸せだったと思いたい。でも……」

父の言葉はそこでとぎれ、トゥルーは先ほど聞いた話から連想されるものを考えた。母の少女時代、実際にあの家ではなにがあったのか。

「きみさえよければ、ひとつ聞いてもいいだろうか？」と父が言った。

「なんです？」

「わたしからなにか欲しいものがあるかね？」

「質問の意味がよくわかりません」

「いつでも連絡がとれるようにしておいてほしいか？　それとも、今日わたしがここを立ち去ったら、そのまま消えてほしいか？　話したとおり時間はあまり残っていないが、しばらく考えるうちに、こういうことはきみに決めてもらうのが一番だと思うようになったんだ」

トゥルーは考えながら、隣にすわる老人を見つめた。

「ええ」彼は自分でも驚きながら返事をした。「あなたとまた、話がしたいです」

「わかった」と父がうなずいた。「ほかの子どもたちはどうだ？　妻は？　彼らと話したいかね？」

トゥルーは考えて、首をふった。「いいえ。あちらがぼくと話したいなら別ですが。ぼくたちは見知らぬ人同士です。それに、あなたと同じで、人生をさらに複雑にしたいとは思いません」

父はそれを聞いて、あるかなしかの笑みを浮かべた。「けっこうだ。ひとつ、きみにお願いがある。もちろん断るのは自由だよ、遠慮はいらない」

「なんでしょう？」

「もし持っているなら、わたしの孫の写真を見せてくれないか」

✉

父はそれから四十分ほど帰らずにいた。彼の妻と子どもたちは、彼らのだれよりも昔にさかのぼる過去から突然飛びだした、会ったこともない人間との関係に困惑したにもかかわらず、彼が下したトゥルーと連絡をとるという決断を後押ししたそうだ。そして、父がシャーロットへもどる道のりは長いから、家族を心配させたくないとつけくわえたので、トゥルーはそれが父流の別れの挨拶なのだと察した。トゥルーはブリーフケースを運び、父に傘をさしかけて階段を降りると、車寄せで待機していた車まで見送った。

車が去っていくのを見とどけて、スコティを外に出すためにコテージへと歩いた。嵐だったが、浜辺を濡れて歩きたかった。広い戸外の空間と、考える時間が必要だった。

どんなに控えめに言っても、驚くべき出会いだった。彼は父親が何十年も同じ女性と暮らすような家庭的な人間だとは、まったく想像していなかった。あるいは、祖父を恐れて命からがら国から逃げだした男だとも。砂浜をぐんぐんすすみながら、子ども時代にもっとも支配的だった男への、高まる嫌悪感をふり払えなかった。

もうひとつ、彼には知らない家族がいた。異母兄弟が三人。会うことは拒んだものの、彼らのことをいろいろ想像した。どんな人間で、どんな姿をしているのか。彼のように十八歳になったとき家を出るべきだと感じた者がいただろうか？　彼らの人生はまちがいなくトゥルーのものとは似ていない。もし彼の母と父がいっしょになる道を見つけていたら、自分の人生はどんなものだっただろう。そんな光景を少し思い描こうとしてみたが、あまりに飛躍しているのですぐにあきらめた。

泡立つ波が打ち寄せる浜を見つめながら、まだ答えがわからない疑問が数多くあると胸のうちで考えていた。多すぎて、彼にもつかめないほどだ。母にまつわることでさえ。わかるのは母の短い一生が、想像したよりはるかに悲劇的だったということだ。もし父が母に、どんなものであれ喜びを運んだのだとしたら彼もうれしかった。

父とのこの出会いが何年も前だったらよかったのにと、トゥルーは思った。たがいに知り合う時間がもっととれたはずだ。だが、とかく物事はままならない。日が落ちてきたので、彼は浜辺をもどりはじめた。ぼんやりとスコティに注意しながら、ゆっくり歩いた。この午後にあらわになった新たな事実と、言葉では言い尽くせない無念の思いで、気持ちが沈んでいた。家にもどったとき、辺りは夜同然に暗くなっていた。スコティを裏のポーチに残して、彼はシャワーを浴び、乾いた服に着替え、父が置いていった写真とスケッチを集めた。

ホープの家のキッチン・テーブルにすわり、それを細かく調べた。ホープがそばにいれば、こうしたものをどう扱ったらいいか、助言してくれるだろう。彼女がいないと、トゥルーは落ち着かなかった。心を静めるため、彼は二人のスケッチにまた手を加えることにした。雨は降りつづけており、まるで彼の心の鏡のように窓の外では稲妻が明滅していた。ふと、彼と父には奇妙な共通点があると思った。

ハリーはアフリカに彼の母を残してアメリカにもどった。明後日《あさって》になれば、トゥルーはアメリカにホープを残してアフリカにもどるだろう。父と母はいっしょになる方法を見つけられなかったが、トゥルーは自分とホープは違うと信じたかった。二人で人生を送れるようにしたかった。スケッチをつづけながら、どうしたら実現できるだろうかと考えた。

✉

疲れきっていたので、ホープがベッドの隣にもぐりこんでくるまで、結婚式から帰ってきたことに気づかなかった。時刻は真夜中を過ぎており、彼女はすでに服を脱いでいて、ふれた肌は熱かった。彼女が黙ったままキスを始めると、トゥルーのほうも彼なりの愛撫でこたえた。愛しあいながら、トゥルーは彼女のしょっぱい涙を味わった。彼はなにも言わなかった。ただ、翌日が運んでくるものを思い、自分も泣かないようにするので精一杯だった。そのあと彼女は抱かれるままに身をまるめた。彼は彼女が眠りに落ちるまで、胸にその頭を乗せて抱いていた。

トゥルーはホープの寝息を聞き、それで心が静まらないかと期待したが、そうはならなかった。妙なことに完全に一人ぼっちだと感じながら、闇のなかで天井を見つめていた。

もう明日はない

トゥルーは夜明けに目覚めた。ちょうど朝日が窓から射してきたときだ。ホープに手をのばすとベッドはからっぽだった。ひょいと片ひじを支えに身を起こし、目をこすって眠気《ねむけ》をはらうと、驚いて少しがっかりした。午前中はいっしょにいる最後の日という現実を払いのけて、ベッドでホープとささやいたり、愛しあったりしていたかった。

ベッドから出て、昨日のジーンズとシャツに着替えた。枕カバーにはホープのマスカラの汚れがついていた。昨夜の涙のなごりだった。それを見てホープを失うのだと、こみあげるパニックに襲われた。彼女とともに違う日を、違う週を、違う年を過ごしたかった。一生の年月が欲しかった。二人がずっといっしょにいられるなら、彼女が必要なことはなんでもしようと思った。

キッチンへ向かいながら、ホープに言う言葉を胸のうちで練習した。コーヒーの香りがしたが、驚いたことにホープはいなかった。カップにコーヒーをついでから探しつづけた。ダイニングルーム、ファミリールームと首をつっこみ、ようやく裏のポーチで追跡は終わった。窓越しにロッキングチェアにすわる彼女が見えていた。雨はやんでおり、彼女は海を眺めていて、トゥルーはやはりこれまでに出会った一番美しい人だと思った。

彼はほんの一瞬立ちどまり、ドアを押しあけた。

その音でホープがふりむいた。おぼつかない笑みを浮かべたが、目の縁がまっ赤になっていた。彼はその表情の濃い悲しみに、彼女がいったいどれだけ長い時間、身動きのとれない二人の状況を胸のうちで反すうし、一人で悩んでいたのかと考えた。

「おはよう」彼女の声は小さかった。

「おはよう」

二人がキスをしたとき、彼は予想しなかった彼女のためらいを感じた。突然、いままで練習していた言葉のすべてから現実味が消え去った。そんな言葉を口にしても、彼女は聞こうともしないだろう。なにかが変わったのだ、それがなにかはわからないが。彼は兆しに気づいた。

「起こしちゃった?」とホープがたずねた。

「いいや。きみが寝室から出ていったのも知らなかった」

「音を立てないようにしたの」言葉を暗記していたように聞こえた。

「きみが起きてたので驚いた。夕べは帰りも遅かったし」

「寝坊する気はなかったから」彼女がコーヒーをひと口飲んでつづけた。「あなたは眠れた?」

「そうでもない」彼はみとめた。

「わたしもよ。四時から起きてる」ホープはカップでロッキングチェアを指した。「あなたの椅子、拭いておいたわ。確認するために、もう一度自分で拭きたいかもしれないけど」

「わかった」

トゥルーは椅子に置いてあるタオルで座面をさっと拭き、ロッキングチェアの先端に腰を乗せた。心は乱れていた。この数日で初めて青空がのぞいていた。海上にはキルトのような白い雲がたなびいており、嵐の暗い雲ははるか彼方へと去って、後ろ姿が見えているだけだった。ホープは黙っており、彼と顔を合わせられないように海へ顔をもどした。

「目覚めたとき、雨は降ってた？」彼は沈黙のなかへ声を投げた。たんなるおしゃべりだとは知りながら、ほかにすることが思いつかなかった。

彼女は首をふった。「ううん。夜のうちにやんだみたい。わたしが帰ってから、まもなくじゃないかな」

彼は椅子を彼女のほうへ少し向けた。彼女もそうするかと待っていたが、動きはなかった。口もきかなかった。彼は咳ばらいをした。「結婚式はどうだった？」

「よかったわ」ホープはまだ彼のほうを向こうとしない。「エレンは輝いてた。心配したほどでもなく、全然ストレスを感じさせないくらい。その前にかかってきた電話のことを思えば」

「雨は問題じゃなかった？」

「結局、式はポーチでしたのよ。みんなが肩を寄せ合って立って。だけど、かえって親しみが増したわ。披露宴も遅れずにできたし、お料理も、生演奏も、ケーキも……みんな大喜びだった」

「うまくいってうれしいよ」

彼女は一瞬、考えこむようにじっと動きをとめて、ようやくトゥルーに顔を向けた。「お父さんとはどうだったの？　昨日出かけてから、わたしはそのことばかり考えていたのよ」

「そうだね……」トゥルーは言いよどんで、適切な言葉を探した。「興味深い、というか」

「元気だった？　どんな人？」

「想像とは違ってた」

「どんなふうに?」

「ぼくはもっと悪党めいた男だと予想してた。でも、全然そんな人ではなかったんだ。歳は七十代半ば、四十年近く一人の妻と結婚生活を送ってきた。成人した三人の子どもがいて、大手石油会社で働いていた。どちらかというと、アメリカからぼくのロッジに大勢やってくる観客にいるタイプだ」

「あなたのお母さんとのあいだに、なにがあったか、話してくれた?」

トゥルーはうなずき、最初から話した。ホープはその朝初めて、いったん暗い心の檻から逃れて、殻から姿を見せたようだった。彼の話に魅了され、終わったときには受けたショックを隠せなかった。

「お父さんは自分を拉致したのが、あなたのおじいさんだと確信してたのね? おじいさんとは初対面よね。だとすると、声で相手がだれかわかったとは思えないけど」

「ぼくの祖父に間違いない」とトゥルーは言った。「ほかには考えられない。父が確信したように」

「それは……怖い話ね」

「祖父は怖い男になれる人間だった」

「あなたはどう感じてるの?」ホープは慎重に探るように、優しくたずねた。

「ずいぶん昔のことだ」

「それは答えになってないわ」

「真実でもある」

「そのせいで、お父さんに対する考えが変わった？」

「ある意味ではね。ぼくはずっと、父親は母を見捨てて逃げた男だと思っていた。でも、そうじゃなかった」

「写真とスケッチを見せてもらってもかまわない？」

トゥルーはコテージにはいり、エンドテーブルからとってきた。束にしたままホープに渡すと、ロッキングチェアにすわり、彼女が一枚ずつ見るのを眺めた。

「お母さんって、とてもきれいな人なのね」

「ああ、そのとおり」

「あなたのお父さんに恋してるのがわかるわ。彼も同じように感じてる」

トゥルーはうなずいた。昨日の出来事よりも、思いはホープに集中していた。彼は彼女の姿を、どんなささいな動きでも、しぐさでも、すべてを憶えておこうとしていた。彼女は写真を終えて、スケッチの一枚目を手にとった。鏡に映る自分を見ている母の自画像だ。

「とても才能がある。でも、あなたのほうが上手よ」

「母はまだ若かった。ぼくよりも持って生まれた才能は大きい」

彼女はスケッチの束を見終えてコーヒーをひと口飲み、カップを空にした。

「起きたばかりなのは知ってるけど、浜辺へ散歩に行かない？」とホープがもちかけた。「もうじきスコティを外に出す時間だから」

「いいよ。ブーツをはいてくる」

彼の用意ができたとき、スコティはもう門のところで尻尾をふって待っていた。トゥルーが門を開けてホープを先に行かせ、浜に出ると、犬がさっそく鳥の群れに向かってダッシュしていった。二人はゆっくり歩いて、あとを追った。これまでの数日にくらべると、朝の空気が冷たかった。しばらくのあいだ、どちらも沈黙を破りたくないようだった。トゥルーがホープの手を握ったときも、彼女は一瞬ためらい、それから緊張をゆるめた。彼女がふと見せる防御は強まっていて、痛ましいほどだった。

二人は長いあいだ、黙ったまま歩いた。ときおりホープが彼をちらりと見あげるだけだ。それ以外、彼女は遠くにあるものか、あるいは海の沖合を眺めているようだった。この週のほとんどがそんなふうだったが、浜辺には人影がなく静かそのものだった。船は見えず、カモメやアジサシまでが飛び去ったようだ。トゥルーは先ほど感じた恐れを確信して、なにかが起こったのだと、そして話すのを恐れていることが彼女にあるのだと思った。胸に秘めているものがなんであれ、彼を驚かせ、傷つけるものだという強い予感がした。トゥルーの気持ちは沈んだ。彼は焦燥に駆られて、自分が話したかったことのすべてをもう一度思い浮かべたが、それを口にする前に、ホープが真剣なまなざしを向けた。

「黙りこんでしまって、ごめんなさい」彼女は無理にほほえみを浮かべた。「今朝はいい散歩相手じゃないわね」

「いいじゃないか。昨夜は遅かったんだ」

「そうじゃなくて。それは……」ホープの言葉は途中で消えた。トゥルーは風にまざって波のしぶきが吹きつけるのを感じた。おかげで服が濡れて、肌寒くなった。

彼女は咳ばらいをした。「言っておきたいの。わたしはなにが起こったのか、さっぱりわからなかったって」

「話がよくわからないな」

ホープの声が小さくなり、彼の手を握る指に力がこもった。「結婚式にジョシュが来たの」

トゥルーは胃がきゅっと締まるのを感じたが、なにも言わなかった。ホープがつづけた。

「このあいだの夜の電話のあと、彼はウィルミントン行きの便を予約した。わたしの口調になにか嫌なものを感じたんだと思う。式の直前に到着して……いきなり姿を見せて、わたしが全然喜ばなかったことがわかった」彼女は目の前の砂を見つめながら何歩かあるいた。「最初は彼を避けるのもむずかしくなかった。式のあと、結婚披露宴でたくさん写真を撮らなければならなかった。わたしはメイン・テーブルでエレンの隣にすわっていたし、夜じゅうほとんど女友だちとくっついていたわ。でも、披露宴が終わりかけた頃、涼もうと外に出たら彼につかまった」彼女は必要な言葉をふるい起こすかのように、長く息を吸いこんだ。「彼はあやまり、わたしと話したいと言い、それで……」

話を聞くうちに、トゥルーはすべてがするすると逃げだしていくような気がした。「それで?」彼はおだやかにうながした。

彼女は足をとめ、顔をまっすぐ向けた。「彼が姿を見せたとき、わたしが思ったのはこの一週間のすべてだった。それがどんなに大切なものだったか、ということを。先週はあなたという人が存在することすら知らなかった。だから、心の片隅では、自分は頭がおかしいんじゃないかと思わずにいられなかった。だって、あなたを愛してるんだもの」

トゥルーは唾を呑み、彼女の目が涙できらめいているのに気づいた。

「いまも、わたしはあなたとここにいて、ただ感じてる。これが正しいんだって。あなたのもとを離れたくないって」

「だったら離れなければいい」彼は訴えた。「二人でいい方法を考えだそう」

「そんなに簡単じゃないわ、トゥルー。わたしはジョシュも愛してる。そんな言葉を聞いたら、あなたはつらいと思うけど、隠さずに言えば、わたしが彼に感じるものは、あなたへのものと同じじゃない」ホープの目が懇願していた。「あなたと彼はまるで違う……」彼女は手が届かないものを、なんとかつかもうとしているようだった。「心のなかで自分同士が戦争してる気がする。全然別なものを望んでる、二人の別人がいるみたいに。でも……」

ホープが先をつづけられない様子を見て、トゥルーは彼女の両腕をつかんだ。

「きみのいない人生は考えられない、ホープ。別れたくない。きみが欲しい。きみだけを、永遠に。きみはぼくたちのことを、ずっと後悔せずに本気で捨て去れるのか？」

ホープは凍りついて立ちつくし、その顔は苦悶の仮面をかぶっていた。「できない。心の半分では永遠に後悔するとわかってる」

彼は彼女の心を読みとろうとして見つめた。が、すでに彼女がなにを言うつもりなのか悟っていた。

「きみは彼に、ぼくたちのことを話す気がないんだね？」

「彼を傷つけたくないの……」

「それで、彼には秘密にしておくのか？」言ったとたん、トゥルーは後悔した。

「いなや言い方をしないで」彼女は彼の手をふりはらって泣いた。「わたしが自分勝手にこんな立場をとったと思ってるの？　わたしがここに来たのは、すでに複雑になってる人生を、もっと複雑にしようとしたからじゃない。別の男の人と恋に落ちるつもりで来たわけでもない。でも、わたしがどう決心しようと、だれかが傷つくことになるのよ。それだけは、もう絶対に、したくないの」

「きみの言うとおりだよ」彼はつぶやいた。「あんなことを言うべきじゃなかった。いやな言方をした。あやまる」

ホープがするっと肩を落とした。怒りがゆっくりとおさまり、また戸惑いにもどった。「今回、ジョシュはいつもと違ってた。おびえていて、真剣だった……」彼女は自分で考えこんだ。「よくわからないけど……」

いましかない。でなければ、永遠に終わりだと、トゥルーは突然意識した。またホープの手をとった。「このことをもっと早く話したかった。でも、昨夜は眠れずに、ああでもないこうでもないと考えた。きみとぼくのこと。ぼくたちのことを。たぶん、きみは心の準備ができていないだろうけど、でも……」彼は言葉を呑んで、彼女の目を見つめた。「いっしょにジンバブエに来てほしい。大変だとは思うが、アンドルーにも会えるし、向こうで生活もできる。野生動物のガイドの仕事が気に入らないなら、ほかに仕事を見つけてもいい」

ホープは黙ったまま、目をみはり、彼の言ったことを頭に入れようとしていた。返事をしかけて口を開け、また閉じて、首を横にふった。

「わたしのために、あなた自身を変えてほしくない」彼女はきっぱりと言った。「ガイドはあなたにとって大事な――」

「きみのほうが大事だ」自分の耳にも必死さが聞きとれるようだった。未来も、すべての希望も、色褪せていくような気がした。「愛してるんだ。ぼくを愛してるんだろ?」

「もちろん愛してる」

「ならば、ノーと言う前に、考えてみてくれないか?」

「考えてる」

あまりに小さな声だったので、彼は波の音であやうく聞きもらしそうになった。

「昨日、結婚式から帰ったあと、わたしはそのことを考えた。このまま……あなたといっしょにアフリカへ旅立ってしまうという道を。なにも迷わずによ。心の隅には、そうしたくてたまらない自分がいる。親たちもわたしが事情を説明すれば、きっと祝福してくれると思う。でも……」

ホープは彼に目をあげた。苦悩が表情に出ていた。

「あと数年しか残っていない父を、どうして置いていける? 最後の年月はいっしょにいなければ。父のためと同じくらい、わたしのために。そうしなければ、けっして自分を赦せないから。母もわたしを必要としてる。母は必要としてないと言うだろうけど」

「きみが望むだけアメリカに帰ってかまわない。必要なら毎月でも。もっとたくさんでも。お金は全然気にしないでいい」

「トゥルー……」

彼はパニックに襲われた。「ぼくがアメリカに来るのは?」と提案した。「ノースカロライナに」

「アンドルーは？」

「毎月、ぼくが飛んで帰る。いまよりたくさん会えるだろう。きみが必要だと思うことなら、ぼくはなんでもする」

ホープは彼の手を握りしめて、苦しげに見つめた。

「でも、もし不可能だったら？」ささやくような声だった。「わたしが必要なことで、あなたが絶対にできないことがあったら？」

それを聞いたトゥルーは、頬をひっぱたかれたようにビクッとした。瞬時に理解していた。彼女が彼に言わないように、懸命に避けていることがなにかを。彼といっしょになれば、彼女自身の子どもを持つ扉を閉めることになるのだ。人生でずっと夢見ていることを、ホープは語らなかっただろうか？　自分が宝物だと思う人とともに人間の生命を生みだすこと、そして産んだばかりの赤ん坊を抱く光景こそ、人生の宝物なのだと。なにより望むのは母親になること——子どもを産むこと——それを彼はしてやれない。ホープの表情は心の痛みと同じくらい、赦してほしいという懇願にあふれていた。

トゥルーは彼女の顔を見ていられず、横を向いた。これまでずっと、愛があればどんな障害でも乗り越えられる、なんでも可能になると信じてきた。それは、ほとんどすべての人が基本だとみなしている真実ではないだろうか？　彼はいま聞いたばかりの言葉の無情さと闘い、彼女は両腕で自分の体を抱きしめた。

「だからわたしは、自分を憎んでる」ホープは泣いた。声が割れていた。「赤ちゃんがいなければだめ、と思う気持ちがどこかにあって。子どもがいない人生を想像したかったけど、無理なの。養子をとる道もあるし、先進医療のすばらしい技術についても知ってる。だけど……」彼女は首をふり、長いため息をついた。「やっぱり同じじゃない。これがわたしの本心だと思うと、自分が嫌でたまらない。でも、そうなのよ」

長いあいだ、二人とも口を閉ざしていた。二人が見つめているのは波だった。ついにホープがぼろぼろの声で切りだした。「あなたのために夢をあきらめたと、絶対に自分からは思いたくない。あなたを非難する理由にも絶対にしたくない……それを思うと恐ろしい」彼女は首をふった。「すごく自分勝手に聞こえる。すごくあなたを傷つけてる。でも、お願いだから、わたしを連れていきたいとは言わないで。わたしは行くから」

彼は手をのばし、彼女の手をとって唇に持っていくと、キスをした。「きみは身勝手じゃない」

「でも、わたしを軽蔑してる」

「ありえない」

トゥルーは彼女を腕で包んで引き寄せた。「これからもずっと愛してる。きみがなにをしようと、なにを言おうと、それが消えることは絶対にない」

ホープは首をふった。こらえても、涙はぽろぽろとこぼれ落ちた。

「まだあるの」彼女が本気で泣きだしながら言うと、声がわかりにくくなった。「まだ話してないことよ」

トゥルーは内心、身がまえた。なぜかこれから彼女の言うことがわかっていた。

「ジョシュが昨夜、わたしに結婚を申し込んだの」彼女が言った。「家族をつくる準備ができたと言って」

トゥルーは無言だった。めまいに襲われて、彼女を抱きながらも、彼女の腕のなかで、まるで手足が鉛になったかのように重くなった。彼女をなぐさめたかったが、しびれが全身に広がっていった。

「ごめんなさい、トゥルー。ゆうべは、どう話していいかわからなかった。でも、彼にはまだ返事をしてない。それは言っておきたい。まさか彼があんなことを言うとは想像もしてなかった。それはわかってほしい」

彼は感情を抑えようとして、唾を呑みこんだ。「きみがプロポーズを予測していなかったことが、本当に重要なことなのか?」

「わからない」彼女が言った。「いまは自分でも、なにかを理解してるとも感じない。わかるのは、こんなふうに終わりにしたくない、それだけ。あなたを絶対に傷つけたくなくて」

体の痛みが胸から始まり、それが全身へと放射して、彼の指の先端まで熱くうずかせた。

「きみをぼくのもとに止《とど》めておくことはできない」トゥルーはささやいた。「どんなにそうしたくても、ぼくにはできない。そうしようと試みもしない。たとえ二度ときみに会えなくなっても。ただ、きみにしてほしいことがある」

「なんでも言って」彼女がささやいた。

彼は唾を呑んだ。「このあと、ぼくを思い出そうとしてほしいんだ」

彼女が奇妙な音をたてると、トゥルーは口がきけないのだと察した。彼女は唇をむすんで、うなずいた。彼は腕のなかでくずおれるホープの体を感じながら、抱き寄せた。彼女は脚から力が抜けて、もう立っていられないようだった。ホープがすすり泣き、トゥルーは自分自身もばらばらに砕けそうな気がした。二人のあいだで世界が止まっているのに、その向こうでは、波がまるで無関心に打ち寄せていた。

彼女が、彼女だけが永遠に欲しかった。だが、それは叶わないのだ。二人がたがいに愛しあったのに、この先は行きどまりだった。トゥルーにはホープがジョシュにする返事がどうなるか、すでにわかっていた。

✉

コテージにもどると、ホープは冷蔵庫にあった生鮮食料品をすべて出してゴミ袋に入れた。彼女はシャワーを浴びに行き、トゥルーがゴミ袋を外の蓋付き容器へ運んでいった。彼は頭がぼんやりしており、キッチンにもどってバスルームのシャワーの音を聞くと、引き出しをひっかきまわしてペンと紙をとりだした。ずたずたになった気力を、どうにかふるい起こして、紙に言葉を書こうとした。言いたいことは山のようにあった。

書き終えたあと、父の家へもどり、スケッチを二枚持ってきた。それを手紙といっしょにして彼女の車のグローブボックスに入れた。彼女が発見するとき、二人でともに過ごした時間はすでに過去のものだ。

ホープは最後に、スーツケースを持って出てきた。ジーンズ、白のブラウス、数日前に買ったサンダルという姿で、息を呑むほど美しかった。トゥルーはまたテーブルの椅子におり、明かりをすべて消したあと、ホープは彼の膝に乗った。彼女が両腕を彼にまわすと、二人は長いことそうして抱きあった。身を離したとき、彼女の表情はやわらいでいた。

「そろそろ行かなければ」とホープが言った。

「そうだね」彼はささやいた。

彼女は立ちあがり、スコティにリードをつけると、ゆっくりドアに向かった。

トゥルーはスーツケースを持ち、彼女が週の初めに集めた記念品の箱をかかえた。いっしょに玄関から出て、彼女の横でドアに鍵がかかるのを待ち、彼女が使ったシャンプーの野の花の香りを吸いこんだ。

彼女がスコティをバックシートに乗せるあいだに、荷物をトランクにおさめた。彼女が車のドアを閉めて、トゥルーに近づいた。彼はまた彼女を抱いたが、どちらも言葉は出せなかった。彼女が離れると、トゥルーは内側ですべてが壊れているのに笑おうとした。

「もしサファリをする計画を立てたら、ぼくに知らせてくれ。どのロッジがいいか教えてあげる。ジンバブエにかぎらない。あの周辺ならいろんな関係先を知ってる。ワンゲのどのロッジでも、ぼくの名前を言えば連絡がつく」

「わかった」彼女の声はぐらぐらしていた。

「ぼくと話すか、会うかしたくなったら、ぼくがかならず希望を叶える。航空会社が世界をかなり小さくしてくれた。きみが必要とするなら、ここに来るよ。いいね？」

ホープはうなずいた。目を合わせられずに、ポーチの肩ひもを調節していた。彼はいっしょに来てくれと懇願したかった。二人のような愛は絶対に再現できないと話したかった。口のなかで言葉ができあがっていた。しかし、外には出てこなかった。

彼はそっと、穏やかに最後のキスをし、車のドアを開けてやった。ホープが座席にすわると、彼がドアを閉めた。トゥルーの望みが、夢が、その音でこなごなに砕けちった。エンジンが点火する音がして、彼女が窓ガラスを下げた。

彼女が手をのばして、両手で彼の手をとった。

「あなたを絶対に忘れない」

そう言うとすぐに手を放して、ギアをバックに入れ、車を駐車ヤードから出していった。トゥルーはぼんやりと、つられるように追いかけた。

車が前進を始めたとき、ちょうど雲間から太陽が顔をのぞかせ、まるでスポットライトを当てたように車をきらめかせた。彼から離れていく。彼女はちらりともふりむかない。トゥルーは引っぱられるように、道へ出ていった。

すでに車の後部は遠ざかり、小さくなる一方だった。五十メートル、いやそれ以上離れ、彼女はもうリアウィンドウごしにしか見えなかった。だが彼は目をこらしつづけた。自分がからっぽになった気がした。殻だけに。

一度、ブレーキランプが点滅した。それから突然、赤く点いたままになった。車が停止し、運転席のドアが開いた。ホープが飛びだし、彼をふりむいて顔を見た。あまりに遠すぎた。彼女が最後の優しいキスを投げたとき、トゥルーはそのしぐさを返すことができなかった。彼女は少し待ち、それから車に戻った。ドアが閉まり、また車が走りだした。

「帰ってきてくれ」彼女が島を離れる幹線道路に向かって角を曲がりかけたときに、トゥルーは小さな声をもらした。

だが、彼女には聞こえない。車はスピードを落としたが、もう止まらなかった。トゥルーは見ることもできず、体を折るように前かがみになり、両膝に手をついて体をささえた。アスファルトに涙の染みが、インクをこぼしたように点々とついた。

目をあげると、車は完全に消えており、道で動くものはなにもなかった。

傷跡

ホープはローリーへの帰路のことを、全然憶えていなかった。その日曜の午後、ジョシュととったランチについてもあまり記憶がなかった。結婚式のあと、ジョシュは何度も電話をかけてきて、会いたいというメッセージをマンションに残した。彼女はしぶしぶ地元のカフェで会ったが、テーブルの向こうでジョシュが話すあいだ、彼女の頭には道路に立っているトゥルーの姿しか浮かんでいなかった。途中で彼女はいきなりジョシュに、いろいろ考えることがあるから何日か時間がほしいと言い、料理が運ばれる前にレストランから立ち去った。急いで出ていくときには、ジョシュの面くらった視線を感じていた。

二時間ほど後、ジョシュは彼女のマンションを訪ねてきて、ドアのところで話をした。彼はまたあやまり、彼女は動揺を見抜かれないようにつとめた。木曜日に会う約束をしてドアを閉めると、ホープはぐったりと背中を押しつけてもたれた。居間にもどってソファに横たわり、少し昼寝をしようとしたが、目覚めると翌日になっていた。最初に思ったのは、トゥルーがすでにジンバブエへ向かっており、二人のあいだの距離が刻一刻と離れていくということだった。

ホープはただ仕事をこなすだけで精一杯だった。いつもの手順どおり体が勝手に動くにまかせて、恐ろしい交通事故でやってきた十代の女の子以外は、どの患者も記憶に残らなかった。仲間の看護師たちは、彼女のうわの空に気づいたとしても、なにも言わなかった。

水曜日は、仕事帰りに両親のもとを訪ねる予定だった。母が二日前に留守番電話にメッセージを残して、シチューを作ると言っていた。ホープはブルーベリー・パイを買っていこうと思い、地元のパン屋に立ち寄った。問題はその店が現金払いしか受け付けないことだった。彼女はこの何日か現実的になれず、銀行に行くのを忘れていた。万一にそなえてグローブボックスにいくらかお金を入れておいたのを思い出し、店から車にもどって開けた。ひっかきまわした拍子に、ボックスから中身の一部が床に落ちた。気づいたのは、片づけようとしたときだ。トゥルーが完成させた彼と彼女のスケッチだった。

それを見たとたん、ホープは息が止まった。彼女が出ていく朝、トゥルーがここに入れたのだと思った。絵に見入るうちに、手ががたがたふるえだした。そのうち、まだパイの代金を支払っていないことを思い出し、スケッチを注意深く助手席に置くと、急いで店にもどって買い物をすませた。

車にすわったが、エンジンはかけなかった。もう一度、スケッチを手にして、描かれた自分をよく見た。それは描いた男に救いようもなく心奪われた、一人の女だった。もう一度だけでもあの腕に抱かれたい。痛切にそう望んでいた。彼の香りを吸い、のびかけた髭のざらついた感触にふれ、直感的に彼女を理解した男の顔を見つめたかった。そういう人はこれまで一人もいなかった。彼女の心を奪った人とともにいたかった。

スケッチを膝に置き、開いたグローブボックスを見ると、スケッチ用紙がもう一枚あるのに気づいた。丁寧にたたまれており、彼女の名前が書かれた封筒がその上に乗っていた。ふるえる手でそれをとった。

まずスケッチを開いた。浜辺に立つ二人が見つめあうところが、横向きに描かれていた。思わず息をつめ、隣にはいってきた車がラジオを大音量で響かせても、ぼんやりとしか気づかなかった。描かれたトゥルーの顔を見つめて、焦がれる想いが胸にあふれた。ぐっとこらえて、スケッチを脇へ置いた。

両手に持った封筒が重く思えた。ここでは開けたくない。あとにしよう、家に帰ってから、一人になってからのほうがいい。

だが、手紙が彼女に呼びかけていた。ホープは封をはがし、紙をとりだして読みはじめた。

親愛なるホープ

きみがこれを読みたいかどうか、ぼくには確信がない。でも、混乱しているから、藁にもすがりたい気持ちだ。きみはこの手紙といっしょに二枚のスケッチも見つけるだろう。もしかしたら、もう二枚とも見てるかもしれない。一枚目は見おぼえがあると思う。二枚目はきみがリハーサル・ディナーと結婚式に行ってるあいだに描いた。家に帰ったら、きみのスケッチをもっと描きあげると思うが、きみがかまわなければ、それは自分で持っていたい。もしきみがそうしてほしくないなら知らせてくれ。新しいスケッチは、そちらに送ってもいいし、破り捨ててもかまわない。そのときは二度と描かないつもりだ。ぼくはきみが信じられる人間でいたいし、これからもずっとそうでありたい。

きみのいない人生を想像すると耐えられないが、きみの決断した理由をぼくが理解していることは知っていてほしい。子どもを産みたいと話すきみの幸せそうな表情を見た。あれは絶対に忘れられない。この選択がきみにとってどれほど苦痛だったかわかっている。ぼくにとっては破滅的だったが、きみを責める気はひとかけらもない。なにしろ、ぼくには息子がいて、彼のいない人生は考えられないのだ。

きみが去ったあと、ここに来てから毎日していたように、ぼくは浜辺へ歩きに行くだろう。だが、同じというわけにはいかない。一歩あるくたびに、かならずきみのことを考える自分に出会う。隣にはきみがいて、ぼくの内側にもきみがいる。きみはすでにぼくの一部だ。これは永遠に変わらない。

こんなふうに感じるなんて予想もしなかった。どうして予想できたろう。生まれてから人生の大半を、息子を例外として、いつもぼくは一人で生きるものだと思ってきた。べつに世捨て人の人生を送ってきたわけではない。そうではないし、きみも知ってるように、ぼくの職業はある程度の社会協調性、人づきあいがなくては成り立たない。だけど、ぼくはベッドで隣に寝る人がいなければ不完全だと感じる人間ではなかった。伴侶がいなければ半人前だと感じる人間でもなかった。きみが現れるまでは。きみがやってきたとき、自分をごまかしていたことがわかった。じつはこの長い年月、きみがいなくて寂しかったのだ。

それが自分の未来にどういう意味を持つのかわからない。以前の自分と同じ人間ではありえない。なぜなら、それはもうありえないから。思い出があれば十分だと信じるほど甘い男でもない。静かな時間にスケッチ用紙を手にして、頭に残っているものを、なんであっても捉えようとするかもしれない。きみがそれを断らないでほしいと願う。

　ぼくたちを取り巻く事情が違っていたらと思う。だが、運命は別のプランを持っていたようだ。それでも、きみは知っている必要がある。ぼくのきみへの愛は本物だと。それとともにやってくる悲しみは報酬にすぎないし、ぼくは千回でも、それ以上でも、愛をつかんだ対価を支払うのだと。きみを知り、きみを愛した。ごく短い時間だったが、ぼくの人生に別の意味をくれた。これからもずっとそうだ。

　きみに同じことは求めない。これからきみになにが来るか、ぼくにはわかっている。新しい生活だ。それをきみは生き、第三者がはいりこむ余地はない。ぼくはそれでかまわない。かつて中国の哲学者、老子は言った。だれかに深く愛されることは人に力を与え、だれかを深く愛することは人に勇気を与える、と。いま、老子の言いたいことがわかる。きみがぼくの人生にやってきたから、自分にあるとは思わなかった一種の勇気を持って、これからの年月に立ち向かえる。きみを愛したことで、これまで以上の自分になれる。

　きみが連絡をとりたくなったら、ぼくがいる場所、行く場所はわかっているね。場合によっては、時間がかかるかもしれない。前に話したとおり、森《ブッシュ》にいれば時間はさらにゆっくり過ぎる。そして、物によっては目的地に届かないこともある。でも、ぼくは固く信じている。きみが手をのばしさえすれば、宇宙がそれをぼくに教えてくれる。そういう特別なものを、ぼくたちは共有しているのだ。ぼくたち二人には、いつも、どんなことでも、可能なのだと信じたい。

ホープは手紙を二回読んだ。それからもう一度。そして、ようやく封筒にもどした。トゥルーがキッチンのテーブルで手紙を書いている姿を思い浮かべ、また読みたくなったが、そんなことをしたら両親のもとへ行けるかどうか疑わしかった。

そこでスケッチと手紙をグローブボックスにしまったものの、すぐには車をスタートさせずにいた。かわりに激しく揺れ動く感情を静めようと、ヘッドレストに首をあずけて座席にもたれこんだ。永遠とも思える時間が過ぎ、どうにか力をふるい起こして道路へ出ていった。

実家の玄関に向かう足どりもおぼつかなかった。家にはいると、とりつくろった笑顔で、出迎えのため安楽椅子から立ちあがろうと苦労する父を見まもった。キッチンからいい香りが部屋に漂っていたが、彼女は食欲が湧かなかった。

食卓では結婚式のエピソードをいくつか披露した。その週の残りの部分について聞かれても、トゥルーの話はしなかった。ジョシュからプロポーズされたことも言わなかった。

デザートのあと、ホープは新鮮な空気が吸いたいと言ってフロントポーチに出た。

夜空には一面の星がちりばめられていた。網戸がきしむ音がして、居間からもれる光を背にした父親の影が近づいてきた。父はほほえんでホープの肩に片手を置きながら、すり足で注意深く隣にすわった。デカフェを入れたコーヒーカップを持ち、すわってからひと口飲んだ。

「おまえのママは、やっぱり一番おいしいビーフシチューを作るね」

「今夜の一等賞だわ」とホープも賛成した。

「気分はどうだい？　夕食のとき、ちょっと静かな感じがしたよ」

ホープは片脚を体の下へ引きこんだ。「そうなの。まだ先週末の疲れがとれてないみたい」

父はコーヒーカップをテーブルの娘とのあいだに置いた。ポーチの隅では、一羽の蛾が明かりのまわりでダンスを踊っており、コオロギたちが夜の演奏を始めていた。

「結婚式にジョシュが来たと聞いたよ」思わず彼女が顔を向けると、父は肩をすくめた。「ママがそう言ってた」

「どうしてママが知ってるの？」

「さあな」父が答えた。「だれかから聞いたんじゃないかな」

「そうよ」ホープは言った。「彼はいたわ」

「おまえたちは話したのかい？」

「ちょっとね」先週まではプロポーズを父親に隠すなど、想像もつかなかった。だが九月の夜の、風がない暑苦しい空気のなかでは、言葉を形にできなかった。「明日の晩、ディナーをいっしょにするつもり」

父は娘の心を推しはかるように眺めた。「うまくいくといいね。それが、おまえにとって、どういう意味を持つものであっても」

「ほんと」

「わたしが思うに、彼からちょっと説明があるんじゃないかな」

「そうかも」彼女は答えた。心のなかでは、床置き大時計《グランドファーザー・クロック》のチャイムが鳴っていた。その日の朝、ホープは棚から埃をかぶった世界地図を引っぱりだし、ジンバブエとの時差を計算した。それによれば、いま向こうは真夜中。トゥルーはブラワーヨでアンドルーといっしょにいるはずだ。翌朝起きたらその日はなにをするつもりだろう。アンドルーを森に連れていって野生の獣を見せたりするのだろうか、それともサッカーをしてボールを蹴りあうのか、あるいはただ散歩に出かけるとか？　トゥルーはまだ彼女のことを考えているだろうか。彼のことを想像せずにはいられない彼女のように。黙っていると、手紙の言葉が表面に浮かんできた。

父が彼女の話を待っているのだとわかっていた。昔から、ホープは問題や心配事があると、父のところにやってきた。いつも心なごむ父なりの聞き方をしてもらえるから。父はごく自然に共感するだけで、めったに助言をしない。そのかわり、彼女がどうしようと思っているのかとたずね、ホープ本人の本能と判断を信じるように無言で励ますのだった。

しかし、いまトゥルーが書いた言葉を読んだあと、自分が恐ろしいミスを犯したのではないかと思えてならなかった。父の隣にすわり、トゥルーと過ごした最後の朝をゆっくりと心で再生しはじめた。デッキに出てきたときのトゥルーの様子、浜辺をゆっくりと歩くあいだ握っていた彼の手の感触が思い出された。ジョシュのプロポーズを告げたときに見せた、トゥルーのこわばった顔つきも。

しかし、そうした光景は特別に痛切なものではなかった。かわりに脳裏に浮かぶのは、ジンバブエに来てほしいと懇願する彼の様子だ。そして最後の交差点を曲がったとき、がっくりと前のめりにうつむいた彼の姿。いっしょに人生を送るという可能性が遠のいたあの瞬間だった。

状況を変えられるのは彼女だということもわかっていた。まだ、手おくれではない。明日、ジンバブエへの航空券を予約し、彼のもとへ向かえばいい。彼女がただ、二人がともに歳をとっていく運命にあると悟ったのだと言えば。二人は異国の舞台で愛しあい、空想していた新しい自分になれるのだ。

父にそういう話をしたかった。すべてを打ち明けたかった。彼女の幸せはすべて彼にかかっているのだと言いたかった。だが口を開かないうちに、ふわりと風が吹き抜けるのを感じて、一瞬キンドレッド・スピリットのベンチに並んですわるトゥルーの姿が浮かんだ。風が豊かな髪をばらばらに乱していたあの姿が。

彼女のしたことは正しかったのだろうか？

（ほんとうに？）

コオロギは鳴きつづけており、夜の空気が息苦しいほどに重く沈んでいた。月光が木々の枝を通りぬけて射していた。道路を一台の車が通りすぎ、開いた窓からラジオの音が聞こえた。キッチンでトゥルーに抱かれたとき、ラジオから流れていたジャズを思い出した。

「たずねるのを忘れていたよ」と父が言った。「この一週間、天気が悪かったことはわかってるがね。今回、キンドレッド・スピリットには行ったのかい？」

その言葉をきっかけに堤防が決壊した。ホープは思わずむせたような声をあげ、すぐにすすり泣きになった。

「なにかまずいことを言ったかな？」父はあわてて言ったが、彼女にはその言葉もほとんど聞こえなかった。「どうした？　いいから話してごらん……」

彼女は首をふるだけだった。答えることなどできなかった。意識がかすむなかで、父の手が膝に置かれるのを感じた。目を閉じていても、父が異変を警戒し、不安をおぼえて、見つめているのがわかった。だが、やはりトゥルーのことしか考えられず、こぼれる涙を止める手立てはなにもなかった。

第二部

砂時計の砂

二〇一四年十月

（思い出は過去への扉だ。人が思い出を大事にすればするほど、扉はより大きく開くだろう）。

ホープの父は、よくそんなことを言った。父が口にした数多くの言葉と同じく、時間の経過が知恵に重みをくわえたように思われた。

だが、その一方で、時間はすべてを変えるという性質も持っている。彼女は人生をふりかえりながら、そう思った。サンセット・ビーチでの一週間から、もう四半世紀近い時間が過ぎたことが、信じられない気がした。あれからたくさんのことが起きた。ときおり思うのだが、かつての自分からすれば、まるで別人になったみたいだ。

いま彼女は一人だった。夜になったばかりで、すがすがしい空気のなかに冬の気配が漂っている。ノースカロライナ州ローリーにある自宅の裏のポーチにすわっており、月光が芝生を青っぽく不気味に照らし、風にそよぐ木々の葉を銀色に染めていた。最近よく思うのだが、さわさわという葉擦れの音が、まるで呼びかけてくる過去の声のように聞こえる。子どもたちのことを考えながら、ゆっくりとロッキングチェアを前後にゆすっていると、思い出は万華鏡にむすばれる像となって転がりだした。闇につつまれて、彼女は病院でそれぞれの子を抱いたときにおぼえた畏敬の念を思い出した。よちよち歩きの子どもを風呂に入れたあと、裸で廊下を走る姿をにっこりして眺めたこと。乳歯が抜けて、歯っ欠けになったままの笑顔も浮かんでくる。十代の子どもがもがいた年月に経験した、誇らしさと悩みのまざりあった心境も、いままた追体験できた。驚いたのは、以前は抱くなど無理だと思えた好意とともに、ジョシュを思い出せたことだった。二人は八年前に離婚したが、ホープは六十歳になり、楽に赦せる心境へ達したのだと信じたかった。

金曜日の夜にジェイコブが立ち寄り、レイチェルが日曜日の朝にベーグルを持ってきた。二人の子どもは、ホープが去年と同じようにまた海辺のコテージを借りると告げても、なんの関心も持たなかった。彼らが興味を持たないのは、めずらしいことではない。最近の若者はたいていそんなもので、みんな自分の生活にかかりきりだ。ジェイコブは昨年、レイチェルはこの五月に大学を卒業し、二人とも卒業証書を受けとる前に仕事を見つけられた。ジェイコブは地元のラジオ局でコマーシャル枠を売る営業職になり、レイチェルはインターネットのマーケティング会社で働くようになった。二人とも賃貸アパートに住んで、家賃を自分で払っている。それは最近ではめずらしい事例のようだ。子どもの友だちは大半が大学を卒業したあと、実家にもどっていった。人には言わないが、ホープは子どもにとって卒業より自立のほうが大切だと思っている。

その日、スーツケースの荷造りをする前に、ホープはすでに髪のセットをすませていた。二年前に退職してから、彼女は高級デパートの近くにある上流志向のヘアサロンに通うようになった。いわば近年とりいれた散財のひとつだ。サロンの椅子にすわってほかの客の話を聞いていると、話題は夫や、子どもから、夏の長い休暇旅行にいたるまでいろいろあり、一定のスケジュールに従って行動する女たちが多いことを知るようになった。どうでもいい楽な会話はホープの気持ちをなぐさめ、そこにいるあいだ、心は両親の思い出へと漂い流れていった。

二人が亡くなって長い時間が過ぎた。父は十八年前、ALSで他界し、母は悲しい四年間のあと世を去った。ホープはいまも二人を偲んでいるが、喪失感は年ごとにやわらぎ、ことさら気分が沈んだときに頭をもたげる鈍い痛みほどになっていた。

髪がきれいになったので、ホープは店をあとにし、BMWやメルセデスといった車、そしてふくらんだ買い物袋をさげてデパートから出てくる女たちを眺めた。実際あの買い物のどれだけが本当に必要なものかわからない。それとも、買い物が一種の中毒なのか、棚から商品をとって一時的に不安や憂鬱から逃れる息抜きをしているのか。ホープも以前そんな理由で買い物をしたときがあった。しかし、人生のその時期はもう遠い過去のものだ。この十数年、世界はずいぶん変化したと思わずにはいられない。人はより実利主義になり、以前よりも人に負けまい、流行に乗り遅れまいとしている。だが、そうしたものには、めったに有意義な人生がともなわないことをホープは学んでいた。なにかを経験することや、人との関わりにこそ意義は生まれるのだ。それと健康、家族、愛し愛されること——といったものに。彼女は自分の子どもにも、できるだけこうしたイメージを持たせる努力をしたが、うまくいっただろうか。

このところ、なにかにつけて答えがなかなか得られない。最近いろいろと、自問することが増えた。なぜだろう、と。たとえば昼のテレビ番組を見ていると、専門家がひっきりなしに登場して、どんなことでも解決策があると主張している。だが、ホープが納得することはめったにない。かりに彼女が答えてもらいたい疑問があるとしたら、それはこんな単純なものだ。なぜ愛はつねに犠牲を強いるように思えるのか？

ホープにはわからなかった。わかっているのは、自分の結婚にそれがあると見ていたことだ。一人の親として。それと、徐々に衰えていくと宣告された一人の父親のいる大人になった子どもとして。しかし、どれだけ深く考えても、いまだに答えははっきりしなかった。犠牲は愛に必要な要素なのだろうか？　じつは愛と犠牲は同義語なのだろうか？　犠牲があればそこに愛があり、愛があればそこに犠牲があるのか？　彼女は愛のなかに代償があるとは、そして愛が落胆や、痛みや、懸念を求めるとは、思いたくなかった。だが、そう思ったことは一度ならずあった。

人生に予測できない出来事が起きたとはいえ、ホープは不幸ではなかった。人生がだれにとっても簡単ではないことはわかっているし、やれるだけのことはしたという満足感もある。それでも、人と同じようにいろいろ後悔してきた。この二年ほど、彼女はさらに頻繁に後悔のしなおしをしている。後悔は不意にあらわれる。しかも、まさかというタイミングで。たとえば教会で寄付のカゴにお金を入れるときとか、床にこぼした砂糖を掃いているときとか。それが起こると、彼女は変えたい過去を思い出す。するべきではなかった議論とか、言わずじまいだった赦す言葉とか。そんなふうに時計の針を巻きもどしたいと願う自分がいる反面、正直に考えると、なにが変えられただろうと疑問に思ったりする。失敗は避けられない。ならば、人がそこから学ぶ気があるなら、後悔こそ人生で重要な教訓を分かち与えるものなのだと、彼女なりに結論した。その意味で、父が思い出についてのべたあの言葉は、半分しか正しくなかった。思い出はたんなる過去への扉ではなく、新たな別の種類の未来へつづく扉にもなる。彼女はそう信じたかった。

✉

裏のポーチに冷たい風が吹きぬけると、ホープは身をふるわせて、家のなかへもどることにした。

この家には二十年以上住んできた。誓いを立ててほどなく彼女とジョシュはここを買った。見なれた室内を眺めながら、やはりこの家はいつもお気に入りだったと思った。外観はジョージアン様式で、前面には大きな円柱があり、一階の部屋はほとんどが腰羽目壁になっている。それでも、たぶんいまが売るときなのだ。こんなに部屋がなくてもいいし、彼女には大きすぎる。すべての部屋を掃除するだけでも、はてしなく無駄な仕事だ。階段もだんだん重荷になってきた。子どもたちに売ろうかと言ったら、ジェイコブもレイチェルも子ども時代を過ごした家を手放すことに渋い顔をしてみせた。

売るかどうかはともかく、手入れはしなければならない。堅木のウッドフロアはすり傷やさくれが目立つ。ダイニングルームの壁紙は色褪せていて、張り替えが必要だ。キッチンとバスルームはまだ使えるが、見るからに時代遅れで改装したほうがいい。やることはたくさんあり、いつできるのか、そもそもやることすら考えられない。

彼女は明かりを消しながら、家のなかを移動した。スタンドについたスイッチのいくつかは、普段から回すのに苦労しているので、思ったよりも時間がかかった。

玄関ドアのそばにスーツケースが置いてあり、隣には屋根裏からとってきた木の箱がある。それを見るとトゥルーのことを思った。あらためて考えると、実際彼のことを考えない日はなかったのだ。彼は六十六歳になっていると思う。ガイドの仕事は引退しただろうか、それともまだジンバブエで暮しているのだろうか、ひょっとしたらヨーロッパかオーストラリアか、もっと変わった異国へと移住したかもしれない。アンドルーの近くに住み、この長い年月のあいだには孫が誕生していることも考えられる。だれかとデートをし、その人と再婚している可能性もある。そもそも彼女を憶えているだろうか。いや、なによりもまず、いまも生きているだろうか。彼が世を去ったら本能的にそれを察知できると、二人はつながっているのだと思いたかったが、ホープはそれが甘い夢にすぎないこともわかっていた。けれども、彼女の胸にはつねに問いかけている疑問があった。あの手紙の最後に書いてあった言葉は真実なのか、「ぼくたち二人には、いつも、どんなことでも、可能」なのかと。

寝室にはいり、去年のクリスマスにレイチェルが買ってくれたパジャマに着替えた。ホープがほしかったような、着心地がよく暖かいパジャマだ。ベッドに寝てカバーを具合よくなおし、よく眠れるように願った。最近はそうでないことが多かった。

昨年、浜辺で過ごしたとき、彼女は寝つけないままトゥルーのことを考えた。あんなに生きいきと鮮やかに使ったあの時間、あの日々を、胸で再現しながら願った。彼女のもとにもどってきてほしいと。最初の朝、浜辺で出会ったときのこと、二人でコーヒーを飲んだこと。クランシーズでのディナーと、コテージに歩いてもどるまでを、数えきれないほど再現して思い出した。ポーチでワインを飲んでいるときの彼の真剣な視線、キンドレッド・スピリットのベンチで手紙を読む彼の声を感じた。そしてなにより、愛しあうときの優しく高まるしぐさ、彼の真剣な表情とささやく言葉を思い出した。

いまだに、あのときの感覚がすべて一瞬でもどってくるのを不思議に思った。彼女に対する彼の感情のさわれるような重さや、ぬぐいきれない罪さえもよみがえった。彼女が去ったあの朝、決定的に心のなにかが壊れた。しかし、絶縁のさなかにも、それより強い要素が根を張っていたのだと彼女は信じたかった。それにつづく後遺症のなかで、人生が耐えられないと思えるときは、決まってトゥルーのことを考えた。いよいよ彼が必要になったら本人がやってくると想像したものだった。最後の朝、トゥルーは彼女にたくさん語ってくれた。あの約束のおかげで彼女はどうにかやってこられたのだ。

浜辺での夜、なかなか眠れないまま、彼女はいつしか過去を書きなおしていた。心が平和になるようにと。頭に浮かべたのはこんな光景だった。あのとき彼女は交差点を曲がらず、あそこでUターンして彼のもとに全速力で引き返していく。それからテーブルをはさんでジョシュに、ある人と会っていたことを話している。その幻想のなかでは、ジンバブエからもどってきたトゥルーを空港で出迎え、夢のような再会を果たす。手荷物受取所のそばで抱きあい、行列のなかでキスをかわすのだ。車へと歩くあいだ、トゥルーは腕で彼女を抱えるようにし、飾らないしぐさでトランクにダッフルバッグを放りこむのを、実際に起きたことのように想像した。あの時代、彼女が自宅と呼んでいたマンションで、愛しあうところも思い描いた。

だが、それが終わると彼女の空想は雲におおわれた。二人が選ぶ家の種類もイメージできない。二人が立つキッチンは、両親がはるか昔に売り払ったコテージのものか、ジョシュと暮らした家のものだ。トゥルーが選んだ仕事も想像できなかった。試みても、一日の終わりに仕事からもどってくるトゥルーの服は、実際に着ていたサファリのガイドと同じ種類のものだった。トゥルーがアンドルーに会うため定期的にブラワーヨにもどることもわかっていたが、彼の家や近所の様子を思い描くには必要な知識がなにもなかった。アンドルーはいつも十歳のままであり、顔の特徴は動かせなかった。トゥルーが永遠に四十二歳であるように。

奇妙なことだが、彼女がトゥルーとの人生を空想するとき、いつもジェイコブとレイチェルがいた。食卓で彼女とトゥルーが食べていると、ジェイコブはフレンチフライを妹に分けるのを拒否している。トゥルーが親のコテージの裏のポーチでスケッチをしていると、レイチェルがピクニック・テーブルでフィンガー・ペインティングをしている。学校の講堂では、彼女とトゥルーが客席にすわり、ジェイコブとレイチェルが聖歌隊で歌っている。ハロウィーンの日には、彼女とトゥルーが「トイ・ストーリー2」のウッディとジェシーに扮した子どもたちのあとについていく。いつも、いつでも、子どもたちは彼女の想像するトゥルーとの人生にはいりこんでいた。そして、彼女が不法侵入だと非難しても、ジョシュもやはりそこにいた。とくにジェイコブは見かけが父親にそっくりだし、レイチェルはいつか医者になろうと思いながら成長した。

ホープは結局ベッドから起きだした。海辺は冷えていた。上着を着てトゥルーがはるか昔に書いた手紙をとり、裏のポーチに出ると椅子にすわった。読みたかったが、どうしてもその気力がふるい起こせなかった。彼女はすりきれた封筒をつかんだまま、急に持ちあがってきた孤独の大波に圧倒されながら真っ暗な海を見つめていた。

✉

ホープは昨年コテージで一週間を過ごしたあと、希望と恐れを胸に抱いて海辺からもどってきた。そして一年たち、今年は状況が変わると、自分に言い聞かせた。これをコテージに行く最後の旅にすると決めていたのだ。朝になり、木箱をバックシートに置いて、ホープは車の後部までスーツケースを転がそうと、決意をこめた足どりで歩きだした。熊手で芝生を掃いていた隣人のベンがやってきて、トランクに入れてくれた。助けてもらうのはありがたかった。この歳になると、ちょっとのことでけがをしやすく、そうなると治るのが遅い。去年彼女はキッチンで足をすべらせた。倒れなかったものの、どうにかつかまって体を支えたが、そのあと肩の痛みが何週間も治らなかった。

車に乗る前に、忘れ物がないか何度も頭でチェックリストをたしかめた。ドアに鍵はかけたか、明かりは全部消したか、ゴミ容器は道の縁石に置いてあるか。ベンには郵便物と新聞の回収を頼んであった。ドライブは三時間弱かかるが、急ぐ理由はなにもなかった。ようするに、問題なのは明日だ。それを思うだけで彼女は緊張した。

ありがたいことに、道はかなりすいていた。農地や小さな町を通りすぎ、一定のスピードを維持するうちにウィルミントンの郊外までやってきた。その辺りにある、前の年に憶えたビストロでランチをとり、食料品店に立ち寄って冷蔵庫に保存する物を買いこんだ。そのあとレンタル・オフィスでコテージの鍵を受けとり、旅の最終行程にはいった。曲がるべき交差点を見つけて、何度か角を曲がり、ついに目的のコテージの駐車スペースに車を乗りいれた。コテージはかつて両親が持っていたものに似ていた。ペンキははげ、玄関に上がる階段があり、正面にあるポーチは風雨にさらされて傷んでいた。それを見て、ホープは古いコテージをたまらなく懐かしんだ。危ぶんだとおり、新しい所有者たちはすぐに解体し、あのときトゥルーが滞在していたような、大きくて立派な家に建て替えたのだ。

それ以来、サンセット・ビーチにはたまに訪れるだけになり、郷愁をおぼえることもなくなった。海沿いに並ぶ多くの小さな町のように、あそこは時代とともに変わった。舟橋《ポントゥーン》はもっとモダンなものに架けかえられ、大型の家が標準になり、クランシーズもなくなった。二十一世紀になって一、二年が過ぎるまで、どうにか持ちこたえていたが、姉のロビンがレストランの閉店を教えてくれた。彼女は十年前にマートル・ビーチを旅行したおり、夫といっしょに家族がなじんだ島へ寄り道をした。やはり年月がたって、思い出の場所がどう変化したか興味があったのだそうだ。

最近ホープはカロライナ・ビーチが気に入っていた。サンセット・ビーチよりウィルミントンに近く、いくらか北寄りにある島だ。カウンセラーにすすめられて二〇〇五年十二月に初めて訪れた。ちょうどジョシュとの離婚訴訟が最悪の状況にあったときで、ジョシュは一週間のクリスマス休暇に、ジェイコブとレイチェルを連れて西部に行く計画を立てていた。子どもたちは十代の初めだった。そもそも不機嫌になりがちな年頃であることにくわえ、両親の結婚生活の崩壊が彼らのストレスを増大させていた。旅行が子どもたちにとって有益な気晴らしになるとホープにもわかってはいたものの、カウンセラーが指摘するように、そのあいだ彼女が家で孤独に過ごすと精神状態に悪い影響が出るかもしれなかった。そこでカウンセラーがすすめたのがカロライナ・ビーチであり、冬だから島にはにぎわいがなく、むしろリラックスできるということだった。

ホープは事前になにも見ないで予約したのだが、海辺の小さなコテージはまさに彼女が必要とするものだった。その場所で、彼女は心を癒すリハビリを始め、人生の新たな段階にはいるのに必要な展望を見いだしたのだ。

ジョシュと和解することは考えなかった。彼には何年も泣かされてきたからだ。決定的な破局を招いたのは最後の浮気だが、一番つらい思い出になったのは最初の不倫だった。当時、子どもたちはまだ就学前で、なにかしら世話が欠かせない時期だった。その一方で、父の病状も悪化に転じたところだった。ホープが夫の浮気を知ったとき、ジョシュは謝罪して終わらせると約束した。それなのにホープの父の病状がしだいに重くなってきたその時期、彼はその女とまだ関係をつづけていた。何カ月ものあいだ、ホープはたびたびパニックになる一歩手前まで追いつめられ、初めて結婚を終わらせようかと考えた。だが、離婚が子どもたちに与える影響――環境の激変や、家庭の荒廃をまねく可能性を重く受けとめ、百歩ゆずって赦すことにした。だが、夫の浮気はやまなかった。さらに涙が流れ、口げんかが何度も繰り返され、ついに彼女から離婚したいとジョシュに告げることになった。夫婦は一年近く寝室を別にしていた。家を出ていく日、ジョシュは彼女が人生で一番大きなあやまちを犯したのだと告げた。

ホープにしてみれば、これしかないと、一番よいと、思って決断したことだったが、離婚で浮上したのは苦痛と恨みだった。自分が感じる激しい怒りと悲しみにショックをおぼえた。ジョシュも怒って自己防衛に走った。親権の示談は明快そのものだったが、金銭面の論争は悪夢だった。子どもがまだ幼かったときはホープも家にいたが、二人が学校へ通いだすと働きに出た。とはいえ、もう外科の看護師ではなく、子どもが学校から帰ったとき家にいられるように、家庭医療グループに所属してパートタイムの仕事についた。時間的には楽だったが、収入は少なかった。ジョシュの弁護士が、彼女には専門的スキルがあり、もっと給与を増やせるはずだから養育費を大幅に減額すべきだと精力的に申し立てた。多くの男たちのように、ジョシュも均等な財産分与の考え方を持っていた。この時点で、ホープとジョシュは弁護士を通じてしか話をしなくなっていた。

ホープは打ちのめされた気持ちだった。失敗、喪失、怒り、決意、そして恐怖といった感情がうずまいていたが、クリスマス休暇のあいだ浜辺を散策していると、心配しているのはほとんど子どものことだった。彼女はできるかぎり良き母親であろうとした。だが、カウンセラーは事あるごとに、まず彼女が自分自身を立て直さなければ、子どもたちに必要な、しっかりした支援はできないと注意した。

彼女は心の底ではカウンセラーが正しいとわかっていたが、その考えはモラルに反するような気がした。あまりに長いあいだ母親でありつづけた結果、自分がどんな人間なのかがわからなくなっていた。しかしカロライナ・ビーチにいるあいだに、彼女は徐々に、自分の精神の健康が子どもたちの精神的健康にも重要だという考えを受けいれるようになった。それ以上に重要ではないとしても、それ以下ではないと。

それはまた、カウンセラーの忠告を受けいれなければ、いかに坂道がすべりやすくなるか、ということでもあった。ホープは女たちが離婚を経験するあいだに、ひどく体重を減らすか増やすかしているのを見てきた。金曜日や土曜日の晩、バーで彼女たちが話すのを聞いていると、すでに記憶にない見知らぬ男たちと、一夜かぎりの関係を持ったことを認めたりしている。なかにはすぐに再婚する女性もいるが、それはほとんどいつも失敗に終わった。あるいは大胆な行動に出ない人でさえ、自滅的な習慣におぼれる場合があった。離婚した友だちが、最初は週末にワインを二杯飲むだけだったのが、平日に何度も飲むようになり、量も三杯、四杯と増えていくのを見てきた。そうした女性の一人が単刀直入に話すところでは、飲酒だけが離婚を乗りきるための救いだった、というのである。

ホープは同じ落とし穴にはまりたくなかった。そして海辺での孤独な時間が迷いを捨てさせてくれた。ローリーにもどったあと、彼女はスポーツジムの会員になり、フィットネスバイクで体力づくりのトレーニングをする「スピンクラス」にはいった。さらにヨガを日常生活にとりいれ、自分と子どものために健康的な食事作りも始めた。眠れない夜には、ベッドから出ないようにして、深呼吸をし、自制心を保とうとした。瞑想することも勉強した。新たな視点で重要視したのは、このところ何年も連絡を断っていた友だちとの友情をよみがえらせることだった。

誓いもひとつ立てた。それはジョシュの悪口を絶対に言わないことだ。むずかしかったが、現在の二人の関係にとって、それがたぶん基礎作りをしてくれるだろうと思った。そのころ彼女の友だちは、過去にあれだけ彼が頭痛のもとになったことを考えると、なぜいまさら彼女が元夫にそれほど時間を割くのか理解できなかった。理由は多面的だったが、それはホープの秘密でもあった。聞かれると、彼女はただ、たしかにジョシュは最低な夫だったが、いつも良い父親だったとだけ答えた。子どもたちが幼い頃、ジョシュは彼らとずいぶん長い時間を過ごした。学校の課外活動に参加したり、ユースのチームの監督をつとめたりした。週末は彼の仲間とではなく、家族とともにいてくれた。週末の過ごし方は、結婚に同意するときの彼女の条件でもあった。

あのとき、ホープはジョシュのプロポーズをすぐには受けいれなかった。まず、(しばらく状況を見てから考えましょう)と答えた。ジョシュは帰るとき、ドアのところで立ちどまった。

「きみは少し変わったな」と彼が言った。

「そう」と彼女は答えた。「わたしは変わったのよ」

最終的にプロポーズを承諾したとき、八週間が過ぎていた。そのあと、彼女はほかの友だち全員と違って、ごく親しい友人と家族だけの簡単な結婚式を二カ月後に挙げようと譲らなかった。披露宴のディナーは持ち寄り料理で、義兄がカメラマンをつとめ、最後は地元のナイトクラブで客たちもいっしょにダンスを踊って散会した。短い婚約期間と地味な結婚式は、ジョシュを驚かせた。彼はなぜホープが、彼女の友だちがこだわって企画したような結婚式を望まなかったのか、理由をつきとめられなかった。彼女はお金を無駄遣いしたくないからとジョシュに言ったが、じつはすでに妊娠しているのではないかと疑っていた。ジェイコブができて、事実だったことがわかったのだが、一瞬、彼女はトゥルーの子かもしれないと思った。もちろん、それはありえなかった。時期がずれていたし、トゥルーは父親になれないのだ。だが、そのときホープは気づいた。おとぎ話のような結婚式という模造品のロマンスを演じて笑顔を絶やさずにいる気には、まったくなれないことを。つまり、結局彼女はロマンスの性質を理解したのだ。本物のロマンスは、夢を創りあげることとは無縁の世界だった。本物のロマンスは自然に生まれ、予測不能で、嵐になりかけた九月の午後に、ぽつんと立っている郵便ポストで見つけたラブレターを読む男の声に耳をかたむけるような、シンプルなものなのだ。

✉

コテージで、ホープは滞在する準備を始めた。キッチンに木箱を置き、食料品をしまい、一週間スーツケースから出し入れしないですむように、荷ほどきして衣服や持ち物をたんすなどに片づけた。子どもにメールをして到着を知らせたあと、上着を着て裏のポーチから階段をゆっくり降り、砂浜へ向かった。車を運転してきたせいで、背中と脚がこわばっていた。散歩がしたいと思ったが、遠くまでは行かないことにした。明日のために体力をとっておきたかった。

空は濃い青色をしており、風が冷たくて、彼女は上着のポケットに両手をつっこんだ。大気には原始の時代を感じさせる新鮮な潮の香りがした。波打ち際に一台のピックアップ・トラックが停まっており、男が芝生用のパイプチェアにすわって、その横には釣り竿が何本か並べて立ててあった。それぞれの釣り糸は海に消えていた。砂浜から投げ釣りをしているのだ。ホープは彼が幸運に恵まれるのかどうかわからなかった。浜辺で投げ釣りをする人は以前から見かけるが、一度も釣り上げるところは見ていない。それでも、これは人気のある趣味なのだ。

ポケットのなかで携帯電話が振動した。子どものどちらかだと期待したが、ジョシュのかけ間違いだとわかった。ポケットに携帯をもどした。ジェイコブやレイチェルと違って、彼は彼女が海辺へ行く理由に興味を持っていた。結婚生活のあいだ、彼女は一度も休暇を海辺で過ごしたいと言わなかったので、ジョシュは妻が海辺を嫌っていると思っていた。ジョシュが海辺のコテージを借りようと提案すると、ホープはいつも別のプランを持ちだした。ディズニー・ワールド、歴史の街ウィリアムズバーグ、山々をめぐるキャンプ旅行といったもの。家族はウェストバージニアやコロラドでスキーをし、ニューヨークやイエローストーン国立公園、グランド・キャニオンなどを旅行し、最後には州西部にあるアシュビルの近くに小さな山荘を買った。離婚したあと、そこはジョシュのものになった。長い年月、海辺にいることを思うだけで、彼女の心の傷は耐えられないほどうずいた。海辺とトゥルーが分かちがたく結びついていたからだ。

とは言っても、彼女は子どもたちをマートル・ビーチ近くのサマーキャンプや、ナグス・ヘッドのサーフィン・キャンプに送りだした。ジェイコブとレイチェルは生まれつきサーフィンが好きで、皮肉なことにジョシュとホープが初めて離婚の傷を修復しだしたのは、レイチェルが参加したサーフィン・キャンプのひとつがきっかけだった。キャンプ中から、レイチェルが呼吸の苦しさと胸の動悸を訴えていたので、家にもどってから二人は娘を小児心臓外科医のもとへ連れていった。その日のうちに、これまで発見されなかった先天的欠陥があり、心臓の開胸手術が必要という診断が下された。

そのときジョシュとホープは四カ月近く口をきいていなかったが、娘のためにたがいの敵意をいったん棚上げにした。二人は交代で夜の病院に通い、怒りの声をいっさい上げなかった。レイチェルが退院すると、痛みを分かちあう二人の結束はたちまち消えたが、子どもたちのことを議論する関係を始める下地になった。そのうち、時間がたってジョシュはデニスという女性と再婚し、ホープが驚いたことに、少しずつ友情のようなものが築かれていった。

ある部分、それはジョシュとデニスの結婚に関係があった。彼らの関係が崩壊しはじめると、ジョシュはホープに電話をかけてくるようになったのだ。彼女はできるだけ支援しようとしたが、結局ジョシュとデニスの離婚は、ホープのときより険悪な激しいものになった。

二度の離婚のストレスはジョシュにとって重い通行料となり、彼にはホープと結婚していた頃の面影はなかった。体重が増え、血色が悪く、しみもできた。髪は薄くなり、かつてスポーツマンのようだった姿勢は前かがみに変わった。一度、二、三カ月ぶりに会ったとき、カントリークラブのダイニングルームから手をふった彼が、数秒間だれかわからなかった。もう彼を魅力的だとは思わないし、いろいろな意味で哀れに感じていた。

もう少しで退職になるとき、ジョシュはスポーツジャケットにアイロンのかかったスラックスという格好でやってきた。こざっぱりとシャワーを浴びてきた雰囲気で、それがただの訪問ではないことを物語っていた。ホープはカウチにすわるようにすすめ、自分は向かい側の隅にすわった。

彼が用件にはいるまでに少し手間がかかった。雑談から始まり、子どもたちの話題になり、彼の仕事についてもふれた。彼女がまだニューヨーク・タイムズのクロスワードをやっているのかともたずねた。それは子どもたちが学校に通いはじめたあと、彼女がゆっくりと、しかし確実に中毒になった小さな習慣だった。つい何時間か前にやり終えたと答え、彼が両手を合わせて黙っているのを見て、ホープのほうからどういう用件なのかたずねた。

「このあいだ考えていたんだ。きみだけが本物の友だちだとね」ようやくジョシュが言った。「仕事のパートナーはいるが、きみに話すように話せる人はほかにいない」

彼女は黙って待っていた。

「ぼくらは友だちだ、そうだろ?」

「ええ」と彼女は答えた。「そうだと思うけど」

「いろんなことを、いっしょにしてきた、そうだよな?」

彼女はうなずいた。「ええ」

「最近そんなことをよく考えるんだ……きみとぼくのことを。過去のことをさ。知り合ってから、ずいぶん時間がたった。気づいてたかな、三十年だよ、ぼくらが初めて会ってから」

「あまり考えたことはないわね」

「ああ……そうか」彼はうなずいたが、彼女は違う返事を期待していたのだとわかった。「たぶん言おうとしてるのは、だから、二人のことで、自分がたくさん失敗してきたということなんだ。あの頃、自分がなにを考えていたのかわからない」

「あなたはもう謝罪した」とホープは言った。「それに、すべては過去のことだわ。離婚したのはずいぶん前のことよ」

「でも、ぼくたちは幸せだった。結婚してたときは」

「たまにね」と彼女は答えた。「いつもじゃない」

ジョシュはまたうなずいた。そこにはかすかに懇願する気持ちが見えていた。「また、やりなおせないかな。もう一度やってみないか？」

彼女は聞きちがえたかと耳を疑った。「結婚を？」

彼は少し両手を挙げた。「いいや、結婚じゃないよ。なんというか……デートからとか。たとえば土曜の夜に、ディナーに招待できないか？　ただ、どんな感じか見るためだよ。ほかになんの意図もない。でも、さっきも言ったように、きみは一番気のおけない友だちだから……」

「いい考えだとは思わない」彼女は途中でさえぎった。

「どうして？」

「いま、あなたは落ちこんでいるのよ。あなたは気分が落ちこむと、ときどき悪い考えを良いものだと思ってしまう。子どもたちにとっては、わたしたちがいまも円満にやっていることが大事なの。それを台無しにしたくない」

「台無しにしたいなんて、ぼくも思わない。ただ、きみがもう一度、チャンスをくれないかと考えただけだ。ぼくにチャンスをくれないか」

そのときホープは、彼のことをどれだけ深くわかっていたのかと思った。

「残念だけど」と彼女はことわった。

「どうして？」

「それは」と答えた。「わたしがほかの人に恋してるから」

✉

浜辺を歩いていると、冷たく湿った空気のせいで肺が痛くなりはじめた。それでUターンすることにしたが、遠くにあるコテージを眺めてスコティの思い出が頭をよぎった。もしあの犬がいっしょにいたら、あの愛らしい悲しげな目で、彼女をがっかりして見つめただろうと思った。

子どもたちはスコティをほとんど憶えていなかった。彼らが幼かった頃、スコティはまだ家族の一員だった。ホープは以前、子どもが七歳くらいになるまで、長期間の記憶を処理する脳の部分は発達しきれないとなにかで読んだことがある。スコティはそれまでに世を去っていた。かわりに憶えているのはジュニアという名のスコティッシュ・テリアで、この犬はジェイコブとレイチェルが大学の在学中まで家族と生活をともにした。ホープはジュニアを溺愛したものの、つねに彼女のお気に入りはスコティだとひそかに思っていた。

携帯がまた振動した。散歩に出て二度目だ。ジェイコブはまだ応答してこないが、レイチェルがメールで、「メッチャ楽しみね！　イケメンいる？　愛してる」とスマイル・マーク付きで返してきた。最近の若者は特有の文字使いをする、とホープは思った。短かったり、頭文字を駆使したり、わざとスペリングや文法を変えたり、絵文字を山のように入れたり。ホープはいまだに旧式の通信手段が好きだった。直接会うか電話、手紙などで伝えるのを好んだが、子どもたちはすでに違う世代であり、彼らにとって一番やりやすい方法に合わせることも習得していた。

彼女がカロライナ・ビーチに来る本当の理由を子どもたちが知ったら、どう思うだろうと考えた。彼らは母親がクロスワードパズルをする以外に、なにか人生でしたいことがあるとは想像できないのではないだろうか。せいぜいヘアサロンに行ったり、子どもが訪ねてくるのを待つぐらいで。そうは言っても、子どもたちが彼女の本当の姿を知るわけがなかった。遠い昔、サンセット・ビーチにいたときにどんな女だったかを。

レイチェルとの関係は、ジェイコブとの関係とは違うとホープは思った。ジェイコブはどちらかと言えば父親との共通点が多い。彼らは土曜日に一日中フットボールを観戦して過ごすことができた。いっしょに釣りに行き、アクション映画や射撃を楽しみ、株価と投資について何時間でも話せた。ジェイコブがホープと話すのはおもにガールフレンドのことで、それが終わると話題に困ることがよくあった。

そこへいくとレイチェルとのつながりは、とくに十代のあの心臓手術以来、いっそう強くなった。レイチェルを担当した心臓外科医は、複雑な先天的欠陥だとしても治療はかなり安全だと請けあったが、娘本人はおびえていた。ホープも同じように怖かったが、娘に自信を持たせようと最大限の援助を惜しまなかった。手術を待つ日々、レイチェルは死ぬ可能性や、かりに無事終わったとしても胸に醜い傷跡が残ることを想像して、しょっちゅうめそめそ泣いたものだ。不安を解消するためか、彼女は教会のざんげ室にいるように、三カ月交際しているボーイフレンドがセックスを迫りはじめ、自分はまだしたくないのにたぶん承諾してしまうかもしれない、といった話をホープに延々と打ち明けたりした。しょっちゅうこぼした愚痴は体重の心配と、そして数カ月のあいだドカ食いをしたり下剤で出したりしていることだった。

娘はいつもすべてのことに不安があるのだと訴えた。容姿、人気があるかどうか、学校の成績、まだ何年も先の話なのに行きたい大学にはいれるかどうか。彼女はたえまなく髪のキューティクルをこすって引っぱり、しまいには抜いて出血するほどだった。ときには、自殺を考えるときがあるとも告白した。

とかく十代の子どもは親に隠しごとをしがちだとは、ホープにもわかっていた。しかし、こうして手術の前後の日々に聞いたことに、強い警戒心を抱いた。レイチェルが病院から退院したあと、娘に優秀な心理カウンセラーをつけ、そのあと精神科医を見つけて抗鬱剤を処方してもらった。レイチェルは少しずつだが着実に自分を受けいれて安心しはじめ、最後にはひどい不安や憂鬱もおさまった。

この大変な時期は恐ろしくもあったが、二人の関係が新たな段階となるスタートでもあった。このときを境に、レイチェルはホープが大げさに騒ぎたてるとか、保護者面《ほごしゃづら》だと敵意を持つことなく素直になれたのだ。レイチェルが大学生になって家を出るときには、ほとんどなんでも母親に話せるようになっていた。正直なことはありがたかったが、ホープはまだ多少問題があると思っていた。おもな懸念材料はアルコールの量であり、大学生は週末になるとかならず酒を飲んでいるようで、その点は少しごまかしてくれたほうがホープの心配も控えめになるはずなのだが。

母と娘の親密ぶりはレイチェルのメールによく表れていた。忠実な女友だちのように、レイチェルはホープの交遊関係を心配しており、それが「イケメン」という言葉になっていた。

「だれかとデートしてもいいって、思ったことはないの？」一年ほど前にレイチェルから聞かれたことがあった。

「ないわね」

「なぜ？　だれからも誘われないから？」

「二、三人から誘われてはいるわ。ただ、ことわってるだけ」

「変なやつらだったの？」

「全然。わりにみんな親切そうだった」

レイチェルはそれを聞いて眉をひそめた。「じゃ、どういうこと？　怖いから？　パパとデニスみたいなことがあったから？」

「わたしにはあなたたち二人がいたし、仕事もあった。それで満足してたの」

「でも、もう退職した。子どもも独立したからいっしょには住まない。ママがいつも一人でいると思うのが嫌なのよ。それじゃ……もし理想の男性がいて、ママを待ってたらどうする？」

ホープのほほえみは物悲しそうだった。「だったら、その人を探しださなきゃね」

✉

レイチェルの心臓手術はホープにとって恐ろしいものだったが、ゆるやかに進行した父の死はある意味でさらに耐えがたいものだった。

サンセット・ビーチから最初の二、三年は、父が動きまわれたので、まだそれほど悪くなかった。ひと月たつごとにホープは、父のALSが比較的ゆっくりと進行していくタイプだと確信したことを憶えている。ひょっとしたら快方に向かうかもしれないとさえ思えた時期もあったのだ。だが、そのあと六、七週間が過ぎたあたりで、いきなりスイッチがはいったように切り替わった。歩くことが困難になり、支えないとふらつきだし、やがて出来ないことが多くなった。

姉たちとともに、ホープもできるかぎりお金を出して援助した。バスタブや廊下に手すりをつけ、車椅子用のリフトがついた介護車両の中古ワゴンを見つけた。父を乗せて街に連れだせるだろうと期待したが、父自身が運転できたのは七カ月だけで、神経の細い母には運転させられなかった。結局車は安く売り払い、最後の年の父は、医者に行く以外、せいぜいフロントポーチか、裏のデッキに出るくらいしかできずに終わった。

しかし、父は孤独ではなかった。家族に愛され、元の教え子たち、同僚に尊敬されて、自宅に大勢の人がやってきた。南部では普通の慣習だが、見舞客は食べ物を持参するので、毎週末にはホープの母が娘たちに、冷蔵庫にはいりきらないから少し持ち帰ってと頼むほどだった。

ただ、そうした比較的上向きの期間は短かく、父は話す能力を失いはじめたあとは、もう二度と回復が望めないことがはっきりした。最後の二カ月は呼吸器につながれ、痰が吐きだせずに痙攣するほど激しく咳きこんで苦しんだ。ホープは父が身をよじって必死に呼吸するあいだ、思い出せないくらい何度も父の背中をたたいた。父は体重もかなり失っていたので、彼女はときおり自分がたたく力で体が半分に折れてしまうのではないかと思ったほどだ。どうにかこうにか痰を吐きだし、その余波として長く息をあえがせる父は、米のように白い顔をしていた。

最後の数週間は、まるで熱に浮かされた一回の長い夢のようだった。派遣看護師が雇われ、彼女たちが交代で、最初は半日、あとになると真夜中まで付き添って看護にあたった。父はストローで流動食をとるしかなかった。ひどく衰弱していたので、グラス半杯分をとるのに一時間近くかかった。衰弱がはなはだしくなると、失禁が始まった。

この時期、ホープは毎日父を見舞った。父は話すのが困難になりながらも会話にこだわったので、彼女はただ話すことだけをした。子どもたちのことや、夫婦関係でジョシュともめていることも打ち明けた。ある隣人がホテルで、ジョシュと地元の不動産業者の女が会っているのを見かけたことを告白した。それをジョシュに問いただした結果、最近になって浮気を認めたが、いまだにその女とは連絡をとっており、ホープ自身どうしていいかわからないのだと。

そして、最後に父の意識が明晰になった頃、彼女はトゥルーのことを話した。サンセット・ビーチに滞在したあの一週間から六年後のことだった。彼女が話すあいだ、父は視線を合わせていた。そして、ポーチにすわり父の前で泣きくずれたところまで話がすすむと、父は数週間ぶりに手を動かした。ホープは両手をのばしてその手をとった。

父は喉の奥から、長く、苦しげに、あえぐような音を吐きだした。その音はわかりにくかったが、父をよく知っている彼女には伝わった。

「手おくれだと思うかい？」

✉

六日後、父は逝った。

葬儀には百人以上の人が参列し、そのあとだれもが家にやってきた。夜になって弔問客がいなくなると、家はまるでそれ自体の命が尽きたように静まり返った。ホープは人が重圧と悲しみに対して、それぞれ違う仕方で反応するものだとわかっていたが、母の生活が急な悪循環におちいったことにショックを受けた。その激しさは猛烈であり、止められないように思われた。いきなり泣きだすといった悲痛な発作と、過度の飲酒がはじまった。掃除洗濯をしなくなり、床には汚れた衣類が投げだされていた。棚にほこりが積もって、ホープが片づけに来るまで、カウンターには使った食器が置きっぱなしになっていた。冷蔵庫では食料品がほったらかしにされ、テレビはやかましくずっとついていた。そのうち、さまざまな慢性疾患をうったえはじめた。照明がまぶしすぎる、関節が痛む、断続的に腹痛がある、うまく飲みこめない。ホープが訪ねていくと、いつも母は落ち着きがなく、考えを最後まで言えないことがよくあった。かと思えば、暗い寝室に引きこもり、ドアに鍵をかけていた。ドアの向こうは静かだったが、それは発作的な泣き声よりもいっそう狼狽を誘う事態だった。

時がたつにつれて状況は悪化し、良くなりはしなかった。母は結局かつての父のように、家から出られなくなった。外出するのは医者に行くときだけになり、夫の葬儀から四年後に、ヘルニアの手術を受けることになった。手術としては軽いものだと考えられており、だれに聞いても問題なく終わった。ヘルニアは治り、手術中の母の状態も安定していた。ところが、術後、母は全身麻酔から覚めなかった。そして二日後に亡くなった。

ホープは外科医も、麻酔専門医も、担当した看護師も知っていた。同日ホープの母の前後におこなわれた他の手術でもチームでたずさわっており、不運な結果に終わった患者はいなかった。ホープ自身、長年医療界で働いていたので、こうした不測の事態が起こりうることも、簡単には説明できないこともわかっていた。ひょっとしたら母は死にたいと思い、それに成功したのかもしれないという思いが頭から離れなかった。

翌週はよくわからないまま時が過ぎた。通夜も、葬儀のことも、ぼんやりとしか記憶に残っていない。それから何週間がたっても、彼女はもちろん姉たちも母の遺品の整理をはじめるのに必要な心の余裕が、まるで持てなかった。かわりにホープがしたことと言えば、自分が育った自宅をときどき訪ねて、両親がいない状態だと生活の実感が湧かないと痛感しながら、歩きまわるくらいだった。彼女は大人なのに、電話がかかってくるとどちらからかと思い、こちらから親に電話をしようかとつい思う。その錯覚が消えるまでに一年以上かかった。

喪失感と深い悲しみはゆっくり薄れ、やがて愛ある思い出に置きかわった。よみがえるのは家族で過ごした休暇や、父とした愉しい散歩。夕食の席でのことも、誕生日パーティやクロスカントリー大会、母といっしょに参加した学校の行事も思い出した。お気に入りの記憶は、子どもたちが見ていないところで父と母が恋人のようにじゃれあう場面だった。だが、ホープの笑顔は、浮かんだときのように突然しぼむことがよくあった。それはトゥルーを連想させ、二人で人生を送る機会を逃したことを、同時に思い出すからだった。

コテージにもどり、ホープは何分かレンジの炎に両手をかざして温めた。（十月にしては寒い）と思った。太陽が沈むとすぐに気温は下がってくる。彼女は暖炉を使おうかと考えた。ガスが引いてあり、ガスの炎で赤くなる人工のたきぎだからスイッチを入れるだけだ。だが、彼女はサーモスタットの室温設定を上げて、ホット・チョコレートを作ることにした。子どもの頃、ホープは体が冷えるとなによりもそれが好きだった。でも、十代になると飲むのをやめた。カロリーが高すぎると心配したからだ。最近はそんなことも気にしない。

あまり考えたくないことだが、それを思うと老いを感じる。よかれあしかれ、いまの社会は女性の場合、若さと美しさの追求に重きを置く。彼女も年齢より若く見られるとうれしいが、自分をごまかしているかもしれないとも思う。

だが、じつは、そんなことなどどうでもいい。海辺にやってきたのはもっと大事な理由があるからだ。ホット・チョコレートを飲みながら、夕日の光が海に踊って消えていくさまを眺め、この二十四年間をふりかえった。彼女がほかの男に思いを寄せながら暮らしていたことを、ジョシュは感じていただろうか。できるだけ固く隠そうとはしたが、ほかの人への秘めた思いが、結婚の土台をどこかで弱らせなかっただろうか。いっしょにベッドにはいったとき、ホープがときどきトゥルーを想像していたことを、ジョシュは本能的に感じただろうか。彼は彼女の心の一部がいつも閉ざされていることを感じていただろうか。

そうは思いたくなかった。だが、それが何度も積み重なったジョシュの浮気の原因の一部になったとしたら。もちろん、彼がしたことの責任のすべて、あるいは大半を引き受ける気はない。ジョシュは大人であり、一から十まで自分の行動をコントロールしていたのだ。でも、（もし、そうだったなら……）

彼が最初に浮気したときから、ホープはその疑問に悩まされてきた。自分がジョシュにすべてを捧げてはいないことを、ずっとわかっていた。彼のプロポーズを受けた瞬間から、結婚がこうなる運命にあったのだと、いまは納得している。ふたたび二人のあいだで炎を燃やす気はなくても、近年はそれを友情で埋めあわせようとしてきた。ジョシュには最後までわからないと思うが、ある意味では、それがせめてもの償いであり、罪ほろぼしの手段ではないか。

彼女が自分の罪を彼に告白することはない。また人を傷つけることは望んでいないから。しかし、話さなければ、赦される機会もやってこない。ホープはそれを受けいれた。人生で犯したほかの罪についても、そうしたように。静かな時間に、彼女はひとり心に言い聞かせるつもりだ。夫に隠しつづけた秘密にくらべたら、ほかの小さな罪は物の数ではないと。だが、じつはもうひとつ、彼女の心から離れないことがあった。

それこそ海辺へやってきた理由なのだ。彼女が人生で犯した、まるで鏡に映るイメージのような二つの大きな過ちは、ホープにとって皮肉で奥深いものだった。

ジョシュにはトゥルーのことを言わなかった。彼の気持ちがそれで救われるならと。

トゥルーにはジョシュのことを正直に打ち明けた。その言葉が彼の心を引き裂くと知りながら。

木箱

ホープは目が覚めた。白い紗のカーテンのすきまからのぞく、コマドリの卵のような青色の空を見ていた。窓の外に目をやると、太陽の光が浜辺をほとんど白と呼べるほどに輝かせていた。気温を考えなければ、上天気の一日になりそうだ。中東部のオハイオ・ヴァレーから移動してくる寒冷前線の影響がまだ二、三日残りそうで、昨日は浜辺を歩くと強風が彼女の息を奪いとるような気がした。この数年、なぜフロリダとアリゾナが引退後に住む場所として人気があるのかがわかってきた。

こわばった両脚を伸ばして起きあがり、コーヒーを淹れてからシャワーを浴びて着替えをした。空腹ではなかったが、朝食に目玉焼きを作り、体のためにどうにか食べた。それから上着を羽織って、手袋をはめると裏のポーチへ出ていった。そこで世界がだんだん活気づくのを眺めながら、二杯目のコーヒーを飲んだ。

浜辺にはあまり人影がなかった。かつて彼女がスコティにしたように、一人の男が犬を先に行かせて、それについていく。遠くの波打ち際では女がジョギングをしていて、その足跡が砂に点々とついていた。ポニーテールの髪が、彼女の跳ねるような足どりとともにリズミカルに躍って揺れていた。見まもるうちに、ホープは自分にも走るのが楽しくてしかたないときがあったのだと思い出した。子どもたちが幼い頃、彼女はスポーツをあきらめた。理由はなんであれ、そのまま再開することはなかった。あれは失敗だったと、いまは思っている。最近では、体のコンディションに絶えず気をとられ、ときどき、当たり前のように体を使っていた昔の無茶なやり方を恋しく思ったりした。しみじみ考えるのは、歳はじつに自分のいろんなものを暴露するということだ。

コーヒーをひと口飲み、今日はどうなるだろうと思った。期待しすぎてはいけないと自分をいましめてはいるが、すでに心はうずうずしていた。去年海辺に来たときは、成功する確率とは裏腹に、自分の計画に興奮して元気が出たものだった。しかし去年が始まりで、今日が終わりの日……本当に奇跡が起こるかどうか、その答えが得られるのは、今回一度かぎりなのだ。

✉

ホープはコーヒーを飲みおえ、家にはいって時計を見た。行動開始の時刻だった。

カウンターにはラジオがあり、彼女はスイッチを入れた。音楽はいつも儀式の一部だ。ダイヤルをまわして、穏やかなアコースティックの音楽を流している局に合わせた。トゥルーと初めて愛しあった夜、二人でラジオを聴いたことを思い出しながら音量を上げた。

冷蔵庫から昨夜開けたワインのボトルを出して、ひと口分くらいを小さなグラスについだ。音楽同様、ワインも木箱を開けるときに欠かせない儀式の一部だ。ただ、車を運転することを思うと、ほんの少量でさえ飲みきれるかどうかわからなかった。

ホープはグラスをテーブルに持っていき、椅子に腰かけた。木箱は昨日置いた場所にあった。

グラスを脇にずらして、木箱を引き寄せた。驚くほど重かった。箱はチョコレート色とキャラメル色をした二種類の無垢板でできており、やけに大きな蝶番がついていた。いつものように時間をかけて、蓋や側板の凝った浮彫りを眺めた。想像力でデフォルメされたゾウ、ライオン、シマウマ、サイ、キリン、チーター。彼女はこの木箱をローリーの蚤の市で見つけた。それがジンバブエ製だと知ったとき、買わなければと決めた。

ジョシュはあまり感心しなかった。「なんでそんな物が買いたいんだよ」鼻先で笑って言った。ジョシュはホットドッグを食べており、ジェイコブとレイチェルは空気でふくらませたバウンスハウスで遊んでいた。「それをどこに置くつもりだ?」

「まだ決めてないわ」ホープは答えた。家に帰ると、彼女は木箱を主寝室に持ちこみ、月曜日に夫が仕事に行くまでベッドの下に置いた。それから、木箱にしまう物を入れ、屋根裏部屋に保存してある赤ちゃん服を収納した箱の底へ隠した。そこならジョシュも絶対に探しだせないとわかっていた。

サンセット・ビーチの日々のあと、トゥルーは一度も彼女に連絡をよこさなかった。最初の年と二年目は、彼女も郵便受けに手紙が届くのではないか、留守番電話に彼の声がはいっているのではないかと心配した。夜に電話のベルが鳴ると、もしそうだったらと、ときには緊張して身がまえたものだ。奇妙なことだが、彼ではなかったと知ると安心するのに、いつもそこには落胆の波が寄せてきた。しかし、あのときトゥルーは、彼女がこれから送る生活に第三者のはいりこむ余地はない、と書いた。苦痛にみちた言葉だったが、彼は正しかった。

ジョシュとの結婚生活が最悪の時期を迎えたときも、ホープはトゥルーに連絡しようとしなかった。考えたことはあった。もう少しでやりかけたことも二、三度あった。だが、けっして誘惑には負けなかった。彼のもとへ逃げていくのは簡単だが、そのあとどうするのか。二度目の別れがあるかもしれないと思うと、それには立ち向かえず、家族を崩壊させる危険も冒したくなかった。ジョシュは欠陥人間だったが、子どもたちは彼女にとって最優先の存在であり、しっかりとした世話が必要だった。

だから、ホープは思い出のなかでトゥルーを生かしつづけた。彼女にできるのはそれしかなかった。木箱に思い出の品をしまい、気持ちが安定しているときに、折にふれてその中身をあらためてきた。テレビ番組でアフリカの堂々とした狩猟動物が出てくると、かならず見るように心がけた。一九九〇年代末には、アレグザンダー・マコール・スミスの小説に出会った。ボツワナを舞台にした物語がたくさん書かれていたので、たちまちとりこになった。ジンバブエの話ではないが、とても近いと思い、ホープのまるで知らない世界への扉になってくれた。長い年月のうちには、たまに有名なニュース雑誌やローリーのニュース&オブザーバー紙に、ジンバブエの記事が載ることもあった。政府による土地の没収の記事を読んだときは、トゥルーが育った農場はどうなっただろうと考えた。またジンバブエのハイパーインフレーションの記事には、観光業への影響や、トゥルーがガイドの仕事をつづけられるかどうかを真っ先に考えた。ときには観光旅行のカタログがダイレクトメールで届き、さまざまなサファリ旅行のパックに興味を惹かれることもあった。サファリと言えば、ほとんどが南アフリカでのものだったが、ときにはワンゲ国立公園にあるロッジの紹介記事も読んだ。彼女は掲載された写真をくまなく眺め、彼が故郷と呼んだ世界をより身近に感じようとつとめた。そして、ベッドに寝たとき、遠い昔のことなのに、彼女が最初に愛しているとささやいた気持ちが、ひときわリアルに強く感じられると思った。

二〇〇六年、彼女が五十二歳のときに離婚が成立した。トゥルーは五十八歳になっているはずだった。ジェイコブとレイチェルは十代の子どもで、ジョシュはすでにデニスとつきあっていた。ホープがトゥルーと出会ってから十六年が過ぎていたが、彼女にはまだ正しい道にもどす時間があるという望みがあった。その頃にはインターネットで事実上あらゆることが調べられたが、ワンゲ国立公園については概略しかわからず、ガイドのこともジンバブエでは一番経験豊富だとしかわからなかった。ただEメールのアドレスがあり、ホープの問い合わせに答えた女性が、トゥルーのことは知らないし、何年も前からそこのロッジでは働いていないと教えてくれた。それはトゥルーが友だちの名前として挙げたロミーについても同じだった。それでも、その女性がロッジの元マネージャーの名前を告げ、彼は二、三年前に別のロッジに移ったのだと、新たなEメール・アドレスとともに手がかりを残してくれた。ホープがその男に連絡すると、トゥルーがどこにいるかは知らないが、一九九〇年代にワンゲで働いていたマネージャーの名前を教えてくれた。現在の電話番号やEメール・アドレスはなく、現在そこにいるかどうかもわからないという補足付きで、ある住所を教えてくれた。

ホープはそのマネージャーに手紙を書き、返事を心待ちにした。トゥルーが言ったように「森にいれば時間はさらにゆっくり過ぎる」し、郵便はかならずしも届くとはかぎらない。返事がないまま数週間が過ぎ、それが数カ月にのびた。もう連絡はつかないとあきらめた頃、一通の手紙が郵便ポストにはいっていた。

子どもたちはまだ学校から帰っていなかった。彼女は封を破り、手書きの文字をむさぼり読んだ。そこで知ったのは、マネージャーが人のうわさとして、トゥルーがすでにワンゲ国立公園を去り、ボツワナで仕事をしていると聞いたということだった。ただ、どこのキャンプかはわからなかった。男はさらに確実な情報として、息子がヨーロッパのどこかの大学へ出発したあと、トゥルーはブラワーヨの家を売ったそうだとつけくわえていた。大学の名前や、それがある国は不明だった。

遅々としてはかどらなかったが、ホープはつぎにボツワナのロッジに連絡をとりはじめた。ガイドのいるロッジは二十以上あった。とりあえず片っぱしからEメールを送ったものの、トゥルーの情報は得られなかった。

ヨーロッパの大学は調べるのをあきらめた。乾草の山から一本の針を探すようなものだから。選択肢がせばまるなか、ホープはジンバブエ航空にあたってみた。そこの社員でキムという名の妻を持つ男を見つけようとしたのだ。もし元妻にたどりついたら、トゥルーの居場所がわかるかもしれない。もちろん、そこで行き止まりになる可能性はあった。結果は、二〇〇一年から二年まで、ケンという男が勤務していたことがわかった。しかし、会社をやめたあとの彼の消息は、だれも知らなかった。

そのあとホープはもっと一般的なアプローチをこころみた。ジンバブエのさまざまな政府機関に連絡をとり、ウォールズというファミリーが所有している大農場について問い合わせた。彼女がこのルートからの情報を最後にまわしたのは、トゥルー本人が私生児であることを知ってから長い年月がたち、ファミリーとの接触を減らしていたようだからだ。公的機関の対応は親切とは程遠かったが、やりとりの最後には、農場が政府によって没収され、再分配されたらしいという想像がついた。ファミリーに関する情報はなにひとつ得られなかった。

アイデアが尽きたので、逆にトゥルーが彼女を見つけやすいようにしようと決めた。万一彼が見ていたら、という低い可能性ではあったが。二〇〇九年にホープはフェイスブックに登録し、ずっと毎日のチェックを欠かさなかった。旧友や新しい友だち、家族、仕事上の知り合いとの交流はあったが、トゥルーは一度も連絡してこなかった。

どうやらトゥルーは姿を消したらしい——だから、二人はもう二度と会えないのだ——と認めざるをえなかった。ホープはそれから何カ月も気落ちしたままになり、人生で失ったほかのすべてのことを考えさせられたものだった。だが、いまここにあるのは一年たつごとに増している別の種類の悲しみだ。すでに子どもたちは独立し、ホープは昼も夜も一人で暮らしていた。人生はただ過ぎていくばかり。いずれあっというまに終わってしまうだろう。知らないうちに彼女は、最後の息をするときも一人でいるのかと考えはじめた。

ときおり感じるのは、自分の家がゆっくりと、そして確実に彼女の墓になっていくことだった。

✉

コテージで、ホープはほんの少しワインを口にした。軽くて甘かったが、今朝はちょっと違う味がした。こんなふうに朝からワインを飲むのは、生まれて初めてだ。たぶん、この先二度としないだろう。でも、今日はそれにふさわしい日だと思った。

思い出に夢中になったり、元気づけられたりするのと同じくらい、彼女は思い出に疲れ、罠にはめられた感じがしていた。朝目覚めたときに、トゥルーが彼女を見つけるだろうかなどと考えないで、残された年月を送りたかった。できるだけ多くの時間をジェイコブやレイチェルとともに使いたかった。なによりも望んだのは心の平和だ。目の前に置いてある木箱の中身をあらためる必要を感じずに、ひと月が過ぎてほしかった。死ぬまでにやっておきたいリストの大きなアイテムを、ひとつずつ消すのでもいい。たとえばそれはテレビのトーク番組「エレンの部屋」の観客席にすわること。クリスマスにビルトモア・エステートを訪ねること。ケンタッキー・ダービーで競馬レースに賭けること。キャメロン・インドア・スタジアムでバスケットボールのノースカロライナ大学対デューク大学の試合を観戦すること。最後の項目は、チケットを入手するのが不可能に近いのでかなり実現困難だが、チャレンジすることも楽しみのひとつではないだろうか。

去年海辺に旅してからほどなく、とくに憂鬱な気分だったある日、彼女はフェイスブックのページを削除した。それ以来、中身を確かめたい欲求がどんなに強くなっても、屋根裏に置いていた木箱に手をふれなくなった。だが、いまは木箱が彼女に呼びかけており、ついにその蓋を開けた。

一番上にあるのはエレンの結婚式の色褪せた招待状だ。ホープはその文字のデザインを見つめて、あの頃の自分と、あの週海辺に着いたときに悩んでいた数々の心配事を思い出した。ときどき彼女は当時の自分と話してみたくなったが、なにを言うか断言できなかった。たぶん彼女の若いバージョンに、子どもは産めるわよと請けあうとしても、子どもたちを育てるのは夢に描く理想とは全然違うと言い足すかもしれない。子どもを大事に思うのと同じくらい、子どもにむかっ腹を立てたり、がっかりしたりすることが無数にあるとか。子どもを心配するあまり、ときには心身ともにへたばるとか。あるいは、子どもを産んだあと、もう一度完全な自由を手にできたらと何度も願うものだと言ったりするかもしれない。

そして、あの頃の自分にジョシュのことをどう言うだろう。

いまは問題でもないし、そんな疑問に時間をかける価値もない。だが、それでもなお、招待状が彼女に想像してと誘うのだ。人生は世界最大の床で倒すためにセットされたドミノに似ていると。ひとつのドミノが必然的に隣のドミノに倒れこんでいく。もし招待状が届かなかったら、ホープはジョシュと口論をせず、サンセット・ビーチで彼のいない一週間も過ごさず、トゥルーとも出会わなかった。この招待状がドミノの始まりだった。それが倒れたとき、それ以後の彼女の人生が動きだしたのだ。初めて体験する深遠な愛をもたらした運命の振り付けが、その筋書きと、ありえなさの両面によって彼女の心に刻まれた。だが、ここでまたホープは、終わりがどうなるのかと考えた。

招待状を横に置き、一枚目のスケッチを手にとった。愛しあったあと、トゥルーがその朝描いたものだ。ホープはもうそこに描かれた女の容貌ではなかった。スケッチの彼女は肌がやわらかく、たるみもなく、若さの最後の輝きがあった。豊かな髪には日差しのハイライトがはいり、胸はしっかりと持ちあがって、脚はしみもなく引き締まっていた。彼がとらえた彼女の姿は、ある意味で写真では撮れないものだ。じっと見つづけながら、こんなにきれいではなかっ

た と思った。なぜなら、そこに描かれたのは、彼の目に映った彼女だから。

結婚式の招待状の上にその絵を置き、二枚目のスケッチを手にとった。彼はこれを、ホープが結婚式に出ているあいだに仕上げた。そして長年、木箱の中身を見なおすたびにこの絵で長引き、いつも時間をついやしてきた。渚に立つ二人。波打ち際だ。背景には桟橋が描かれ、太陽の光が海をきらめかせており、そのなかで横から見た二人がたがいを見つめている。彼女は腕を彼の首にまわし、彼は彼女の腰を手でおさえている。ここでまた彼女は、本物の自分よりもかなりきれいだと思った。それも彼がとらえた彼女の姿なのだ。彼の目じりにあるしわと、あごを割るくぼみを見つめ、ゆるいシャツの生地の下にある肩のラインを指でなぞった。けれども、とりわけ彼女が驚くのは、ホープを見つめる人の表情だった。腕に抱く女を深く恋した男が描かれていた。スケッチを引き寄せて眺め、あのあと彼はこんなふうにほかの女を見つめただろうかと思った。それはわからない。彼の幸せを願う一方で、二人が世界にふたつとない感覚を分かちあったと信じたかった。

スケッチを同じように横へ置いた。つぎは車のグローブボックスから見つかったトゥルーの書いた手紙だ。紙の縁が黄色くなっており、小さなしわのところがあちこち破れかけていて、手にすると紙自体がもろくなっている。上に書かれた彼女の名前と下にしるされた彼の名前を、もう一度つなぐように指で線を引き、古びた紙を意識したとたん、思わず込みあげるものがあった。暗記するほど読み返した文字。それを、いまもその力に新鮮さを感じながら、また読んだ。

ホープは食卓から立ち、キッチンの窓辺へ歩いていった。心はさまよっていた。目に浮かぶのは釣り竿を肩にかけ、もう一方の手にタックルボックスをさげてコテージを通りすぎるトゥルーだ。見まもっていると、彼が彼女に顔を向けた。彼が手をふり、それに返して彼女が手をのばすと、ガラスにぶつかった。
「やっぱりあなたを愛しつづけていたわ」彼女はささやいた。だが、ガラスは冷たく、キッチンはしんと静まり返っていた。まばたきをして我に返ると、浜辺には人影ひとつ見えなかった。

✉

残りあと二十分のところで、最後のひとつになった。それは去年彼女が書いた手紙のコピーだ。オリジナルは前回の海辺への旅でキンドレッド・スピリットに入れてきた。たたんであるコピーを広げ、自分のしたことがいかに愚かだったかと胸に言い聞かせた。かりに意図した相手が受け取らなければ、なんの意味もない手紙だ。しかも、トゥルーは知りようはずがない。それでも手紙のなかで、彼女はある約束をし、それを守ろうと思っていた。少なくとも、それが最後の別れを告げるのに必要な力を、与えてくれると期待していた。

これは神と宇宙への手紙です。
わたしにはあなた方の助けが必要です。たぶんそれが遠い昔に自分が下した決断について謝罪する最後のチャンスを与えてくれるでしょう。わたしの話は単純でありながら複雑です。起こった出来事を正確にとらえるには、一冊の本ほど長く書かなければなりません。だから、ここでは必要なポイントにだけふれておきます。

一九九〇年九月、サンセット・ビーチを訪れたわたしは、トゥルー・ウォールズという名のジンバブエからやってきた男性と出会いました。当時、彼はワンゲ国立公園のキャンプで、サファリのガイドとして働いていました。自宅はブラワーヨにありましたが、育ったのはハラレ近郊の農場でした。年齢は四十二歳、離婚して、アンドルーという十歳の息子がいました。わたしたちは水曜日の朝に出会い、木曜日の夜、わたしは彼に恋をしていました。

そんなことはありえない、と思われるかもしれません。きっとそれは恋と混同して、一時的に熱をあげただけだろうと。わたしに言えるのは、自分でも数えきれないほどその可能性を考え、そうではない、と思ったことです。彼に会えば、なぜ心を奪われたかがわかるでしょう。わたしたち二人がいっしょにいるところを見れば、たがいに抱いた感情が本物だと、かならずわかってもらえます。ごく短い期間、いっしょにいるあいだに、二人が永遠に結ばれた心の友になったと思いたいのです。でも、日曜日にそれは終わりました。終わらせたのはわたしです。だからこそ、あれから二十数年、ずっと苦しみつづけてきました。

そのときは正しい決断でした。と同時に、誤った決断でもありました。やりなおしても同じことをしただろう。いや、全然違うことをしたはずだ。この迷いは、いまも心のなかでくすぶっています。でも、けっしてこの問題から逃げてはいけないと胸に刻みこんできました。

　言うまでもなく、わたしの決断は彼を打ちのめしました。この罪悪感はずっと心から離れません。いまは、思い立てば、いつでも罪をつぐなえるところまで人生が整理されてきました。神と宇宙の力を借りられるときが来たとしたら、それがいまなのです。わたしの願いは単純です。

　トゥルーに直接おわびが言えるように、もう一度会いたい。かりにそうしたことが可能ならば、彼に赦してもらいたい。それが実現したら心の平和が得られると、夢のなかで期待を寄せています。あのときどんなに彼を愛していたか、いまもどんなに愛しているか、納得してもらえたら。そして、どれだけすまなく思っているか、知ってもらえたら。

　たぶんあなた方は、わたしがなぜもっと普通の方法を通じて彼に連絡をとろうとしなかったのかと、不思議に思うでしょう。やってみたのです。何年もかけて彼を探しました。でも、うまくいかなかった。正直に言えば、この手紙が彼に届くとも思っていません。でも、もし届いたら、わたしは彼に聞くでしょう。木曜日の午後、雨が降りだす前にいっしょに行ったあの場所を憶えているかと。

　わたしは二〇一四年十月十六日にそこへ行きます。もし彼があの場所をわたしと同じ敬意を持って思い出すなら、わたしが何時に行っているかもわかるはずです。

✉

ホープは時計を目にして、キンドレッド・スピリットが待っていると思った。木箱に中身をもどし、これが最後だと蓋を閉めた。もう屋根裏部屋にもどすことはなく、家に持ち帰りもしないと決めていた。箱自体はこのコテージの炉棚に残していくつもりだ。あとは持ち主が自由に処分すればいい。今週の後半になったら、結婚式の招待状以外の中身はキンドレッド・スピリットに置いていく。彼らの個人情報を消すのに、一日か二日、作業する時間が必要だが、かつて彼女とトゥルーが、リーナへ宛てたジョーの手紙を貴重だと思ったように、だれか別の訪問者がこの中身を楽しむだろうと期待していた。ほかの人たちに、愛は思いがけないときに花を咲かせようと待ちかまえていることがあるのだと、知らせたかった。

ドライブのルートは単純であり、手の甲のように知りつくしていた。サンセット・ビーチで新しくなった橋を渡り、島の西端にある桟橋を通過して駐車する場所を見つけた。

上着を着てから、ゆるく傾斜した砂丘をゆっくり、踏みしめるように歩いた。島の様子は変わっていたが、浜辺の様子は同じなので安心した。潮流だけでなく嵐やハリケーンが、ノースカロライナ沿岸につらなる防波島をつねに変化させていた。去年聞いた話だと、バード・アイランドは上げ潮の時間帯でも徒歩で行けるという話だが、見たところサンセット・ビーチは比較的無傷のようだった。

歩くのに砂はやわらかすぎて、ホープは息があがってきた。足は鉛のように重かった。サンセット・ビーチの端に出ると、肩ごしに浜辺を眺めた。同じ方角に歩く人影はひとつもなく、穏やかな波の寄せる砂浜が寂しくのびているだけだった。一羽の茶色いペリカンが砕ける波をかすめて飛び、彼女はそれが遠ざかって点のように小さくなるまで見まもった。

気力をかきたてると、また前進をはじめ、つい一、二時間前には海に沈んでいた固い砂州を渡った。バード・アイランドに到着したとたん、まるで帰郷を出迎えるように、それまで吹きつづけていた風がぱたりとやんだ。ここでは空気自体が薄く、透けているように感じられた。昇っていく太陽が海のプリズムに反射すると、彼女は目をほそくした。突然の静けさにつつまれて、ホープは自分をごまかしていたのだと思った。別れを告げるためにこの徒歩の旅をしたのではないのだ。ここに来たのは、ありえないことをまだ信じていたいから。心のどこかで、キンドレッド・スピリットが二人の未来を開く鍵を持っているという信念に、わけもなくしがみついていたいから。今日やってきたのは、トゥルーがどうにかして彼女の手紙の存在を知り、ここで待っていることを、体中のあらゆる細胞ひとつひとつで信じたかったからなのだ。

理性的に考えれば、そんな願いは正気の沙汰ではない。しかし、ホープはトゥルーがそこにいるという感覚をふりはらえなかった。一歩あるくたびに彼の存在が近づいてくるような気がした。海に轟く果てしない潮騒のなかに彼の声が聞こえた。そして肌寒いにもかかわらず、体が温まってくるのを感じた。一歩踏みだすと、砂が足をつかんで引きとめたが、彼女は歩くペースをあげた。息づかいが、ハッハッと小きざみに速くなった。心臓が打ちはじめたが、それでも前進を止めなかった。アジサシとカモメがあちこちで群れになっており、イソシギが静かに寄せる波へ矢のようにつっこんだり、そこから飛びだしたりしていた。彼女は突然彼らに親しみをおぼえた。なぜなら二十四年後の再会があるとすれば、その目撃者はあの鳥たちだけなのだ。彼女が彼の腕のなかに身を投げだすのを見ており、ずっと彼女を愛していたと言う彼の言葉を聞いている。彼は彼女の体をまわしてキスをし、二人は失った時間をとりもどそうと、急いでコテージに引き返す……

急にすさまじい突風にみまわれて、ホープは夢から覚めた。足がふらつくほどの強風だった。ふと、彼女は思った――

(なにを考えてるんだか)

いまや自分を牢屋に囲いこんだ思い出の奴隷となって、おとぎ話を信じている愚か者だ。波打ち際にはだれもいないし、遠くから近づいてくる人もいない。ここにいるのは彼女一人きり。まざまざと感じていたトゥルーの存在は、生じたときのように、ふっと消えた。(彼はここに来ないのよ)と自分をたしなめた。手紙のことを知るすべがないのだから、来られるはずはない。

ホープは荒く息をついて足どりをゆるめ、ただ一歩一歩、足を踏みだすことに集中した。時間が過ぎていく。十分、それから十五分。だんだん歩幅がせまくなり、一歩がほんのわずかになった。そのとき、ようやく遠くで風にはためいたり巻きついたりしているアメリカ国旗が見えてきた。そろそろ浜辺から斜めに砂丘へとそれていくところだ。

砂丘をゆるやかに巻いていくと、すぐ先に郵便ポストとベンチを見つけた。これまでになく、ぽつんと寂しく置き去りにされているようだった。彼女はまずベンチをめざし、たどり着いたとたん、どさりと腰をおろした。

トゥルーの姿はどこにもなかった。

今日は晴天がつづき、辺りはまぶしいほどだ。ホープは手をかざして、日差しをふせいだ。去年は、トゥルーとやってきたときのように曇っていて、デジャヴの感覚にとらわれたものだ。今年は高くのぼった揺るぎない太陽が、彼女の愚かさをあざけっているようだった。

砂丘の斜面のせいで、彼女が歩いてきた長い砂浜の眺望はさえぎられている。反対側を眺めると、そちらには旗があり、寄せてくる波、浜辺の海鳥や、砂丘に群生してやさしく揺れるソーグラスが目にはいる。初めて父に連れてきてもらった頃と、ほとんど変わらない景色なのに、自分の心がすっかり変わったことに驚かされる。もう人生のほとんどを生きてきたのに、特別なことはなにひとつ成し遂げていない。消えない痕跡を世界に残してもいないし、これからもそのあてはない。だが、もし一番大事なものが愛情だとすれば、彼女はとても恵まれていた。

ホープはもどる前に休んでいこうと決めた。だが、とにかく郵便ポストを調べてからだ。蓋を開けるときは、指がうずいた。積み重なった手紙に手をのばし、手紙の山がくずれないように、スカーフを使ってベンチまで運んだ。

それから三十分、彼女はほかの人が残していった手紙を読みふけった。大半が、まるで足なみをそろえたように喪失をテーマにした話だった。ひとつの家族で、父親が妻に、娘が母親に書いた手紙が一通ずつあった。妻であり母親であるその女性は四カ月前に子宮がんで世を去っていた。また、ヴァレンティナという女性が書いた手紙は、亡くした夫を悲しんだものだった。薬物の過剰摂取で孫をうしなったことを書いた手紙もあった。とくによく書けている手紙は、仕事を失うと、最終的に自宅を差し押さえられて没収されるという恐怖について語ったものだった。最近未亡人になった女性からのものが三通あった。もっと違うものならよかったのだが、どれもトゥルーが永遠にもどらないのだと思わせるものばかりだった。

既読の手紙を横に重ねて山にしていき、残るは二通になった。終わらせてしまおうと、一通の封筒を手にした。すでに開封してあったので、便箋を抜きだし、日差しのなかで紙を広げた。黄色い法定サイズの紙に書かれた一番上の文字をちらりと見たとき、彼女は目を疑った。

（ホープ）

彼女はまばたきをして、自分の名前に見入った。

（ホープ）

ありえない。でも……（まちがいじゃない）。頭がくらくらした。手書きの文字だ。その文字を、彼女は今朝早く、はるか昔にトゥルーが書いた手紙のなかで見ていた。どこで見てもわかる文字だが、もしも本当にそうなら、彼はどこにいるのか？

なぜ彼はここにいないのか？

思いが頭のなかを駆けめぐっていた。まるで意味がわからない。わかるのは手にした手紙が現実であることだけ。一番上に日付が入れてあった。十月二日——十二日前だ……

（十二日？）

十二日前、彼はここにいたのか？

理解できなかった。混乱するなかで、さらに疑問が湧いてきた。彼は日付を間違えたのだろうか。彼が彼女の手紙を知ったのか、それとも、すべてが偶然の符合なのか？　この手紙は彼女に宛てたものだろうか？　本当にこの手書きの文字は彼のものだろうか？　もし、そうだとしたら……

（彼はどこ？

どこにいるの？

どこにいるの？）

手がふるえはじめ、彼女は目をつぶって、さまざまな考え、つぎつぎに出てくる疑問のスピードをゆるめようとした。何回か、深呼吸をくりかえし、すべて空想上のことなのだと自分に言い聞かせた。目を開けたら、そこには違う名前が書いてあるのだ。正気でたしかめたら、手書きの文字は全然別人のものだとわかるだろうと。

うわべだけの自制心をとりもどしたとき、彼女は紙に目を落とした。

（ホープ）

手書きの文字。見まちがえではなかった。彼のものだ、だれのものでもない彼の筆跡だった。

彼女は喉をつまらせながら、やっと読みはじめた。

ホープ、
人生で一番大事な運命は愛に関するものだ。
ぼくはこの言葉を、ひと月以上滞在している部屋にすわって書いている。ウィルミントンの歴史地区にある、スタンリー・ハウスという名のB&Bだ。持ち主はとても親切で、ほとんどの時間は静かだし、食事もおいしい。

こうした細かいことが無関係だと思われるのはわかっているが、いまぼくは気が立っているから、わかっている事実から始めさせてほしい。きみの手紙のことを八月二十三日に知った。そして二日後、ノースカロライナへ飛んできた。きみがぼくと会いたい場所はわかったし、きみが引き潮のときにそこへ行くことも想像できた。しかし、あとで説明するが、きみがそこに行く正確な日付はわからなかった。知ろうとしても、ぼくには漠然としたことしか調べる手立てがなく、それでB&Bに泊まることにしたのだ。しばらくノースカロライナにいるなら、ホテルより快適な場所にしたかったが、と言って、わざわざ賃貸契約をするような面倒は避けたかった。正直に言えば、慣れない異国でこうした短期で過ごす部屋事情がどうなっているのか、わからなかったこともある。ただ、とにかくここに来なければと思ったのだ。きみに約束したから。

詳細は欠けていたが、きみが選んだ日付は九月だろうと目星をつけた。なんと言っても、ぼくたちが出会った月だ。この一カ月、毎日キンドレッド・スピリットに通いつづけた。目をこらして、きみを待ったがむなしく終わった。そのあいだずっと、ぼくがきみを見つけそこねたのか、それともきみが気を変えたのかと考えていた。もしかしたら悲運がぼくたちをもう一度離れればなれにしようと企んだのかと思った。九月が十月に替わったとき、きみに手紙を残すことにした。いつの日か、ぼくがきみの手紙を知ったような、不思議としか言いようのない方法できみが知ることを期待して。

いいかい、ぼくは今回、二人に起きたことを、きみがあやまりたいと思っていることを知った。きみが遠い昔にした決断について。でも、あのときもぼくはきみに言ったし、いまだってそう思っているが、あやまる必要は一切ない。きみと出会い、恋に落ちた。それは、もしぼくにチャンスが与えられたら、千回違う人生でぼくが千回やりなおすような経験だったのだ。

きみはいまも、これまでもずっと、赦されているよ。

トゥルー

読みおえたあとも、ホープは紙を見つめていた。胸の奥で心臓が激しく打っていた。世界が四方から倒れこんでくるような気がした。手紙には彼が滞在しているかどうかや、アフリカに帰った場合の連絡先といった手がかりがひとつも書かれていなかった。

「帰っちゃったの？」彼女は声をあげた。「もう帰ったなんて言わないで……」

その言葉を口にしながら、ホープは紙から目をあげ、わずか三メートルも離れていないところに立つひとりの男の姿をとらえた。太陽の光を背後から受けているので、表情を見わけるのはむずかしい。だが、長年何度もくりかえし彼のイメージを想像してきたので、わからないわけがなかった。彼女の口があき、彼がためらいがちに一歩踏みだした。その顔が笑いだしていた。

「帰ってない」とトゥルーが言った。「まだここにいる」

再会

ホープは彼を見つめたまま、ベンチに凍りついていた。ありえない。トゥルーが本当にここにいるはずがない。ホープはおおいかぶさってくる巨大な雪崩のような感情を止められなかった。驚異と歓喜が完全なショックと混ざりあい、彼女から話す力を奪っていた。ほんのわずかでも口をきいたらこの幻想が砕けてしまうと恐れて、言葉を出すことができなかった。

彼がここにいる。姿が見える。話すのを聞き、声の響きを耳にした。二人で過ごした時間の思い出が、それといっしょに力強く生きいきとよみがえった。最初に思ったのは、年月を経たのに、彼が少しも変わっていないことだった。広い肩幅のまま、いまも痩せており、老いからくる前かがみにもなっていない。薄くなった髪は銀白色に変わったが、彼女がずっと大好きだった無頓着なぼさぼさぶりは同じだった。服も同じで、きちんと裾をしまったボタンアップ・シャツ、ジーンズ、ブーツだ。あのときは寒さを気にしていなかったが、今日は腰までとどく長さの上着を着ていた。ただし、ジッパーは上げていない。

彼女と同じく呆然としているのか、トゥルーは少しも近づかなかった。やがて、はっと我に返ったようだった。

「やあ、ホープ」

名前を呼ばれて、彼女の心臓が胸の奥でずきんとした。「トゥルー?」ホープは息をついた。

彼が歩きだした。「ぼくが残した手紙を見つけたんだね」

そのとき彼女はまだ手紙を手にしているのに気づいた。

「そうなの」とうなずいた。彼女はそれを折りたたみ、うわの空で上着のポケットに入れた。頭のなかは過去と現在の映像がぶつかってごちゃ混ぜだった。「浜辺をわたしのあとから来たの？　姿は見えなかったのに」

彼は親指を立てて肩ごしに後ろを指した。「サンセット・ビーチから歩いてきたが、ぼくにもきみの姿は見えなかった。郵便ポストが見えるところまでは。驚かせたなら、悪かった」

彼女はベンチから立ちあがりながら、首をふった。「まだあなたがここにいるなんて信じられない……夢を見てるよう」

「夢じゃない」

「どうしてわかる？」

「それは」と彼はやさしく答えた。声のアクセントは彼女の記憶どおりだった。「二人とも夢なんか見られないからだ。ずいぶん会わなかったね」彼が言いたした。

「ええ、そうね」

彼女は頬に血がのぼるのを感じた。すっかり忘れていた興奮だった。「そんなことない……」

「きみは、いまもきれいだ」讃える響きが声にあった。

風で乱れて前にかかった髪をはらった。「でも、ありがとう」

彼があいだの空間を埋めて、そっと彼女の手をとった。握ってくる手のぬくもりが彼女の全身に広がった。キスができるほど近づいていたが、彼はしなかった。かわりに親指でゆっくり彼女の肌をなぞり、電気を走らせた。

「いまはどうしてる?」と彼がたずねた。

体の全細胞が振動しているようだった。「あの……」いったん唇を閉じてから、つづけた。

「どうなのか、わからない。混乱してる……としか」

彼の目が彼女の目をとらえ、二人が失った年月を消し去った。「聞きたいことがたくさんあるよ」

「わたしも」彼女はささやいた。

「また会えてよかった」

彼の声を聞いていると、彼女の視界はせばまりはじめた。広かった世界が、このひとつしかない瞬間にまで範囲を縮めて——何年もの月日が過ぎたあと突然トゥルーが彼女の前に立ち、ほかになにも言わなくとも、また恋人同士になっているのだ。彼は腕で彼女をかかえて引き寄せた。すると、二人のまわりに降りそそぐ秋の日差しのなかで、彼女は彼の体の避難所に溶けこみ、たちまち三十六歳にもどったかのような錯覚をおぼえた。

二人はしばらくそのままでおり、ようやく彼女が身を離して彼を見た。こんどは本当に見た。顔のしわは深くなっていたが、あごを割るくぼみと、目の色は憶えているのと同じだった。彼女はふと、このあいだヘアサロンに行っておいてよかった、今朝も時間をかけて容姿をととのえたからと、ばかみたいに安心した。記憶の衝突と沸きたつ興奮が、思考をにぶらせていた。わけもなく涙があふれ、恥ずかしくなってぬぐった。

「大丈夫?」と彼が聞いた。

「なんでもない」鼻声で答えた。「泣いてごめんなさい。でも……まさか……本当に、あなたがここにいるなんて」

彼は苦笑いを浮かべた。「たしかに、かなりめずらしい成り行きがつづいて、きみのところへやってきたんだ」

その言葉を聞いて、涙が止まらないのに彼女はあえぎながら笑い声をあげた。彼はずっとこういう口調で、彼女が立ち位置をとりもどすのを少し助けくれたのだ。

「どうやってわたしの手紙を知ったの?」彼女は知りたがった。「去年、ここに来たわけじゃないのね?」

「そう」と彼は言った。「ぼくが見つけたわけじゃないし、読んでもいない。人から聞いたんだよ。でも……もっと大事なことは、きみがどうしてるかだ。これまで、どんなふうにやってきた?」

「わたしは元気よ」彼女は反射的に答えた。「わたし……」そこで言葉を失って、沈黙がはさまれた。以前愛した人に、二十四年後のいま、いったいなにが言えるだろう。二人が別れてからいつも、こういう瞬間を空想していたのに。「いろんなことがあった」彼女が思いついたのは、たったそれだけだった。

「そうなの?」彼は片方の眉をひょいとあげた。彼女は思わずほほえんだ。二人はいつも構えることなく自然にふるまえた。少なくともそれは変わっていなかった。

「どこから始めたらいいか、わからないわ」彼女はみとめた。

「ぼくたちがいなくなったときから?」

「どういう意味かしら」

「そうか。じゃ、こう言ってみよう。きみは結婚式を挙げたよね？」

彼は想像するしかなかったはずだ。彼女はいっさい連絡をとらなかったのだから。だが、その口調には悲しみや苦さはなく、あるのは好奇心だけだった。

「ええ」と彼女は言った。「ジョシュとわたしは結婚した。でも……」まだ細かく掘りおこす気になれなかった。「うまくいかなかった。八年前に離婚したわ」

「いいのよ。結婚生活は自然な流れをたどって、終わりにするときが来ただけ。あなたは？　再婚したの？」

彼は砂に目を落とし、また視線をあげた。「それはつらいことだったね。気の毒に」

「いいや」彼は答えた。「そんなことにはならなかった。最近はひとりでいるよ」

身勝手だとは思ったが、彼女はかなりホッとしていた。「アンドルーがいるでしょ？　もう三十代になってるわね？」

「三十四だ」トゥルーが言った。「年に二、三回、顔を合わせる。いまはアントワープで暮らしてる」

「結婚は？」

「してるよ。三年前に」

（いいわね）と彼女は思った。想像するのがむずかしかった。「お子さんは？」

「いま妻のアネットが最初の子どもを妊娠中だ」

「もうすぐ、おじいちゃんになるのね」

「そうなるね。きみのほうは？　望んでいた子どもはいるのかい？」

「二人よ」彼女はうなずいた。「男の子と女の子。実際はもう大人の男と女ね。二人とも二十代で、ジェイコブとレイチェルという名前」

彼はやさしく彼女の手を握った。「それを聞いて、ぼくもうれしい」

「ありがとう。わたしの一番の誇りだわ。あなたはまだガイドを？」

「いいや」彼は答えた。「三年前に退職した」

「未練はある？」

「ぜんぜん。ライオンがドアのそばにいるかどうか考えずに、夜明け過ぎまで寝るのを楽しむようになった」

彼女にはこれが物事の表面をかすめる世間話ほどのおしゃべりだとわかっていた。でも、おかげで一番の親友とかわすように、会話は自然で気楽に運んだ。何カ月も、一年だって会わずにいることができるのに、会ったら前回のつづきから会話が始められるような。トゥルーとそんなことができるとは想像もしなかった。だが、その心地よさも、突然吹いてきた強い寒風にさえぎられた。風は彼女の上着を吹き抜けて、砂丘の砂を巻きあげた。彼の肩の向こうでは、手紙の束を置いたスカーフがベンチの上で動き、落ちそうになっていた。「待って。吹き飛ばされる前に、手紙をポストに入れなくちゃ」

ホープは郵便ポストに急いだ。着いたときは力がはいらなかった脚が、いまは時間が巻きもどされて若返ったようだった。ある意味で、本当にそうなったのだ。

郵便ポストの蓋を閉めると、彼女はトゥルーが追っていたことに気づいた。

「あなたの書いた手紙はいただいておくわ」と彼女は告げた。「そうして欲しくないならやめるけど」

「止めるはずがない。それはきみ宛てに書いたものだ」

彼女はスカーフを首に巻いた。「なぜ手紙に、まだここにいると書かなかったの？　ただ（ぼくを待っててくれ）と書けばよかったのに」

「ここにいつまでいるか、決められなくてね。それを書いたときも、きみが来る日を知らなかった。きみが書いた手紙は、ぼくがやってきたときにはもう郵便ポストになかった」

彼女は首をかしげた。「いつまで、ここにいるつもりだった？」

「年末まで」

最初、彼女は聞き違えたかと思って、返事ができなかった。それから、「一月まで毎日ここに来て？　それからアフリカに帰る予定だったと？」

「半分正しいかな。ぼくは一月もここにいるつもりだった。そのあともアフリカに帰る予定はなかった。ともかく、すぐにはね」

「じゃ、どこに？」

「アメリカにいようと思っていた」

「なぜ？」

その質問に彼はとまどったようだった。そして、ようやく「きみを探せるじゃないか」と答えた。

ホープは口をあけ、言葉を返そうとした。が、やはりなにも出てこなかった。まるでわけがわからない。なぜなら、彼女はそこまで情熱を捧げてもらえる人間ではないから。彼を捨てた女なのだ。彼ががっくりと前のめりになるのを見ながら、車を走らせつづけた。彼の希望を壊し、かわりにジョシュと歩む人生を選んだ。

それでも、いま彼女を見つめる視線からは、愛が衰えずに残っていることがわかった。どれほど彼女が会いたかったか、いまもどれほど彼を思っているかを、まだ知らないにもかかわらず。

頭のなかで、声が聞こえた。彼が二度と傷つかないように、すべてを正直に、注意深く話さなければならないと警告する声が。だが、再会の渦中では、その声も遠く、消えてしまいそうな音の響きにすぎなかった。

「今日の午後はどうするの？」と彼女はたずねた。

「予定はないよ。なにか考えがある？」

答えるかわりに、ホープは笑顔を浮かべた。行く場所ははっきりわかっていた。

✉

二人は来た道をもどりはじめ、バード・アイランドとサンセット・ビーチをへだてる砂州に出た。遠くに桟橋の輪郭が見えているが、海に反射する光のせいで細かい部分はよくわからない。波は長くやさしく、一定のリズムで浜へ寄せては砕けちっていた。前方を眺めると、いまは海辺に人がいくらか出ており、小さな姿がちらほら動いていた。大気は冴えて松と潮風の香りを運び、彼女の指が寒さを感じてちりちりとうずきはじめた。

二人は急ぐでもなくゆっくりと歩いていた。トゥルーは気にしていない様子だったが、彼女は彼の歩きぶりから、かすかに片足を引いているのを感じとった。彼になにがあったのか。気のせいかもしれないが——たとえば関節炎気味だとか、活動的な生活の副産物だとか——二人は共通の経験こそあるものの、多くの部分でいまだに見知らぬ者同士だということを思い出した。彼女は思い出を大切にしまってきたが、それは今日ここにいる男に必要なものとは言えなかった。

それとも、必要なものだろうか。

隣を歩いていると確信がなくなった。わかるのはただ、あの時と同じで彼といっしょにいると気持ちが楽になり、なぐさめられることだった。トゥルーをちらりと見て、彼も同じ感じがするのだろうかと思った。彼女のように彼も両手をポケットに入れ、寒さのせいで頬をほんのり染めており、長旅を終えて家に帰ってきた男の満足げな雰囲気を漂わせていた。徐々に潮が上がってきたので、二人は波を見まもりながら、靴が濡れないように注意して狭くなった固い砂地を歩いた。

二人はいつのまにか会話を始めていた。言葉は再発見された古い習慣のように、止めようもなく流れていった。話したのはもっぱらホープのほうだった。両親の死について、それから仕事の話、結婚生活とそれにつづくジョシュからの離婚を少し。気がつくと、主として話したのはジェイコブとレイチェルのことだった。二人の子ども時代と十代になってからのエピソードを、数えきれないほど話した。レイチェルが開胸手術を受けたとき、どんなに恐ろしかったか。

彼女はときどきトゥルーの顔にあらわれる、温かさや懸念、率直な同情といった反応を読みとった。もちろんすべてを思い出したわけではなく、人生の細かい部分は、彼女自身の記憶からも失われていた。しかし、トゥルーが直感で彼女の過去のパターンや脈絡をつかんでいるのが感じとれた。二人が桟橋の下を通り過ぎたとき、母親としての彼女の人生で彼が知らないことは、ほとんどないくらいだと思った。

二人はやわらかい砂浜を歩き、やがて砂丘のほうへ斜めに登っていく小道に向かっていた。彼女は先を行きながら、キンドレッド・スピリットへの徒歩の旅が、行きはきつかったのに、帰りはいつのまにか終わっていたことに気づいた。指はポケットのなかで温まり、曲げやすくなっていた。それに、ほとんどしゃべりっぱなしだったのに、少しも息が切れていなかった。

小道を巻くようにたどると、車道に出た。彼女の車の隣にも一台停めてあった。

「あなたの?」指さして聞いた。

「レンタカーだ」

レンタカーを使うのは当然だと彼女は思ったが、それにしても二台の車はまるで寄り添うように並んでいた。ホープとトゥルーの再会を後押しする魔法の力が働いたかのようだ。彼女はそう意識しないわけにはいかず、ことさら胸が熱くなった。

「わたしの車についてきてくれる?」と彼女は言った。「ちょっと遠いんだけど」

「先導してくれ」

彼女はボタンを押してロックを解除し、運転席にすわった。車内は冷えており、エンジンをかけてからヒーターを全開にした。ガラスの向こうでは、トゥルーがレンタカーに乗りこんだ。

彼女はバックで車を道路に出してから、彼を待ち、後ろについたのを見てブレーキペダルから足を離した。車は前進を始めた。向かう先は予想もしなかった午後であり、想像もつかない未来だ。

車内に一人でいると、思いはさまよいはじめ、バックミラーを絶えずのぞいて、トゥルーが消えないかどうか確かめた。まだ、心の片隅では彼が手紙のことを知っていたことが信じられなかった。

(でも、彼は知ってた)

トゥルーはここにいる。彼女がそう望んだから、彼はもどってきた。いまも彼女を憎からず思っている。

ホープは深呼吸をして、ようやく暖まってきた車内で気を落ち着かせた。彼の車は後ろで交差点を曲がり、橋を渡ってついてくる。幹線道路を走りだすと、ありがたいことに信号はほとんど青だった。やがてカロライナ・ビーチに向かう分岐を曲がった。また橋を渡り、いくつか交差点を通過して、彼女が借りているコテージの駐車場に乗りいれた。

トゥルーが停めるスペースを隣りに空けて、レンタカーが着くのを見まもり、それから外に出た。エンジンが冷えるにつれて、カン、カンと断続的に鳴る音がした。トゥルーが車内でふりむき、バックシートへ手をのばした。ガラス越しに銀色の髪がのぞいた。

待つあいだ、空には雲がいくつか流れて、まぶしい日差しをやわらげた。風は吹きつづけており、暖かい車内から出たせいか、突然寒さで身ぶるいした。両腕で体を抱きかかえると、林からカーディナルの鳴き声が聞こえた。鳴いた一羽を見つけた瞬間、あのときトゥルーがキンドレッド・スピリットで読んだジョーからリーナに送られた手紙の記憶がよみがえった。（カーディナルのつがいは一生添いとげる）と思い、ホープは顔をほころばせた。トゥルーが昔のように優雅な身のこなしで車から降りた。キャンバス・バッグをかかえており、目をほそくしてコテージを見た。

「ここに泊まってるんだね」

「一週間借りたの」

彼はまたコテージをよく眺め、彼女をふりむいた。「きみの両親が持っていたコテージを思い出すな」

ホープはデジャヴを感じて、笑顔になった。「初めて見たとき、わたしもそう思った」

✉

秋の日が斜めに二人を照らし、そのなかをトゥルーが彼女のあとから玄関に向かった。家にはいると、ホープは帽子、手袋、スカーフをエンドテーブルに置き、上着をクローゼットにかけた。トゥルーもその隣に上着をかけた。キャンバス・バッグは彼女の物といっしょにエンドテーブルに置かれた。二人はそこで暮らしているように、気楽に家へはいった。まるで人生をずっとそうしてきたような家庭的な安心感があると、彼女は思った。

窓からすきま風がはいってくるのを感じた。出かける前にサーモスタットを調節しておいたのだが、家は寒さとの闘いに苦戦しており、彼女は摩擦で体を温めようと両腕をこすった。

トゥルーは家の様子を眺めていた。ホープはそれを見て、やはり彼はなにも見逃さない目をしていると感じた。

「あなたがここにいるのが現実じゃないみたい。絶対に、百万年たっても来ないと思ってたから」

「それなのに、きみは郵便ポストでぼくを待っていたね」

あの笑顔だ。彼女はそう思った。恥ずかしそうな笑みを浮かべ、風で乱れた髪を指で梳きながら指摘する彼。「わたしばかりしゃべってたけど、あなたの話も聞きたいわ」

「ぼくの人生はそれほどおもしろくない」

「そう言うけど」彼女は疑わしそうな顔をして、彼の腕にさわった。「おなかはすいてない？なにかランチを作りましょうか？」

「きみがいっしょに食べるなら。朝食が遅かったから、それほど飢えてないんだ」

「それならワインはいかが？　ちょっとしたお祝いをどうかしら」

「いいね」と彼が言った。「手伝おうか？」

「いいえ。でも、してくれるなら、暖房を頼めるとすごく助かる。マントルのスイッチを入れるだけよ。自動だから。あとは好きなように休んでて。すぐにもどるわ」

ホープはキッチンに行き、冷蔵庫をのぞいた。ワインのボトルをとりだし、二つのグラスについで居間にもどった。暖炉の火は赤くなっていて、トゥルーはカウチにすわっていた。彼にグラスを渡したあと、自分のグラスをコーヒー・テーブルに置いた。

「毛布はいらない？　火はついたけど、わたしはなんだかまだ寒い」

「ぼくは平気だ」

彼女はベッドから上掛けをとってきてカウチにすわり、毛布を膝にかけて具合よく直してからグラスを手にした。暖炉の熱が、少しずつ部屋にまわってきた。

「すてきなことね」と彼女は感想を口にした。彼は出会ったときのようにきれいだと思った。

「とても信じられないけど、でもすてき」

彼は聞きおぼえのある、喉を鳴らすような笑い声をあげた。「すてき以上だよ。奇跡的だ」彼はグラスを上げた。「では……キンドレッド・スピリットに」

グラスを鳴らしたあと、二人はひと口飲んだ。トゥルーはグラスを下ろして、かすかな笑みを浮かべた。

「サンセット・ビーチに滞在していないとは驚いたよ」

「同じじゃないもの」と答え、(あなたに出会ってからずっと)と心のなかでつぶやいた。

「ここには前にも来たの?」

ホープはうなずいた。「ジョシュと別れたあと初めて来た」彼女は当時の事情を少し説明し、ここに来たおかげでどれだけ頭が整理され、気持ちを立て直して前に進めるようになったかを話した。「あの頃は、味わった感情すべてに蓋をして、開けないようにするので精一杯だった。でも、一人の時間を過ごしてみると、離婚騒ぎでいかに子どもたちが苦しんでるかを思い出した。たとえあの子たちが平気そうに見えてもね。実際にわたしを必要としていた。そこにまた焦点を合わせてくれたの」

「きみはいい母親なんだね」

「そうなろうとしてた」彼女は肩をすくめた。「でも、失敗もしたわ」

「それは見方によるんじゃないかな。ともかく、親のあり方というのはね。ぼくもいまだに、アンドルーともっとたくさん時間を共有すべきだったと思うことがある」

「彼になにか言われた？」

「いいや、あいつは言わないよ。でも、年月が過ぎるのはあまりに早い。まだ少年だと思ってたら、気がつくとオックスフォードへ行ってしまった」

「そのときは、まだワンゲにいたの？」

「そう」

「そのあと、やめたのね」

「どうして知ってるんだい？」

「あなたを探したのよ。つまり、郵便ポストに手紙を入れる前に」

「いつ頃？」

「二〇〇六年。ジョシュと離婚したあと、たぶんカロライナ・ビーチに初めて来た一年後ね。あなたが働いてた場所を憶えてたから、ロッジに連絡した。ほかの場所にも。だけど、見つからなかった」

トゥルーは考えこむように、数秒間、目の焦点をなくしていた。なにか言いたいことがあるのに言えないのだと、彼女は感じた。彼は少ししてから穏やかな笑顔を浮かべ、「知ってたらと思うよ」と答えた。「きみも、そのとき突きとめてればよかったな」

（そのとおりね）とホープは思った。「なにがあったの？　満足してワンゲで働いてると思ってたけど」

「そうなんだ。でも、あそこに長く勤めたから、そろそろ動く時期になってた」

「なぜ？」

「キャンプの経営方針が変わった。ほかにもたくさんのガイドがやめたよ。友人のロミーもね。あいつは二年ばかり前に退職した。ロッジの経営は過渡期だったし、アンドルーも大学にはいって旅立った。あの地域に縛られることもなくなったわけだ。ほかの場所で新たなスタートが切りたければ、ぐずぐずしないで早いほうがいいと思った。そこでブラワーヨの家を売り、ボツワナへ引っ越した。おもしろそうなキャンプを見つけて、職を得たから」

（やっぱりボツワナへ行ってたんだ）と彼女は思った。

「わたしには、どこでもみんなおもしろそうだけど」

「いいキャンプはたくさんある」と彼はうなずいた。「きみはサファリをしに行かなかったの？いつか行きたいと言ってたよね」

「まだ行ってない。でも、あきらめてはいないわよ」そのとき、彼の話を思い返して、彼女もずいぶん多くのキャンプと連絡をとったことを思い出した。「ボツワナのキャンプのなにがそんなにおもしろかったの？　そこは有名なところ？」

「ぜんぜん。中くらいのキャンプだ。宿泊施設は質素で、ランチも料理というより袋入りの携帯食とか、そんな感じだ。野生動物が現れる頻度も多くはない。たが、その周辺にはライオンがいる。というより、ライオンの群れがね」

「ライオンはいつも見てると思ってたわ」

「まあね。でも、そこは別格だ。ライオンがゾウを襲って倒すという話を聞いた」

「どうしたらライオンにゾウが倒せるの？」

「わからない。聞いたときは、ぼくも信じられなかった。でも、そこで働いてたガイドと出会った。彼は実際に襲撃を見たわけではないが、翌日ゾウの死骸に出くわしたそうだ。前の晩はライオンたちの饗宴だったことは明らかだと言ってた」

ホープは疑わしそうに目をほそめて彼を見た。「きっとそのゾウは病気で、ライオンたちがそれに出くわしたのよ」

「最初はそう思ったさ。人はライオンを百獣の王と呼ぶし、ディズニー映画の『ライオン・キング』も神話をさらに広げてる。でも、経験から言えばそれは真実じゃない。昔から森《ブッシュ》の王はゾウだ。巨大で、恐ろしくて、まさに支配的だよ。ぼくは何度もゾウがライオンたちに近づくのを見てる。いつでも退却するのはライオンのほうだ。でも、あのガイドが正しいなら、これは実際に目で確かめるべきことだ。それが一種の強迫観念にまでなり、さっきも言ったがアンドルーがいなくなって、そのとき思った。いまじゃないかと」

トゥルーはワインをぐっと飲んで、話をつづけた。

「ボツワナで働きだすと、そういうものを見たガイドは一人もいなかった。でも、だれもがその話を信じていた。死骸に出くわす者がいたからだ。そうは言っても相当めずらしいことだし、それなら納得できる。ライオンが集団で襲えば一頭のゾウを倒すことができるとしても、彼らだってもっと簡単に襲える獲物を好むだろう。最初の二、三年はそんなものばかり見ていた。群れが襲う主食は、以前見てきたインパラ、イボイノシシ、シマウマ、キリンといった動物だ。

ゾウの死骸はひとつも見なかった。三年目が半分ほど過ぎたとき、干ばつに見舞われた。ひどいものだった。数カ月もつづいて、常連の野生動物は死んでいくか、オカバンゴ湿地《デルタ》へと移動を始めていた。それでもライオンはまだ近辺におり、だんだん死にものぐるいになってきた。そんなある日の夕方、サファリに出かけたときに、それを目撃した」

「実際にその目で？」

彼は過去にひたりながらうなずいた。彼女が見まもっていると、トゥルーはワイングラスをぐるぐる回して話にもどった。

「小さめのゾウで、いわゆる大きな牡のゾウじゃなかったが、ライオンたちは一頭だけ群れからはぐれさせて仕事にとりかかった。軍事作戦のように一度に一頭ずつ襲うんだ。あるものが脚だとすると、もう一頭はゾウの背中にジャンプする。ほかのものは包囲して待機している。ゾウが疲れて弱るのを待つ持久戦だ。激しくはない。冷静で、とても整然としていた。ライオンの集団は用心深く、襲撃の時間は全部で三十分ほどだった。ゾウが弱ってきたとき、彼らはいっせいに飛びかかり、一度に数カ所を攻撃した。ゾウは倒れて。そのあとは手間どらなかった」

トゥルーは肩をすくめ、さらに声を落とした。

「きみはゾウがかわいそうだと思うかもしれない。でも、最後にぼくはライオンに対して畏敬の念を抱いた。ガイドの仕事をするなかで、一番記憶に残る体験だったのは確かだ」

「信じられないわ。そのとき、あなたは一人だったの？」

「いいや。ジープには観光客が六人いた。そのうちの一人が、ビデオに撮ったものをCNNに売ったんじゃないかな。ぼくは見てないけど、それから数年間はたくさんの人から見たという話を聞いた。しばらくのあいだ、ぼくの勤めていたロッジは大人気になったよ。結局雨期が始まり、干ばつは終わって、それとともに野生動物も帰ってきた。ライオンたちの餌も簡単に狩れる獣にもどった。それ以来、二度とゾウの襲撃は見てないし、死骸にも出くわさなかった。何年かして、また起きたという話を聞いたが、そのときには、もうそこを辞めていた」

ホープはほほえんだ。「初めて会ったときにも同じことを言ったけど、あなたみたいにおもしろい仕事をしてきた人は、ほかに知らないわ」

「たまに光るときがあるだけさ」彼は肩をすくめた。

彼女は首をかたむけた。「アンドルーはオックスフォードに行ったと言ってたわね？」

トゥルーはうなずいた。「ぼくよりずっと優秀な学生だったんだな。驚くほど賢かった。とくに科学分野が」

「あなたの誇りね」

「ああ。でも、ぼくなんかより、まず彼自身にとってすばらしいことだよ。もちろん、キムにとっても」

「彼女はどうしてるの？　結婚はまだつづいてる？」

「うん。もう一人の子どもも育ちあがった。皮肉なことに、またぼくの近くで暮らしてるよ。ぼくが南アフリカのバントリー・ベイで暮らしはじめたあと、彼女の夫が同じケープタウンに赴任してきた」

「きれいなところだと聞いてるわ」

「そのとおり。海岸線がすばらしい。夕日もきれいだ」

ホープはグラスのなかを見つめた。「長いあいだのことだけど、ついあなたのことを考えたことが何度あったか、わからない。あなたはどんなふうに暮らしてたの？　なにを見てた？アンドルーはどんな少年だったの？」

「そうだね、ぼくの人生は当時まで送っていたものと、大きくは違っていない。長いあいだそうだった。暮らしの中心は、仕事とアンドルーだった。一日に、サファリを二回か、ときには三回。森にいるときは、夜になるとギターを弾いたり、スケッチをしたり。ブラワーヨでは息子の成長を見ていた。あいつは一年ほど模型の電車に興味を持ち、スケートボード、エレキギター、それから化学が好きになった。あとは女の子。その順番でね」

彼女はジェイコブとレイチェルの通ってきた道を思い出しながら、うなずいた。

「十代の頃は？」

「普通の若者と変わらない。もう彼なりの社会生活ができていた。友だち、一年に一人のガールフレンド。あいつのそばにいると、ホテル経営者になったような気がした時期があったね。でも、キムよりも息子の自立心をみとめて受けいれたと思うよ。キムは少年時代の息子が忘れられなくて、手放すのがむずかしかったんだ」

「わたしもそうだった」とホープはみとめた。「母親ってそういうものなの」

「ぼくにとっては、大学に行くときが一番つらかった。あいつは故郷から遠く離れてしまい、それほどひんぱんに行けず、しかも、ぼくに来てほしくなかった。だから会いに行ってもクリスマスか、年度の休みのときくらいだ。それにしても暮らしはがらりと変わった。とくに森から帰ってきたときはね。ブラワーヨにいても落ち着かなくなった。一人だとなにをしていいかわからない。だからライオンの話を聞いたとき、これ幸いと飛びついてボツワナへ向かったのさ」

「アンドルーはそこへ来たの?」

「うん。でも、数えるほどだ。ときどき、ブラワーヨの家を売らなければよかったと思ったものだ。あいつはハボローネに——その街のアパートにぼくが住んでたんだが——知り合いがいない。休みのあいだには、友だちに会いたいだろう。もちろんキムだって、いっしょにいたい。ときどき、ぼくはブラワーヨにもどってホテル住まいをした。でも、そのときにはあいつも大人になっていて、昔と同じじゃなかったな。若い大人だ。自分の人生を始めたんだとわかったよ」

「彼はなにを専攻したの?」

「最初は化学をとり、いずれはエンジニアになるつもりだった。でも、卒業後、貴重な石に興味を持った。とくにカラーダイヤモンドに。いまはダイヤモンドの仲介業者だ。つまり、ニューヨークと北京へ定期的に飛んでいる。ようするに立派な大人に成長した若者というわけだ」

「いつか会ってみたいわ」

「それはいいね」

「彼はジンバブエにはもどらないの?」

「あまりね。キムもぼくもさ。ジンバブエは社会的にちょっと厳しい時期がつづいたから」

「私有財産の没収があったことは読んでる。あなたの農場に影響はあったの？」

トゥルーはうなずいた。「あった。まず、あの国では、ぼくの祖父のような人たちによって犯された長い不法行為の歴史があったことを理解しなければならない。そうは言っても、この社会変革は遠慮とは無縁のものだった。ぼくの義父は政府内にたくさんコネがあったから、自分は保護されると思っていた。だが、ある朝兵士の一団と政府の役人がやってきて、農場を包囲した。役人は法的に有効な執行状を読みあげ、土地建物と所有する全財産を差し押さえると宣言した。ひとつ残らず。ぼくの義父、義理の兄弟は個人的な荷物をまとめる二十分が与えられ、銃口を突きつけられながら監視付きで放りだされた。雇人のなかに抵抗する者が二、三人いたが、その場で射殺された。そういうわけで、農場はもう彼らの物ではなくなった。彼らはなにもできなかった。二〇〇二年のことだ。ぼくは当時ボツワナにいて、義父がみるみるうちに破滅したという話を聞いた。大酒を飲むようになり、一年後に自殺をはかったそうだ」

ホープはトゥルーの家族の歴史を思い返した。まるでシェークスピアの物語のように暗く、叙事詩的だった。「恐ろしいわね」

「そうだね。しかも、土地を受けとった人たちにとっても、まだつづいている。どうしたらいいかわからないんだ。設備をどうやって保守管理するか、灌漑をどう使えば効果的かも知らなかった。作物の作付けのローテーションも、正しくはできなかった。収穫は乏しく、農場は浮浪者の野営地になった。同じことが国中で起きてね。さらに通貨の暴落と……」

トゥルーが言葉をにごしたので、ホープは想像するだけだった。「あなたはいいときに国を出たみたい」

「でも、悲しかった。ジンバブエはこれからもずっとぼくの故郷だ」

「義理の兄弟はどうなったの？」

トゥルーはグラスを干して、テーブルに置いた。「二人はいまタンザニアにいて、ともに農業をしているが、以前とは全然違う。広い土地でもなく、旧農場のように肥沃でもない。でも、なぜそんなことを知っているのかというと、彼らがぼくに借金の申し込みをしてきたからだ。負債はかならずしもきちんと返済されてないけどね」

「あなたは親切ね。助けてあげるなんて」

「ぼく以上に、彼らだって家族を選ぶチャンスはなかったんだ。それよりも、母がいれば、きっとぼくにそうして欲しいと思ったはずだよ」

「実のお父さんは？　また会ったの？」

「いいや。ぼくがジンバブエにもどってから、二週間後に電話で話した。その後、あまり時を置かずに亡くなった」

「異母兄弟の人たちは？　思いなおして、彼らと会ってみた？」

「会わなかった。きっと彼らも、知り合いにはなりたくなかっただろう。父の死を知らせる弁護士からの手紙で、それがはっきりした。彼らの動機はわからない。たぶん、父親が愛した女性が母以外にいたと思いたくないんじゃないかな。あるいは遺産相続が揉めるのを心配したか。でも、ぼくには彼らの願いを無視する理由はなにもない。実の父親のように、彼らも赤の他人だから」

「それでもあなたがお父さんと会えて、わたしはうれしいわ」

彼は視線を暖炉の炎に向けた。「ぼくもだ。父がくれた写真と絵はまだ大切にしてる。遠い昔のような気がするな」

「長い時間がたったもの」彼女は静かに言った。

「長すぎた」彼はホープの手をとった。彼女はそれが自分との月日を言った返事だとわかっていた。彼女の頬が赤くなった。肌をそっとなではじめた彼の親指の感触は、痛いほど憶えがあった。どうして二人はたがいを探しだせたのだろう？　これから二人はどうなるのだろう？　彼は彼女がかつて恋に落ちた男のままのようだった。それでも、やはり頭をよぎるのは、彼女の生活がすっかり変わってしまったことだ。彼は変わらずきれいだが、彼女は自分の老いを感じている。なのに彼は彼女の前でも気楽にふるまっているようだ。彼の指先が、また違う気持ちを波だたせる引き金をひいた。ほとんど耐えられないくらいに圧倒的だった。彼女はぎゅっと彼の手を握って、自分の手をひっこめた。まだそこまで親しむ心の準備ができなかったのだ。それでも、彼を励ますようにほほえんで、背筋を伸ばした。

「じゃ、ちょっと話を整理させて。あなたはワンゲ国立公園に……一九九九年か、二〇〇〇年までいたのね。それからボツワナへ移った」

トゥルーはうなずいた。「一九九九年だ。ボツワナには五年いた」

「それから？」

「話すには、たぶんもう一杯ワインが必要だ」

「持ってくるわ」ホープはグラスをとり、キッチンに引っこむと一分ほどでもどってきた。また毛布を掛けて具合よく直しながら、彼女は部屋が暖まって快適になったと思った。くつろぎの時間。いろんな意味で、この午後は理想的に過ぎていた。

「これでいいわ。ええと、何年からだっけ？」

「二〇〇四年」

「なにがあったの？」

「ぼくは事故に遭った。かなりひどいものだった」

「ひどいって、どれくらい？」

彼はひと口ワインを飲み、目を彼女に合わせた。「死んだんだ」

死の淵へ

幹線道路の側溝に横たわったトゥルーは、命がなくなるのを感じた。彼がかすかに気づいていたのは、フロントがめちゃめちゃに壊れたトラックがひっくり返っていること、タイヤが一輪だけ回っており、それが最後に止まったことだ。人が彼に向かって走ってくるのは、ほとんど気づかなかった。自分がどこにいて、なにが起きたのか、なぜ世界がぼやけて見えるのか、わからなかった。なぜ脚が動かないのか、なにが原因で全身を容赦ない激痛が駆けめぐっているのかも、理解できなかった。

さらに、病院で目覚めたとき、まったく違う国にいることを認識しなかっただけでなく、事故そのものも憶えていなかった。ハボローネで二、三日過ごしたあとロッジにもどってきたのは憶えているが、あとで看護師から聞いて初めて、対向車線を走ってくる貨物トラックが突然センターラインを越え、彼のピックアップ・トラックの進路へ飛びこんできたことを知った。トゥルーはシートベルトをしておらず、衝突の瞬間フロントガラスを突き抜けて、頭蓋骨を割りながら十メートル先へほうりだされた。全身の骨折は十八カ所以上におよんだ。内訳は、両脚の大腿骨、右腕のすべての骨、頸椎三カ所、肋骨五本などだ。見知らぬ人が彼を野菜運搬用のカートに乗せ、近くの村でワクチン接種をおこなっていたNGOの仮設クリニックへ大急ぎで運びこんだ。仮設なだけに、トゥルーに必要な設備、薬品、医療用品はなく、医師さえもいなかった。床は土で、すべてのベッドは顔や手足にハエがたかっても無視することをおぼえた子どもたちで埋まっていた。スウェーデン出身の看護師は若く、おろおろするばかりで、トゥルーが待合室に運びこまれたときも、なにをすべきかわからなかった。だが、人びとがなにかを——どんなことでも——期待していたので、カートに近づいて彼の脈をとった。脈はとれなかった。彼女は頸動脈を調べた。やはり脈はなかった。トゥルーの口に耳をあて、呼吸を調べた。耳をすましたが、なにも感じなかったので、聴診器をとりに鞄へ急いだ。彼の胸にそれをあて、どんなかすかな音でも聞きのがすまいと神経を集中した。それでも聞こえないので、ついにあきらめた。トゥルーは死んだ。

野菜運搬カートの持ち主が、死体を別の場所に動かせないかと要求した。野菜がごっそり盗まれる前に、現場にもどって荷物を確保したいというのだ。そこで言い争いになった。彼が警察の到着を待つべきかどうか。持ち主は大声でわめきたて、相手を言い負かした。彼と子どもたちの父親の一人が、カートからトゥルーの体を持ちあげた。体が土間の片隅に置かれるとき、骨がこすれるような、はずれるような音を立てた。看護師は毛布を体にかけた。人びとは遺体に安置する場所を与えたとはいえ、関心を持たなかった。野菜運搬カートの持ち主は道路へもどったらしく姿を消してしまい、看護師はワクチンの注射を再開した。

しばらくして、トゥルーが咳をした。

彼はトラックの荷台に乗せられて、ハボローネの病院に運ばれた。その村から一時間以上かかる距離だった。搬送されたとき、救急治療室の医師はほとんどなにもできないと思った。トゥルーが生きていることが驚異だった。彼を乗せたストレッチャーは、人が大勢いる廊下に置き去りにされ、病院のスタッフは彼が死ぬのを待っていた。たぶん一時間、いや三十分ももつまいと彼らは考えた。すでに太陽は沈んでいた。

トゥルーは死ななかった。それから二日間生きのびたが、こんどは感染症にかかった。病院には抗生物質が少なく、彼らは無駄使いをしたがらなかった。トゥルーは熱が上がり、脳がむくみはじめた。二日たち、三日が過ぎ、彼は生死の境をさまよい、そのどこかに止まっていた。そのとき、彼の身分証に近親者第一位として書かれていたアンドルーに連絡がとれた。アンドルーはイギリスから父親のもとへ飛行機で飛んできた。彼から急報を受けたキムも、当時住んでいたヨハネスブルクから飛んできた。飛行機による救急搬送が手配され、トゥルーは南アフリカの外科病院へ運ばれた。その飛行中、彼は大量の抗生物質を投与され、医師が脳から水を抜く処置をおこなったが、それにも耐えて生きのびた。それから八日間、意識はもどらなかった。九日目、初めて熱が下がった。こうして彼が目覚めたとき、ベッドサイドにアンドルーがいたのだった。

外科病院には七週間以上入院し、骨折をひとつひとつ治療して、ギプスをはめ、骨がつながるのを待った。そのあとは歩行不能と、複視と、つねに襲われるめまいとの闘いがあり、リハビリテーション施設へと移され、そこで三年近い月日を過ごした。

✉

コテージでは、ホープの瞳に暖炉の炎が映り、キャンドルの火のように揺れていた。トゥルーは彼女が遠い昔のようにきれいだと、やはり思った。いや、たぶんそれ以上だ。目のそばに刻まれた細いしわに、彼女の賢さ、苦労のすえに身についた静穏があった。優雅な顔だった。

　この歳月が彼女にとって楽ではなかったことを、彼は知った。ジョシュとの結婚生活について多くを話さなかったが、彼女がその話題を避けたのはトゥルーの気持ちに配慮しただけではなく、自分のためでもあったのだと彼は察した。

　一方、ホープのほうは、トゥルーを初めて会った人のように見つめていた。

「そんなことって」と彼女は言った。「まさか……そんな恐ろしいことがあるなんて、聞いたこともない。なぜ生きのびられたの？」

「わからない」

「本当に死んでたの？」

「そう言われた。事故から一年後に、ワクチン接種クリニックの看護師に電話をした。彼女はあのとき、まったく生体反応がなかったと断言した。ぼくが咳をしたとき、部屋にいた半分の人が悲鳴をあげたそうだ。それを聞いて、ぼくは思わず電話で笑った」

「あなたは笑い話にするけど、おかしいことなんかひとつもないわ」

「そうだね」彼はみとめた。「たしかに、おかしくない」と、白髪になった側頭部をさわった。「外傷性脳損傷だった。頭蓋骨のかけらが脳に食いこんでいた。長期間、頭にはごちゃごちゃに線が付けられていたんだよ。意識がもどったあと、ぼくはアンドルーや医者たちに、ひとつのことを言ってると自分では思っていた。でも、実際には全然別のことを言ってたらしい。（おはよう）と言ってるつもりが、医者が聞いた言葉は、（プラムが船で泣く）だったというんだ。

かなり、いらいらした。それから右腕がひどく折れていたので、文字も書けなかった。やがて頭につけた電線が少しずつ外されていき、アリの這うような歩みだったが前進しつづけた。わかる話ができるようになったときも、記憶にはへんてこな食い違いがあった。まず言葉を忘れていた。ごく単純なものとかね。たとえばフォークが思い出せなくて、（食べるとき、手に持って使い、ものをつっつく銀色のもの）と言わなければならなかった。その時期、医者たちはこの障害が一時的なものか、恒久的なものか、断定できなかった。頸椎を折ったため、脊椎にはたくさん腫れが残っていた。金属のロッドを入れるときも、腫れのせいで長い時間がかかった」

「ああ、トゥルー……もし知ってさえいたら」ホープは涙声になった。

「きみにできることは、なにもなかったよ」彼が言った。

「でも」彼女は両ひざに毛布を掛けた。「ちょうどあなたを探してた時期だわ。病院を調べるなんて思いもしなかった」

彼はうなずいた。「だろうね」

「あなたに付き添ってあげられた」

「ぼくは一人じゃなかった。アンドルーは時間がとれるかぎり、何度も来てくれた。キムもよく見舞いにやってきた。ロミーもなぜか事故のことを知っていた。リハビリテーション・センターまでバスで五日間かかるのに、それから一週間もいてくれた。でも、見舞いが来ると、ぼくも大変でね。とくに一年目は。体中に痛みがあり、実際に意思の疎通もできなかった。それに見舞う側もぼくと同じくらい怖がっていた。ぼくと同じ疑問を抱いていた。歩けるようになるのか？　普通にしゃべれるようになるのか？　一人で生活できるのか？　周囲の心配を感じとることもなく、厳しい状態にあったんだ」

「回復をはじめたのは、いつぐらいから？」

「複視は一カ月以内におさまった。ただ、視力は半年後だったかな、それまではすべてがぼやけていた。ベッドに起きあがったのは三カ月後か四カ月後。そのあと、つま先が動くようになったが、脚全体で言えば、まず骨をもう一度組み立てなおさなければならなかった。それから脳の手術をし、脊椎の手術があり……まあ、二度としたくない経験をしたよ」

「もう一度歩けるようになる、と意識したのは？」

「つま先が動くのはよい兆しだと思ったが、足首から下を動かすまでに永遠とも思える時間が必要だった。少なくとも最初は、歩くなど問題外だ。立つことから学習しなければならなかった。でも、両脚の筋肉が退化していて、神経細胞もまだ正確にインパルスを発火していなかった。強烈な鋭い痛みが坐骨神経まで一気にくだるのも味わった。両側に手すりのある歩行訓練器具で、一歩踏みだそうとしても、突然脚が動かなくなることもあった。脳と脚をつなぐ神経が切断されたようだった。リハビリテーション施設にはいって一年が過ぎる頃、ぼくは介助付きで部屋をよこぎることができた。わずか八メートルだし、左足は引きずっていた……でも、泣けてきた。初めてトンネルの先に光が見えたんだ。こうやって頑張れば、いずれ施設から出られる日が来るかもしれないと」

「あなたにとっては悪夢だったでしょうね」

「実際、すべてのことを記憶してるわけじゃない。いまは遠い昔のことのようだよ……どの日々も、どの週も、どの月も、どの年も、混ざりあってる」

ホープはトゥルーを観察した。「話を聞かなければ、全然わからなかったと思う。だって……昔のまま、同じに見えるもの。ちょっと足を引いてるかなと思ったけど、それもごくわずかで……」

「体を動かしていないとだめなんだ。毎日、厳密にエクササイズをしつづける必要がある。たくさん歩くし。それが痛みをやわらげてくれる」

「まだすごく痛むの？」

「いくらかだけどね。エクササイズをするのとしないのとでは、ずいぶん違う」

「アンドルーはそんなあなたを見て、きっとつらかったわね」

「ボツワナの病院でぼくを見たときのことは、いまだに話したくなさそうだ。それから飛行機輸送のとき、そして南アフリカの病院でぼくの意識がよみがえるまでに感じた不安がどれほどだったか。入院期間中はベッドサイドに付き添っていた。ようするに、アンドルーとキムが頭を使って機転をきかせてくれた。二人が空路の救急搬送を手配しなかったら、生き延びられたかどうかわからない。でも、リハビリテーション施設に移ってからは、見舞いのアンドルーのほうがぼくより楽観的だった。息子は二、三カ月ごとにしか来なかったから、ぼくが劇的に回復してるように見えたんだ。こちらは明らかに別の感想を持っていたのだが」

「そこに三年いたと言ってたわね」

「最後の年は、施設には通う形をとっていた。毎日、何時間も治療とリハビリをしていたが、二年間はほとんど外出をしなかったから、監獄から釈放されたように感じたものだ。蛍光灯はもう二度と見たくないな」

「気の毒に」

「それは思わないでいいんだ」と彼は言った。「いまは元気にやってるよ。それに信じようと信じまいと、すばらしい人たちに出会った。理学療法士、言語療法士、主治医と看護師。だれもが優秀だった。思い出せば奇妙な期間だったよ。ときどき、実際に人生のなかで三年間の休暇をとったような気がしたくらいだ。ある意味で、本当にそうだったと思う」

ホープは暖炉の暖気をとりこむように、ゆっくりと息を吸った。「あなたはわたしより、すべてにおいてずっと強いわ」

「そうでもない。ぼくが恐れなかったなどと、一秒たりとも思わないでくれ。一年ほど抗鬱剤も飲んでいた」

「それは当然よ。全身傷だらけだったんだもの」

二人はしばらく暖炉に見いっていた。毛布のかかったホープの足先が彼の脚に寄り添っていた。彼はまだ彼女が、いまの話と、あやうく二人がたがいを永遠に失う瀬戸際にいたことを、心に沁みこませているのだと感じた。いまのいまは、たがいを永遠に失うなど理解しがたく、すれ違いで会えなかったら悔やみきれないところだった。ともかく今日のすべてが、計り知れないような出来事だった。いま二人でカウチに隣あってすわっている。そのことが現実離れしており、熱っぽくロマンチックに感じられたのだが、それもトゥルーの腹がはっきり聞こえるほど大きく鳴るまでのことだった。

ホープは笑った。「腹ぺこなのね」彼女は毛布をはねのけた。「わたしもおなかがすいたわ。

チキンサラダでかまわない？　下にレタスを敷いて。食べたければサーモンかエビも追加できるけど」

「サラダは理想的だね」彼が言った。

彼女は立ちあがった。「用意してくる」

「手伝おうか」トゥルーは体を伸ばしながら聞いた。

「手伝いはいらないけど、いっしょにやらない？」

ホープは毛布をカウチに広げて掛け、二人はワイングラスをキッチンに運んだ。彼女が冷蔵庫を開けると、彼はカウンターにもたれてそれを見ていた。彼女はロメイン・レタス、チェリー・トマト、色とりどりのパプリカのスライスをとりだし、彼は彼女がした話を思い返していた。彼女は味わった落胆を、怒りや恨みにまで高めようとしなかった。彼女は人生が人の想像どおりに運ぶほうがまれだとして、それを受け入れたのだ。

ホープは彼の思いを感じとったようだった。なぜなら、微笑を浮かべていたから。引き出しに手をのばして、小さなナイフと、まな板をとりだした。

「手伝わなくていいの？」

「すぐ出来ちゃうもの。それより、お皿とフォークを出してくれない？　流しのそばの戸棚にあるから」

トゥルーは指示にしたがって、まな板のそばに皿をならべ、彼女が野菜を切るのを見まもった。つぎに野菜をボウルに入れて、混ぜながらレモン・ジュースとオリーブ・オイルで味付けをし、それを一人分ずつ皿に盛りつけた。最後にチキンサラダをすくって上に載せて出来上がりだった。彼はこんなふうに彼女とキッチンにいる場面を、この二十四年のあいだ何回となく想像してきた。

「どうぞ」

「うまそうだ」彼は彼女のあとからテーブルについた。

彼女は皿を置いてから、冷蔵庫を身ぶりで指した。「ワインを追加でいかが?」「いや、やめておくよ。最近は二杯が一日の限度なんだ」

「わたしは一杯に近いくらいよ」彼女はフォークを手にした。「クランシーズのディナーを憶えてる? それからうちのコテージにもどってワインを飲んだことを」

「どうして忘れられる? ぼくたちが初めて知りあった夜だった。きみを見て息ができなくなったんだ」

ホープはうなずいた。頬がわずかに染まり、彼女がサラダにうつむくと、彼もそうした。

トゥルーは食卓に置いてある木彫りの箱へうなずいた。「あれにはなにが入ってるの?」

「思い出よ」その声には謎めいた陽気さがあった。「あとで見せるけど、いまはつづけてあなたの話を聞きたいの。二〇〇七年あたりまで来たところじゃなかった? リハビリテーションを終えたあとは?」

彼はためらった。なにを言おうか考えだそうとしているかのように。「ナミビアで仕事を見つけた。ガイドだ。よく管理されたロッジと保護区があった。そこはアフリカ大陸最大のチーターの集団生息地でね。ナミビアは美しい国だよ。スケルトンコーストとソーサスフレイ砂漠は……地球上で一番別世界を感じさせる場所だ。仕事が休みのとき、アンドルーに会うためにヨーロッパへ飛ばないときは、なるべく旅行者として探検に出かけた。引退するまでそのキャンプで過ごし、それからケープタウンに移った。というかバントリー・ベイだね。そこはケープタウンの郊外で、海岸に面している。すばらしい眺めの家を持っているんだ。歩いていけるところにカフェと本屋とマーケットがある。ぼくにぴったりの場所だ」

「ヨーロッパのアンドルーの近くに行くことは考えなかった？」

彼は首をふった。「あっちにはときどき行くし、アンドルーも仕事がらみで定期的にケープタウンにやってくる。息子がケープタウンに移るという選択肢もあるが、アネットが反対するだろう。親族がほとんどベルギーにいるからね。でも、ぼくと同じで、アフリカはアンドルーの心の故郷だ。そこで育った者にしかわからないだろうけど」

ホープの目は感嘆にみちていた。「あなたの人生は信じられないほどロマンチックに聞こえる。その恐ろしい三年間を除いてだけど」

「ぼくは生きたいように生きてきた。すべてではないとしてもね」彼は髪を指で梳いた。「きみは再婚しようとは思わなかったのか？　離婚したあとで」

「ええ。デートだってする気にならなかった。子どもたちのせいだと内心では思ってたけど……」

「でも？」

ホープは答えずに、首をふった。「たいしたことじゃない。あなたの話を最後までしましょう。あなたは引退した。いまはどういう生活？」

「とくになにもない。ライフルを持たずに歩けることを楽しんでる」

彼女はにっこりした。「趣味は？」と言い、彼に関心を持ったように若い子のポーズで頬杖をついた。「スケッチとギター以外に」

「朝、一時間ほどスポーツジムに出かける。そこでは長距離歩行か、ハイキング用のトレーニングをする。本もよく読む。たぶん、この三年間プラスそれ以前の六十三年間よりも、いまのほうが読んでると思う。まだ衰えてはいないし、パソコンはまだ買ってないが、アンドルーは口をすっぱくして、時代に取り残されないようにしろと言ってくるよ」

「パソコンを持ってないの？」

「持ってどうするんだい？」彼は本気で困惑しているようだった。

「だって……ウェブで新聞を読んだり、必要な物を買ったり、Eメールをしたり。世界とつながっていられるでしょ？」

「いずれ、だね。普通の新聞を読むほうが好きだ。必要な物はすべてある。Eメールを出す相手はいない」

「フェイスブックって知らない？」

「知ってはいるよ」トゥルーはみとめた。「つまり、新聞を読んでるから」

「何年か前にフェイスブックのアカウントをつくったの。あなたと連絡がとれるかなと思って」

彼はすぐには返事をしなかった。かわりに彼女を見まもって、どこまで言おうかと考えていた。まだ、すべてを話す準備はできていなかった。

「ぼくも連絡しようとは考えた」と話しだした。「きみが想像するよりも回数は多い。でも、きみが結婚してるかどうか、ぼくからの連絡に興味があるかどうか、わからなかった。きみの人生をかき乱したくなかった。それと、じつはコンピュータをうまく扱えるか自信がなかった。あるいはフェイスブックも。アメリカ人はなんと言うんだっけ？〝老犬は新しい芸をおぼえない〟？」彼はにやりとした。「携帯電話を持つのだって、大きな飛躍だった。結局アンドルーと必要なときに話ができるからと、導入したんだ」

「携帯電話も持ってなかったの？」

「最近まで必要性を感じなかったもので。森《ブッシュ》では電波がはいらないし、知り合いで持っているのはアンドルーだけだ」

「キムは？　まだ話したりするんじゃない？」

「近頃はそれほど回数も多くない。アンドルーが大人になってからは、あまり話す理由がなくなった。きみは？　ジョシュとは話をしてる？」

「ときどきね。ちょっと多すぎるくらい」

トゥルーがいぶかしげな表情をした。

「何カ月か前だけど、彼がもう一度やりなおしたいと言ってきたの。わたしとね」

「それで心が動いた？」

「ぴくりともしない」と彼女は答えた。「むしろ、そんなことを口にする神経にショックを受けたわ」

「なぜ？」

サラダを食べおえるまでに、ホープはジョシュとのいきさつを、先ほどよりくわしく打ち明けた。彼の情事、離婚をめぐる闘い、直後に彼が再婚し離婚したこと、人生のつけがまわって変わり果てた姿になったことなどを。トゥルーは耳をかたむけ、ジョシュの行為が原因で彼女が苦悩した痕跡だけを聞きとり、ジョシュは愚か者だとひそかに思った。ジョシュを赦した彼女の態度は、トゥルーからすると立派すぎたが、ある意味で数多いすぐれた美点のひとつなのだ。

二人はキッチンのテーブルで、長いことたがいの過去について質問と返答を重ね、これまでの空白をうずめていった。ようやく二人で空の皿を流しに運ぶと、ホープはラジオのスイッチを入れた。二人がゆっくりカウチにもどったあとも、キッチンから音楽が流れてくるように。居間では、暖炉についた炎が室内に黄色い光を投げかけていた。トゥルーは彼女がすわって毛布を体に巻きつけるのを見ながら、今日という日が終わらなければいいと思った。

✉

ホープがキンドレッド・スピリットに手紙を置いたことを知るまで、トゥルーはときどき、生まれてから一度ではなく、二度死んだと思っていた。

一九九〇年、彼はジンバブエにもどったあとアンドルーとしばらく暮らしたが、そのあいだ息子とサッカーをしても、料理をしても、テレビを見ても、世界がまっ白だとしか感じなかった。森にもどってからは、観光客を案内するのが気晴らしになったものの、けっして彼女への思いからは逃れられなかった。サファリで見えた野生動物を旅行客が写真に撮れるようにジープを停めるときは、助手席に彼女がいて目の前の光景に驚異をおぼえているところを空想した。二人がほんの束の間、ともに日々を過ごした世界に驚異を感じつづける自分と重ねあわせて。

夜は一番つらい時間だった。絵を描いても、ギターを弾いても、長くは集中できなかった。ベッドに横になれば天井を見つめるばかりだった。最後には友人のロミーが口に出して心配するまでになったが、それでもトゥルーがホープの名前を持ちだすまでには長い時間が必要だった。

それまでの生活にもどるのに何カ月もかかったが、やはり以前の彼と、完全に同じにはならなかった。ホープと出会う前は、ときどきだれかとデートをしていたが、そういう気持ちは全然生まれず、しかもずっとそれは変わらなかった。まるで彼の一部が、つまり女性との交わりとか、生きいきとした人間の魅力を求める気持ちが、ノースカロライナのサンセット・ビーチの砂浜へ置き去りにされたかのようだった。

スケッチを再開させたのはアンドルーだった。ブラワーヨで息子と同居していたある日、彼がトゥルーに、なにか腹を立てているのかとたずねた。トゥルーがしゃがんで息子を見あげながら、なぜそんなことを思うのかと聞くと、アンドルーは口ごもりながらもう何カ月も彼のスケッチを描いてもらっていないと答えたのだ。トゥルーはまたスケッチを描くと約束したが、夜になっていざ紙に鉛筆を置くと、そこに描かれるのはほとんどがホープだった。再現されるのは、いっしょに過ごした時間の記憶から起こした場面だ。初めて出会った日、スコティを抱いた彼を見つめる彼女とか、あるいはリハーサル・ディナーの夜の魅惑的な彼女とか。そして、ホープの絵がしっかり描きこめて初めて、アンドルーの気に入りそうなものに注意が向くという具合だった。

ホープのスケッチは、仕上げるのに何日ではなく何週間もかかった。記憶と絵を完全に一致させたいという、心のなかで新たに発見した欲求のせいだった。それには彼女のイメージを細心の注意を払って正確にとらえなければならなかった。ようやく満足するとそれを保存し、つぎの一枚にとりかかった。このプロジェクトは何年ものあいだに、ホープの肖像を完ぺきに再現すれば、彼のもとに帰ってくるという無意識の信念に力を与え、理性では止められない強迫衝動になっていった。細密に描いたスケッチは五十枚以上になり、それぞれが違う場面の記憶を記録していた。終わったとき、彼はいっしょに過ごした二人の時間史としてそれを順に並べた。つぎに、これに対応する彼自身のスケッチを描きはじめた。同じ場面で彼女にはこう見えたはずだという自分の姿もあった。それが完成したあと、彼は最後に二種類のスケッチを一冊の本にまとめた。左側には自分の、右側にはホープの絵を配して綴じたもので、これはだれにも見せなかった。本にしたのはアンドルーが大学へと旅立った翌年のことであり、描きはじめてから結局九年の歳月が流れていた。

二十世紀が終わりに近づく頃、彼が人生の目的意識をなくしたのは、これがひとつの理由だった。なにもすることがなくなった彼は、家のなかをうろうろ歩き、毎晩スケッチ集をめくって、彼の人生で重要な人がすべて去ったという事実をぐずぐず考えこんだ。母親、祖父、キム、アンドルー、ホープ。彼は孤独だった。精神的に厳しい時期として、違う種類ではあったが、のちに事故の後遺症から回復するまでの時間に匹敵するものだった。

先ほどふれたように、ボツワナとライオンの探求は彼にとって救いになった。だが、そのときも生命維持に欠かせない所持品のなかに、いつもスケッチ集があった。事故後、必要なものはスケッチ集だけになったが、アンドルーに持ってきてほしくはなかった。それについて、息子にはひとことも話していなかったのだ。といって、彼にもキムにも嘘はつきたくなかった。そこで元の妻に、ボツワナにある所持品をすべて箱詰めにして倉庫に保管してくれと頼んだ。彼女は頼みどおりにしたが、その後二年間、彼は始終スケッチ集が紛失したか、損傷を受けたのではないかと、気を揉むことになった。リハビリテーション施設から出たあと、まっ先にしたのがボツワナへの短い旅だった。何人か若者を雇って、つぎつぎに箱を開封させた。見つかったスケッチ集は埃をかぶっていたが、無傷のままだった。

二人が分かちあった日々のイメージを再現するという強迫衝動は、その後ほどなく薄らぎはじめた。自分自身のために、二人がいつかいっしょになる夢を終わりにしようと悟った。その頃ホープが彼を探していたとは、想像もしなかった。

もし知っていたら、傷が癒えていようがいまいが、全力で彼女のもとへ行こうとしただろう。そして、まさにそれに近いことを、彼もしたときがあったのだ。

✉

黄昏がカロライナ・ビーチに穏やかにやってきた。

ホープとトゥルーは、ときおりたがいの手足をなでながら、カウチにすわって話しつづけていた。暗くなる光も気にせずに、それぞれの人生を深く、さらに深く掘りさげていった。ワイングラスはとうの昔に空になり、ティーカップに場所をゆずっていたし、話も大まかなものから、こまかい親密な細部に変わっていた。影が長くなるなかで彼女の横顔を見つめながら、トゥルーはホープがいっしょにいる現実をつかみかねていた。彼女は、これまでもずっと、彼の夢だった。

「告白しておくことがある」ついに、彼は言った。「ナミビアで仕事につく前にあったことだ。もっと早く話したかったが、きみがぼくを見つけようとしたと聞いて……」

「どういう話？」

彼はカップに見いった。「あと一歩でノースカロライナに帰ってきていたんだ。きみを探そうとね。リハビリを終えた直後だった。ぼくは航空券を買い、荷造りをして、実際に空港まで行った。だが、セキュリティ・ゲートに向かったとき……足が止まった」彼は弱気になった当時を思い出すかのように、つばを飲んだ。「恥ずかしくて言えないが、ぼくはそのまま……車に引き返した」

ホープがぼんやりと理解しだすまでに、少し間があった。「わたしがあなたを探していたときに、あなたもわたしを見つけようとしてた、ということ？」

彼はうなずいた。喉が渇いていると意識しながら、彼女が二人の失われた歳月を考えているのだと察しをつけた。一度ではなく、二度までも。

「なんと言っていいかわからない」彼女がゆっくり言った。

「言うべき言葉なんかなにもない。ぼくは胸がつぶれそうだ」

「ああ、トゥルー」彼女の目がうるんでいた。「なぜその飛行機に乗らなかったの？」

「きみを探しだせるかどうか、自信がなかった」彼は首を横にふった。「でも、本音を言えば、見つけたときのことを恐れたんだよ。レストラン、あるいは街路か、庭にいるきみを、ついに探しあてる場面を想像しつづけていた。きみはほかの男と手をつなぎ、子どもたちと笑ってい る。ぼくが過去のものになっていたら耐えられないと、頭の隅でわかっていた。きみの幸せを望んでいなかったわけじゃない。それは望んでいたんだ。この二十四年間、そう願わなかった日は一日もなかった。たとえ、そのために自分が不幸せであってもだ。将来もずっと自分の一部が欠けていてもかまわないと。なのに、あのときは怖くなって、それを受けとめられると思えなかった。きみの人生の経緯を聞いたいま、つくづく思うのは、一番重要な時期にぼくがもっと勇敢であるべきだったということだ。そうであれば、この八年間を無駄に過ごさなかったのに」

彼が話しおえたとき、ホープはさっと視線をはずし、毛布をわきへはらいのけた。カウチから立ち、表の窓辺へ歩いていった。その顔は陰になっていたが、濡れた頬が月光のせいで光っていた。

「なぜ運命は、いつもわたしたちを裂くようにするの?」彼女は肩ごしに彼をふりむいて聞いた。「なにか計り知れない、もっと大きなものに動かされてるような気がしない?」

「わからない」彼はかすれた声で言った。

ホープは肩をかすかに落として、また顔を窓へもどした。なにも言わずに外を見つめ、やがて息を長く吸いこんだ。カウチにもどると、彼の隣にすわった。

すぐそばで見る彼女の顔は、彼が長いあいだスケッチで描いてきたものとそっくり同じだった。「ごめんよ、ホープ。きみが思うよりずっと、悪かったと思ってる」

彼女は頬をぬぐった。「わたしだって同じよ」

「いまは？　一人でいる時間が必要か？」

「いいえ。いま一番不要なことだわ」

「ぼくにできることが、なにかあるだろうか」

ホープは答えるかわりに、少し彼に身を寄せて、脚にかけた毛布を調節した。彼の手をとり、自分の皮膚のやわらかさを味わいながら、あやすように手のひらに乗せてはさんだ。彼は上に重なったその手の鳥のような優しい骨をなぞり、最後に持った女の手はホープのものだったのだと驚いた。

「どうやって、わたしの手紙のことを知ったのか、話してほしい」と彼女が言った。「わたしがキンドレッド・スピリットに入れたものを。たがいを発見するきっかけになった最後の手紙を」

一瞬、トゥルーは目をつぶった。「筋道立った説明ができるかどうか、わからないんだ、ぼくにも」

「どうして？」

「つまり、最初は夢から始まってね」

「手紙の夢を見たの？」

「いや。夢に出てきたのは店だった。実在する……カフェだ。ぼくの家から坂道を降りたところにある」彼は切なそうな笑みを浮かべた。「人恋しくなると、ぼくはそこに行く。海岸のすばらしい景色が見える。たいてい本を一冊持っていき、午後の二時間ほどをつぶしてる。持ち主はぼくの知り合いだから、どれだけ居すわってもかまわない」彼は身を乗りだして、両肘を膝に置いた。「ある朝、目覚めたとき、ああ、店のことを夢に見ていたんだと思った。でも、いつもの夢と違って、その光景がなかなか薄れていかない。テーブルを前にしてすわる自分が、カメラで撮られた画像のような自分が、いつまでも見えていた。ぼくは本を持っていて、テーブルにはアイスティーが置いてある。二つともいまの生活には欠かせない一部だ。時刻は午後、太陽が輝いてる。これもよくある典型的な場面なんだ。夢のなかでは、そこに一組の男女がやってきて、近くのテーブルについた。二人の姿は奇妙にもぼやけていて、ぼくには会話が理解できない。それでも、どうしても二人と話をしなくてはと、差し迫った欲求に駆られる。この二人からなにか重要なことが聞けると、ぼくにはわかってる。そこで椅子から立ちあがり、二人に近づこうとする。だが、どんなに足を繰りだしても、二人のテーブルはどんどん遠ざかっていく。胸の内でパニックの兆しが高まるのを感じる。とにかく話をしなければ――と、その瞬間に目覚めた。間違いなく悪夢じゃなかった。だが、その日は一日中、気持ちが落ち着かなかった。一週間後、ぼくはカフェに出かけた」

「夢を見たから?」

「違う。そのときには、夢のことは大方忘れていた。話したとおり、よく食べに行く店だしね。遅めのランチをとり、アイスティーを飲みながらボーア戦争の本を読んでいた。そのとき、一組の男女が店にはいってきたんだ。店はがらがらだったのに、二人はぼくのすぐそばのテーブルにすわった」

「夢に似てたのね」

「いや」彼は首を一回、横にふった。「似てたのではなく、夢とそっくり同じだった」

ホープは前かがみになった、表情が暖炉の光に照らされて、やわらかくなった。窓の外では闇が深まり、トゥルーが話すにつれて夜が更けていった。

✉

トゥルーも以前、人と同じようにデジャヴを経験していた。しかし、本から目をあげた瞬間、先週見た夢が一気にすみずみまで鮮明になってもどってきたのを感じた。一瞬、自分自身も夢にはいったみたいに、ふらふらと世界の四隅が揺れているように見えた。

それでも夢と違って、男女の姿ははっきり見えていた。女はブロンドで、やせており、魅力的な、四十代半ばくらいの年格好。向かいにすわる男は彼女より二、三歳年上で、長身、黒髪、日差しにきらりと光る金の腕時計をしている。トゥルーは声が聞こえることにも気づいた。だから、二人の会話を断片的にであれ、意識下で耳にしたにちがいなかった。そうでなければ、最初に本から目をあげなかっただろう。二人はこれから体験するサファリについて話していた。南アフリカの広大な保護区であるクルーガー国立公園だけでなく、ボツワナのモンボ・キャンプやジャックス・キャンプにも行く計画を立てていた。宿泊設備や見物できそうな野生動物の種類について、憶測をめぐらせていたが、それは彼が四十年にわたって聞いてきた会話のテーマだった。

彼らはトゥルーには見憶えのない男女だった。人の顔を記憶することは得意だが、この二人は初めてであり、とくに興味を惹かれる理由はなにもなかった。にもかかわらず、目をそらすことができなかった。夢のせいばかりではない。なにか別のものがあった。やがて、女のアクセントに焦点が定まり、それがかすかな鼻音の訛りにあるのだとハッと気づいた。すると、別の時間、別の場所の記憶と混ざりあい、デジャヴの感覚が一気にぶり返してきた。

(ホープ)彼はすぐに思った。女の話しぶりはホープの発音とそっくりだったのだ。

サンセット・ビーチを訪れてから長い歳月がたち、千人を超すたくさんの観光客と出会ってきた。ノースカロライナからやってきた人も数人いた。ほかのアメリカ南部の州とくらべて、母音をかすかに震わせる感じというか、発音にはっきりとした特徴があった。

(この二人からなにか重要なことが聞ける)

トゥルーは無意識のうちに椅子から立ち、二人のテーブルに近づいた。普通なら人のランチの邪魔などしないのだが、操り人形になったように、ほかの行動がとれなかった。

「ちょっと失礼します」とトゥルーは切りだした。「おじゃまをして申しわけないのですが、もしかしたらノースカロライナからいらしたんじゃありませんか?」

男と女は、突然話しかけられて迷惑だと思ったとしても、それを少しも見せなかった。

「ああ、そのとおりだけど」と女が答えた。彼女は期待してにっこりした。「どこかでお会いした?」

「そうじゃないと思います」

「じゃ、どうしてわたしたちが来た場所がわかったの?」

「発音でそうかもしれないと」

「でも、あなたはノースカロライナの人じゃないわね」

「ええ。ぼくはジンバブエ生まれなんです。でも、一度サンセット・ビーチに滞在したことがありました」

「まあ、世界は狭いものね！」女は大声をあげた。「あそこに家があるのよ。あなたはいつ来たの？」

「一九九〇年です」

「それはずいぶん昔の話ね。わたしたちは二年前に海辺の別荘を買ったの。シャロン・フェッドです。こっちは夫のビル」

ビルが手を差しだし、トゥルーは握手をした。

「トゥルー・ウォールズです。モンボ・キャンプとか、ジャックス・キャンプとか、ちょっと聞こえたものですから。ぼくはもう引退しましたが、それまではサファリのガイドをしていました。二カ所ともすばらしいキャンプだと保証しますよ。モンボでは、かなりの数の野生動物が見られるでしょう。ジャックスはカラハリ砂漠だから、だいぶ違います。あそこはミーアキャットを見るには世界最高の場所なんです」

話を聞くあいだ、女は彼を見つめていた。首をわずかにかたむけ、考えを集中するように眉根を寄せて。すると口を開けて、また閉じ、テーブルに身を乗りだした。

「名前をトゥルー・ウォールズと言ったわね、ジンバブエ生まれで？　ガイドをされてたの？」

「ええ」

シャロンは顔をトゥルーから夫にもどした。「この春に見つけた、ほら、あれを憶えてる？　別荘に行ったときに、ハイキングみたいに浜辺を歩いて？　あのとき、アフリカに行こうかって、わたしがジョークを言ったのよ」

それを聞いてビルはうなずいた。「ああ、そうだったな」

シャロンはトゥルーのほうを向いて、うれしそうな顔をした。

「キンドレッド・スピリットって知らない？」

それを聞いたとたん、トゥルーはめまいを感じた。その郵便ポストの名前を人の口から聞いたのは、何年ぶりのことだろう。これまで何千回も思い出した場所なのに、いままでそこは、ある意味でホープと彼だけが共有しているものという錯覚にとらわれていた。「郵便ポストのことですか？」彼の返事は声がしわがれていた。

「そうそう！」シャロンは勢いよく言った。「信じられないわ！　あなた、信じられる？」

ビルが妻と同じく驚いたように首をふった。シャロンのほうは興奮して手を打ちあわせた。

「あなた、サンセット・ビーチである女の人と出会ったんじゃない？　ええと……ヘレン？　ハナだっけ？」彼女は眉をひそめた。「ああ、ホープよ——そう、そうじゃない？」

テーブルの向こうの世界がぼやけて見え、床がぐらぐら揺れていた。「そうです」とトゥルーは口ごもりながら答えた。「でも、よく話が見えません」

「ちょっとお掛けになったら？」とシャロンが言った。「あなたに話しておきたい手紙が、キンドレッド・スピリットにあったのよ」

✉

話が終わったとき、コテージはすっかり闇に包まれていた。暖炉についた光だけが照らしていた。キッチンのラジオから流れてくる、かすかな音楽だけが聞こえていた。ホープの瞳が炎の明かりにきらめいていた。

「二日後、ぼくはここにいた。ノースカロライナに。二人とも手紙のすべてを憶えていたわけじゃない。とくに、日付とか、きみが何月にここに来るかとか。ぼくの名前や経歴など、彼らの興味が十分みたされる基本的な事柄だけ憶えていたんだ」

「ノースカロライナに来たのに、なぜすぐにわたしを探しはじめなかったの？」

彼は一瞬黙った。「いっしょに過ごしたあのとき、きみはジョシュの名字を言わなかった。憶えてないかい？」

「もちろん言ったわ。言ったはずよ」

「いや」彼は切ない笑みを浮かべた。「きみは言わなかった。ぼくも聞かなかった。お姉さんたちの名字も知らない。ぼくはジンバブエにもどったとき初めて気づいたが、もちろん当時はそれほど重要ではなかった。二十四年間、名字を知らずにいたあと、ぼくには手がかりがあまりなかった。結婚前の名字は知っている。でも、すぐにわかったことだが、アンダーソンはめずらしい名前じゃない。とくにノースカロライナではね。それに、きみがどこに住んでいるかも、想像できなかった。ノースカロライナにいるかどうかも含めて。憶えていたのはジョシュが整形外科医だということだ。グリーンズボロ中の整形外科クリニックや病院に電話して、ジョシュという名前の医者がいるかどうか聞いてみたが、そこで行きどまりだった」

彼女は口元をひきしめた。「じゃ、あのときはどうやって探すつもりだったの？　飛行機に乗りかけたときは」

「そのときは、そこまで考えなかった。たぶん調査員を雇っていたかもしれない。今回も年末まできみがやってこなければ、そうしようと思っていた。でも……」彼は笑顔で頬をくずした。「きみは来ると思ってた。キンドレッド・スピリットできみを見つける、とね。きみがあそこに来ると言ったからだ。九月の毎日、ぼくは朝起きるたびに、今日がその日だと思っていた」

「それで毎日がっかりした」

「そうだね。でも、よけいに明日はきっとその日だと思えた」

「もし、わたしが七月や八月に来る気になってたら？　わたしを見つけられないとは心配しなかったの？」

「それほどね。きみがぼくと夏に会いたがる、とは思わなかった。きみが休暇のなかで日を選ぶとしたら、ぼくたちが郵便ポストを訪ねた時期で選ぶだろう。浜辺に人がいなくなる季節なら、わずらわされることもない。秋か冬を選びそうだ」

ホープは悔しそうにほほえんだ。「あなたはいつも、わたしを見抜いてる」

答えるかわりにトゥルーは彼女の手をとってキスをした。「ぼくたちを信じてたんだ」

彼女はまた頬が赤らむのを感じた。「手紙を読みたい？」

「まだ持ってるの？」

「コピーを。テーブルの木箱のなかよ」

彼女が立ちあがろうとすると、トゥルーが両手でとどめた。彼がカウチから立ち、キッチンから木彫りの箱を持ってきて、コーヒー・テーブルに置いた。するとホープが首をふった。

「そこじゃなくて、カウチに持ってきて。わたしたちのあいだに」

「重たいな」またすわりながら、彼が感想をのべた。

「ジンバブエ製なのよ」と彼女は言った。「開けて。手紙は一番下にあるから」

トゥルーは蓋を上げた。上には結婚式の招待状があった。彼はいぶかしげな顔でそれに手をふれた。その下にはスケッチが重ねてあり、彼が書いた手紙があった。その下に、なにも書かれていない、簡素な封筒があった。トゥルーはスケッチと手紙を見て、不思議なことに動揺したようだった。

「これを持ってたのか」信じられないとでもいうように、つぶやいた。

「もちろんよ」彼女が答えた。

「なぜ?」

「わからない?」彼女はそっと彼の腕にさわった。「ジョシュと結婚したときも、わたしはまだあなたに恋してた。誓いを立てたときも、それがわかってた。あなたへの想いは情熱的なものだったけど……平和そのものだった。それは、あなたと過ごしたあの日々が、そういう気持ちにさせてくれたから。平和だったの。あなたといると家に帰ってきた感じが味わえた」

トゥルーは込みあげてくるものを飲みこんだ。「それはぼくも同じだ」手紙に視線を落として見つめた。「きみを失ったとき、足元の地面がなくなったようだった」

「読んで」とホープが封筒にうなずいた。「短いから」

トゥルーはほかの物を箱にもどして、封筒から紙を抜きとった。頭のなかで言葉を味わい、一行ごとに彼女の声を聞きながら、ゆっくりと読んだ。声にならない感情が胸からあふれて、こぼれそうなほどだった。彼女にキスがしたくなったが、こらえた。「きみにあげたい物がある」

彼は立ちあがると、ドアの近くのエンドテーブルに行った。キャンバスのナップザックを手にすると、そこから手製のスケッチ集を引っぱりだした。カウチにもどり、それを彼女に渡した。表紙には金色の箔押しで、キンドレッド・スピリットというデザイン文字が印刷してあった。

ホープは彼からスケッチ集に目を移し、また彼に目をもどした。彼女は高まる好奇心をおさえかねていた。トゥルーが隣にすわり、彼女は表紙の文字を指でなでた。

「なかを見るのが怖いくらいよ」

「怖がるものでもないさ」

彼にうながされて、ホープは表紙を開いた。最初のページには、桟橋の突端に立つ彼女が描かれていた。彼はそこにいる彼女を見たこともなかった。彼女のすべてをとらえたように見えるスケッチだが、二人のストーリーとは縁がないので、一枚目の中扉にふさわしいと決めたのだ。

ホープがそれをめくるとき、彼は黙っていた。左側には浜辺を歩くトゥルー、右ページには少し離れたところを歩いているホープがいた。砂丘のほうへ走っていくスコティの姿もあった。

つぎのページは、初めて言葉をかわした最初の朝の二人だった。彼がスコティを抱いており、彼女の表情にはっきりと不安な心が描かれている。つぎの見開きには、コテージへもどってい く二人、それをめくると、裏のデッキでコーヒーを飲む二人がいた。絵は一本の映画のスチール写真のように、順序よくつづいていた。ホープは時間をかけて丹念に最後まで見ていった。終わったとき彼女の頬には、涙の痕がひと筋ついていた。

「あなたはすべてを、とらえていたのね」と彼女が言った。

「そう。ともかく、できるかぎり試みたんだ。きみへの捧げものだ」

「そんな。これは芸術だもの」

「これはぼくたちだ」

「いつ、描いたの……?」

「何年もかかった」

ふたたびホープは表紙をなでた。「なんと言っていいかわからない。でも、これはもらえないわ。だって……貴重な宝物よ」

「ぼくはいつでも同じものが描ける。描きおえてからずっと、きみと再会する日を夢見てきた。そのとき、ぼくの魂のなかできみがどんなふうに生きてきたか、それを見せられるように」

彼女はスケッチ集をいつまでも手放したくないというように、つかんで膝に置きつづけていた。「わたしがジョシュからプロポーズされたと打ち明けたあと、浜辺でわたしを抱いた場面まで、絵にしたのね……」

彼は彼女がつぎの言葉を探しあてるまで待った。

「そのことを何度考えたか、わからない」ホープの声は低かった。「わたしたちは歩いていて、あなたにどうやって話そうかとわたしは必死で考えてた。頭がひどく混乱して、怖かった。わたしたちが別れることになると思っていたから、すでに喪失感が生まれはじめてた。でも、どういう意味であっても、わたしはあなたとの関係を大事にしたかったの。そして、ジョシュがそれをわたしから奪い去ったように感じた……」

彼は彼女の口調のなかに嘆願する響きを聞きとった。

「あの日あなたをどんなに傷つけたか、自分では理解していると思ってた。でも、いまあの絵を見たら、一瞬で心がめちゃめちゃになった。あなたの顔の表情――あなたが自分を描いた表現に……」

ホープは声をふるわせた。トゥルーが唾を飲みこんだのは、その言葉が真実だと認めたからだ。スケッチ集のなかで、その絵は一番痛ましく、彼が一度ならず破棄せざるをえなかった場面を描いていた。

「あのとき、あなたがしたことを憶えてる？　抗議もせず、怒りもせず、要求もしなかった。あなたの最初の本能は、わたしを抱くことだった。わたしをなぐさめるために。本当は逆のことが必要だったのに。わたしなんか、なぐさめてもらう価値もなかったのに。でも、それがわたしに必要だとわかってた」彼女は懸命に冷静さを保とうとした。「ジョシュと結婚したとき、わたしがチャンスを逃したと感じた正体はそれだった。人生で最悪な状況がやってきたとき、わたしをなぐさめてくれる人がいるかどうか。そして今日も、郵便ポストのところで、わたしがショックを受け、なにを言っていいか、どうしたらいいか、わからずにいるとき、あなたはわたしを腕で抱えこんでくれた。わたしが崖から足をすべらせて、捕まえてほしがっていると見抜いて」彼女は悲しげに首をふった。「ジョシュがあんなふうに――完全に共感して、抱いてくれたかどうかわからない。あの日、車で走り去ったとき、自分がどれだけ多くのものを失ったか、考えさせられた」

トゥルーは身じろぎもせずに彼女を見まもり、やがて木箱に手をのばし、それをテーブルに置いた。彼が作りあげたスケッチ集をつかむ彼女の指をゆるめさせ、本を木箱の隣に置いてから、彼女の体を両腕で抱えこんだ。ホープは彼にもたれかかった。彼は髪にそっとキスをした。遠い昔にそうしたように。

「ぼくはいま、ここにいるよ」彼はささやいた。「ぼくたちは愛しあった。だが、タイミングが合わなかった。世界中のどんな愛も、タイミングを変えることはできない」

「わかってる。でも、わたしたち、いっしょになればよかったのよ。おたがいを幸せにできたと思う……」彼が見まもるうちに、彼女はまぶたを閉じて、ゆっくりと開いた。「もう手おくれだけど」ホープの声は寂しげだった。

トゥルーは人差し指で彼女のあごをそっと上げさせた。顔を合わせると、彼にとって、どんな人よりも美しい人だった。トゥルーが顔をかたむけて、二人の唇がひとつになった。彼女の口は温かく、待ちきれなかった。

「きみを抱くのに、遅すぎることは絶対にない」彼がつぶやいた。

カウチから立ちあがると、彼女の手をとった。いつのまにか月が昇っており、銀色の光が窓から射しこんで、暖炉の白熱した輝きと競っていた。彼女もゆっくり立ちあがった。彼がつかんだ手にキスをし、彼女をものうげに引き寄せた。彼女の体を抱きかかえると、首のまわりに彼女の腕が巻きつくのを感じた。肩に彼女の首がもたれかかり、息づかいが彼の鎖骨をくすぐった。トゥルーはこれこそ自分の欲しかったもの、そのものだと思った。(彼女だ)欲しかったのは。出会ったそのときから、運命の人だとわかっていた。あのときから、ほかの人ではありえないとわかっていた。

ポーチで鳴るウィンド・チャイムの音が遠く聞こえた。ホープの体が招くように温かく彼の体を揺さぶると、彼は感じるすべてのものに負けた。

彼女の口が彼の口のすぐ下で開き、舌と舌がすばやくふれあった。それはひさしぶりに味わう、熱く湿った変わらない感覚だった。永遠で、自然なものだった。彼は強く抱きしめ、彼女の体を彼に溶けこませた。彼の手が背中をなで、髪をかわいがり、また背中にもどってきた。彼は長いあいだ、あまりに数多くの孤独な夜にそれを再生しながら、これを待っていた。キスが終わったとき、ホープは彼の胸に頭をもたせかけた。その体がふるえはじめた。

彼女が洟をすする音を聞いて、彼は不安をおぼえ、泣いているのに気づいた。彼は顔を離したが、ホープは目を合わせようとしなかった。かわりに顔を彼の胸にうずめてきた。

「どうした?」と彼が聞いた。

「ごめんなさい。本当に、ごめんなさい。あなたを置き去りにしなければよかったのに。もっと早く見つけてればよかったのに。あのとき、あなたが飛行機に乗っていれば……」

彼女の声にはなにかがあった。彼が予想もしなかった恐れが。「ぼくはここにいる。もう、どこへも行かない」

「遅すぎたのよ」彼女は涙まじりに言った。「ごめんなさい。でも、手おくれなの。わたしは、あなたにしてあげられない」

「大丈夫だ」と彼はささやいた。パニックの最初の兆しを感じていた。なにが悪いのかわからなかった。彼がなにをして彼女を動揺させたのか。「きみが行かざるをえなかった理由はわかってる。おかげで、すてきな子どもに恵まれたじゃないか……ホープ、心配ない。きみの決断は理解してる」

「そうじゃないの」彼女は首をふった。深い疲労の色がその言葉に重みを持たせていた。「それでも、遅すぎた」

「どういうことなんだ?」彼は叫んで彼女の両腕をつかみ、ぐっと顔を引きはなした。「きみが話そうとしてることがわからない。話してくれ、ホープ」彼は必死に彼女の顔をのぞきこんだ。

「心配してる……どんなふうに、子どもたちに話したらいいか……」

「なにも心配しなくてもいい。彼らだってわかってくれる」

「そうかしら。わたし自身、大変だったのに」

トゥルーは体に悪寒が走るのを感じた。どうにか無理に息を深く吸いこんだ。「意味がわからない」

ホープはさらに激しく泣きだし、しゃくりあげながら彼にしがみついた。「わたしは、死んでしまうの」と言葉をしぼりだした。「ALSなのよ、父みたいに。死んじゃうの」

その言葉に、トゥルーは頭のなかがまっ白になった。考えられるのは、暖炉の炎が投げかける影と、その動きがまるで生きているようだということだけだった。彼女の言葉は銃弾が跳飛《ちょうひ》するように、彼のなかで跳ねて止まらなかった。（……ALSなのよ、父みたいに。死んじゃうの）。

彼は目をつぶり、力を貸そうと試みたが、むしろ体から力が抜けていくようだった。彼女は彼をぎゅっとつかみながら、ささやいた。「ああ、トゥルー、ごめんなさい……本当に、みんなわたしが悪かった……」

ふたたび彼女の言葉を耳にしたとき、両目の奥に圧力がかかった気がした。（わたしは、死んでしまうの）彼女は父親の衰弱ぶりがどんなに悲痛かと、彼に語っていた。最後の数カ月はひどく体重を落とし、ホープがベッドに運べるほどだった。冷酷で、止めようのない病気だ。最後にはすべてを、その息までも奪っていった。彼は自分に身をあずけて、体を揺らしながらすすり泣くホープに、かける言葉がなかった。ただ、まっすぐに立っているだけで精一杯だった。

窓の向こう側には、まっ暗な世界があった。寒い夜だとしても、トゥルーは実際より寒かった。彼は一生のあいだホープを待ちつづけ、ついに見つけだした。だが、その直後に彼女はまた奪われるのだ。頭のなかでは思いが渦巻き、胸は痛んだ。そして、彼女が初めて彼にキンドレッド・スピリットへ行こうと誘ったあと、彼が書いたメモの最後の一行を思い出した。

驚くのが待ちきれないよ、ぼくのガイドをするきみに。

なぜその言葉が頭に飛びこんできたのか、いまそれがなにを意味するのかわからず、意味があるようにも思えなかった。ホープは彼の夢だった。ずっと望んでいたもののすべてだった。その彼女が、死んでいくという。トゥルーはこなごなに砕け散る寸前だと感じており、二人はたがいにしがみついて泣いていた。その音は、沈黙する家の繭《まゆ》に包まれて小さかった。

「最初に診断のための検査をする前に、あの病気だとわかっていた」とホープは言った。

泣きやむまでにしばらく間があり、彼女の涙が涸れたとき、トゥルーも自分の顔をぬぐった。彼はキッチンでお茶を淹れ、カウチにすわった彼女に新しいカップを持ってきた。ホープは両膝を引き寄せて、毛布にくるまった。

マグカップを両手で持って、彼女は言った。「最初がどんなだったか、父がわたしに話してくれたのを思い出したわ。端から端まで、すべての動きがだんだん止まってくる感覚よ。治らない風邪をひいたような。一般的にALSは遺伝性じゃないから、主治医は懐疑的だったけど、わたしのほうから疑わしい病名を彼女に言ったの。家族間で発症するケースは十パーセントしかないらしい。でも、検査を受けたとき、結果がなかなか出なかったから覚悟したわ」

「それはいつ?」

「去年の七月。だから、一年三カ月前。退職して、たった半年後だった。新たな人生を楽しみにしてたときにね」それから彼のつぎの質問を予測して言いたした。「父が生きのびたのは七年弱。たぶん、それよりは頑張れると思う。父のときより進行を遅くできるはずだから。でも、去年わかったときと比べると、悪くなってるのよ。今朝、キンドレッド・スピリットまで行くのも骨が折れたわ」

「ホープ、きみがどんなふうに受けとめたか、ぼくには想像もつかない」

「恐ろしかった」と彼女はみとめた。「子どもにはまだ話してないから、どう打ち明けるか迷ってる。父が亡くなったとき、子どもたちは幼くて、実際の記憶はないの。家族の負担も憶えてない。あの子たちに話したら、昔のわたしみたいに反応するに決まってる。恐怖におびえて、なるべくわたしといっしょに時間を過ごそうと、つきまとってくるはず。でも、わたしはあの子たちの人生を、わたしのせいで中断してほしくない。あのときわたしは三十六歳だったけど、わたしの子は巣立ったばかりよ。彼らには自分の人生を生きてほしい。もしこのことを知ったら、それは不可能になる。父が病気になったとき、わたしがどうにかやっていけたのは、幼い子どもがいて、その世話をしなければならなかったからよ。選択肢はなかった。でも、あなたに話したように、父の看病はね……あんなにつらいことはなかった、死ぬのを見まもるのは」

「きみの言うとおりだ」トゥルーがうなずいた。

「去年、それもあって郵便ポストに手紙を入れたの。気づいたのよ……」

彼女が口ごもり、トゥルーが手をとった。「なにを……？」

「わたしたちのことが、もう手おくれになる。あなたにあやまりたかったけど、たぶんそれもできなくなるって。わたしには必要だった。あなたが道に立ってるのを見ながら、わたしは車を走らせつづけた。その記憶を抱えて生きてこなければならなかった。それだけでも十分罰を受けたと思う……でも、心のなかでは、あなたに赦してもらいたかった」

「きみはずっと赦されてた」トゥルーは両手で彼女の手を包み、骨の折れた鳥のようにやさしくなでた。「手紙に書いたとおりだ。きみを好きになったことは、もしチャンスが与えられたら、かりに叶わないと知っていても、千回以上していたことだった。あの決断のせいできみに怒ったことは、これっぽっちもない」

「でも、わたしはあなたを傷つけた」

彼は前かがみになって、彼女の頬に手をふれた。

「悲しみは、つねに人が愛に支払う代価さ」と彼は言った。「ぼくは母のことと、アンドルーが国を離れたときにそれを学んだ。そういうものなんだ」

ホープはこのことを考えながら黙りこみ、やがて彼を見あげた。「最悪な部分がなにかわかる?」おさえた声だった。「死ぬとわかってることで」

「わからない」

「夢を見なくなる。夢も死んでいくのよ。診断を受けとったとき、最初に頭に浮かんだことのひとつが、たぶん祖母にはなれない、ということだった。赤ちゃんをあやして眠らせたり、ピクニック・テーブルで数字ぬり絵をしたり、風呂に入れたり。小さなこと、将来実際に起こるかどうかわからないようなことが、すごく残念だった。脈絡もないけど、そんなことがどうしようもなく頭に浮かんだの」

トゥルーはいまの話を考えるあいだ、口を開かずにいた。「ぼくは入院中に、同じようなことを考えた。ヨーロッパでハイキングをしたり、油絵を始めることが夢だったが、そういうことができなくなるのだと気づいて、ひどく落ちこんだものだ。ところが妙なことに、回復してきたらハイキングにも油絵にも興味が湧かなくなった。できないと思うとやりたくなる、というのが、人間性のなかにあるんじゃないかな」

「それはそうだろうけど、でも……わたし、本当におばあちゃんになりたかった」彼女は無理して笑い声をあげた。「もちろん、ジェイコブとレイチェルが結婚したらの話よ。どちらもすぐにしそうもない。自立した生活を楽しんでる真っ最中だもの」

彼女はほほえんだ。「今朝、歩くのが大変だったと言ってたけど、帰り道は大丈夫そうだったね」

「そうね、いい感じだった」彼女はみとめた。「ときどきあんなふうになるの。体の調子としては、ほとんどの時間、なんともないのよ。動きすぎないかぎり。最近は、すごく変化があるとは思ってない。病気と折り合いがついたと信じたいわね。だとしたら、もっと上手に向き合える。なにが大事で、なにがそうでないか決めやすくなるから。どういうふうに時間を過ごしたいか、なにを避けたいか、そういうことはわかってる。でも、悲しくて怖くてたまらない日もあるのよ。とくにあの子たちのことを思うと」

「ぼくもそうだった。病院でそばにすわるアンドルーの表情に恐怖が浮かんでるんだ。胸がつぶれそうだった」

「だから、まだ秘密にしてるの。姉たちにも知らせてない。友だちにも」

彼は身をかたむけると、ひたいを彼女のひたいにつけた。「ぼくに打ち明けてくれて、名誉に思う」とささやいた。

「もっと早く話そうと思ってた」彼女は告白した。「あなたが事故のことを話してくれたあとで。でも、あんなにすてきな時間を過ごしていたから、終わらせたくなかった」

「まだ終わってないよ。どこよりも、ここできみの傍にいたい。どんな話を聞いても、いまはぼくの人生で一番いい日のひとつだ」

「あなたはやさしいのね、トゥルー」彼女は悲しそうにほほえんだ。「いつもそうだった」

彼女はわずかに顔をかたむけて、そっとキスをした。彼の頬ひげをかすめたとき、デジャヴの感覚が引き起こされた。「ワインは二杯が限度だと言ってたけど、わたしはお代わりがしたいわ。いっしょにどう？　まだボトルが冷蔵庫にあるんだけど」

「ぼくがとってこよう」

彼がキッチンにいるあいだ、ホープはぐったりとして顔をこすった。ついに秘密を明かしたことが、まだ現実とは思えなかった。トゥルーには話したくなかった。しかし、いったん口から出た言葉は、また口にできることもわかっている。ジェイコブとレイチェルに、姉たちに、友だちに、ジョシュにさえ。しかし、だれもがトゥルーのような反応はしないだろう。たとえ一瞬だとしても、彼は恐怖をやわらげてくれたのだ。

トゥルーがキッチンから二つのグラスを持ってもどってくると、彼女にひとつを手渡した。彼はすわるとすぐに片腕を上げ、彼女はそこへ心地よくもぐりこんで抱かれた。しばらく二人は炎を見つめながら、黙っていた。ホープはその日の出来事すべてを頭のなかで巻きもどしていた。帰ってきたトゥルー、一冊になったスケッチ集、秘密の告白。多すぎてとても処理しきれなかった。

「飛行機に乗るべきだった」トゥルーが沈黙を破って言った。「きみを探す努力を、もっとするべきだった」

「わたしも、もっと努力をするべきだった」ホープが答えた。「でも、あなたが長年ずっとわたしを想ってくれてたと知っただけで、もう十分よ」

「ぼくもだ。今日みたいな日を……ずっと夢見てきた」

「わたしは死んでいくのに」

「きみは生きていくよ」彼は驚くほどきっぱりと断言した。「一日一日を、ぼくたちはみんな、ずっとそうしてきたんだ。ぼくだって一年後に生きているかどうか保証できない。いや、一カ月後だって、明日だって」

彼女はまた頭を彼の腕にもたせかけた。「人はそう言うわ。たしかに真実がそこにある。でも、残りの時間があまり多くないことを確実に知ってるのとじゃ、わけが違う。父を参考にするなら残りは五年、いえ五年半くらい。最後の一年はあまりよくないし」

「四年半たてば、ぼくは七十歳だ」

「だから？」

「さあ。なにが起こるかわからない、それが言いたいんだ。ぼくにわかるのは、きみを夢見てこの二十四年間を使ったということだ。きみを抱きたい、きみと話したい、話を聞きたい、夕食を作って、夜は隣で眠りたいと。ぼくにはきみが送った人生はなかった。一人で生きていた。きみの手紙を知ったとき、ぼくが一人でいたのは、きみを待っていたからだと気づいた。愛してるんだ、ホープ」

「わたしもあなたを愛してる」

「それなら、もう時間を無駄にするのはよそう。やっと二人の時間がやってきた。きみとぼくのだ。どんなものであっても、ぼくたち二人の未来が始まるんだ」

「なにが言いたいの？」

彼はそっとホープのうなじにキスをした。すると、まるで遠い昔のように、彼女はおなかに温かい血が走るのを感じた。ほつれた髪を彼女の耳の後ろにひっかけながら、彼はつぶやいた。「結婚してくれ。しなくても、ぼくといっしょにいてくれ。ぼくはノースカロライナに移住するから、きみは好きな場所で暮らせる。旅行もできる。もちろん、しなくてもかまわない。いっしょに料理ができる。毎回いっしょに食事ができる。なにも問題はない。ぼくはただきみを抱きたい。ぼくはきみを、息をするたびに愛したい。いつまでやれるか、そんなことは気にしない。病気がどれだけ重くなろうがかまわない。ただ、きみが欲しい。ぼくのために、そうしてくれないか？」

ホープは呆然として彼を見つめ、ようやくうれしそうな笑顔になった。

「本気で言ってるの？」

「きみが望むことはなんでもするよ。きみといっしょならば」

黙って彼女はトゥルーの手をとると、カウチから立ち、寝室へと引いていった。その夜二人はたがいを再発見し、うちとけ、やわらかく、ありえないほど新鮮に、別の時間の記憶どおりに体を動かした。二人が終わると、彼女はトゥルーの隣に横たわり、深く満足したまなざしで見つめた。彼の目にも同じものが浮かんでおり、その表情こそ彼女が人生でずっと焦がれていたものだった。

「それが好き」彼女はささやいた。

「なにが？」彼が聞いた。

彼女は顔を寄せて、鼻に、つぎに唇にキスをしてささやいた。「あなたと結婚するのが好き」

エピローグ

わたしはトゥルーとホープの物語に結末をつけようと苦しんだ。ホープの長期にわたるALSとの闘いや、トゥルーが彼女の晩年を楽にしようとした数えきれない方法を、並べて見せたくはなかった。それでも、ホープとトゥルーがカロライナ・ビーチで過ごした週のこと、そしてホープと子どもたちとの会話、翌年二月の二人の結婚式、ハネムーンにサファリを楽しんだことを、合わせて一章分書きくわえた。その章の最後は、二人が年中行事にしたキンドレッド・スピリットへの徒歩の旅でしめくくった。彼らは二人の物語をほかの人と分かちあおうと、郵便ポストにマニラ封筒を残したのだ。けれども、結局わたしは書いたページを破棄した。彼らと話すなかで、公開したいのは、シンプルなストーリーだということがはっきりしたからだ。彼ら二人は恋に落ち、長年にわたって離れていたが、再会する道を見つけだした。ある部分、それはキンドレッド・スピリットにまつわる魔法が効いたからだ。わたしは彼らの話の寓話めいた性質を見失わないようにしたかった。

とはいえ、二人の物語はまだ完結していないような気がした。わたしのなかの作家魂が、ホープに再会する前のトゥルーの人生に、ある隙間があると感じていたからだ。それで、出版するまで数カ月を切ったとき、わたしはトゥルーに電話をかけ、もう一度ジンバブエに旅行する承認をとった。会いたいのはロミーだった。トゥルーとホープのラブ・ストーリーのなかでは、とるにたりない小さな役割しか演じなかった人物だ。

ロミーは退職して、ジンバブエ北部のチェグトゥ地区にある小さな村に住んでおり、そこまで行く旅自体が自然と語り草になりそうだった。その地域には武器があふれていた。わたしは拉致される危険を心配したが、さいわい雇ったタクシーの運転手が地域を支配する部族とつながりがあり、通行の安全を保証してくれた。これを書いておくのは、いまも地球上には、国の一部に法律がない状態の場所があるということを思い出してもらうためだ。もちろん、それはとりわけ異例なことなのだが。

ロミーは白髪まじりのやせた男で、ほかの村人よりも肌の色が濃かった。前歯が一本欠けていたが、トゥルーのように、まだ驚くほど身のこなしが敏捷だった。わたしたちが話したのは、軽量コンクリート・ブロックを組み合わせたベンチで、ピックアップ・トラックの荷台に使われていた物の再利用だった。自己紹介をしたあと、わたしが書いている本のことを説明し、彼の友だちのトゥルー・ウォールズについてもう少し知りたいのだと言った。

ロミーの顔にゆっくり笑みが広がった。「じゃ、彼女を見つけたんだね？」

「二人がたがいを見つけたんだと思います」

ロミーは前かがみになり、地面から小さな棒をひろった。

「ジンバブエには何回来たんだい？」

「これで二度目です」

「ゾウたちが木を倒したあと、林がどうなるか知ってるか？　なぜ、そこらじゅうに木が倒れてないのか、わかるかい？」

わたしは興味をそそられて首をふった。

「シロアリだ」と彼は言った。「全部シロアリが食べてしまう。跡形もなくなるまで。森《ブッシュ》にとってはいいことだが、木で作られてる物にとってはよくない。だから、このベンチもブロックと鉄でできてる。シロアリは食べて食べて、決して止まらないからね」

「どういう話なのか、ちょっと」

ロミーは両肘をやせた膝に乗せ、棒を持ったままわたしに身を寄せた。「トゥルーはアメリカからもどってきたら、そんなふうだった……内側をとことん食われたみたいな。もともと一人でいるのが好きな男だったが、それどころじゃなくなった……完全に一人でいたんだよ。部屋にこもり、絵を描いても、人には全然見せなくなった。長いあいだ、おれはなにがまずいのか、わからなかった。毎年九月になると、また悲しげになるんだ」

ロミーは棒を半分にへし折り、地べたに放った。

「で、ある九月の夜だ。アメリカに行ってから四、五年過ぎてたかな、あいつは外にすわってた。酒を飲んでたよ。おれはタバコを吸ってたから、いっしょにやろうとそっちへ行った。やつはおれを向いたが、その顔は……あんなのは初めて見る表情だったよ。おれは声をかけたんだ。(調子はどうだい?)ってな。あいつは黙ってた。あっちへ行けとも言わなかったから、横にすわった。しばらくして、おれに酒をくれた。あいつはいつも上等のウィスキーを持ってたな。ほら、一族が金持ちだっただろ?」

わたしはうなずいた。

「またしばらく時間がたって、おれに聞いたんだ。これまでで一番つらかったことはなんだって。おれは、わからないと言った。人生はつらいことだらけだ。なぜ、そんなことを聞くんだ？　あいつは言った。そうせざるをえない一番つらいことはわかってる。それより、大きなものはないって」

　ロミーはかすれた大きなため息をついて、つづけた。

「言葉じゃないんだ……そう言ったときの、あいつの態度さ。あんまり悲しそうで、あんまり苦痛がひどそうで、シロアリが魂を食っちまったみたいだった。そのあと、アメリカに行ったときのことを打ち明けた……ホープという女のことも」

　ロミーはわたしを向いた。

「おれはこれまで大勢の女を愛してきたよ」にっこりしたが、すぐに笑顔は消えた。「あいつが話したとき、おれがそんなふうに愛した女は一人もいないと思った。あいつはどんなふうに別れたかを話して……」ロミーは地面を見つめた。「泣いた。壊れちゃった人間みたいにな。おれも胸が痛んだ」と首をふった。「そのあと、あいつを見るたびに思った。あいつはまだ胸が痛いんだ。ただ、隠してるだけだって」

　ロミーは黙りこみ、わたしたちはしばらくそのまま、暮れなずむ村を眺めていた。

「この話をしたのは、それっきりだ。おれは退職し、あの大事故が起こるまで、ずっとトゥルーとは会わなかった。病院に見舞いに行ったんだ。それは知ってるかい？」

「ええ」と答えた。

「ひどい状態だった、もう見てられないほど。でも、医者たちはずいぶん回復したと言ってたな！　当時はあいつも言葉がこんがらかってたけど、おれたちはけっこう話したっけ。なるべく陽気にやった。冗談を言ったりして。おれがあいつに聞いたのはこうさ、死んだとき、イエス様か神様が見えたか？　あいつは悲しげな笑顔になった。そいつを見ただけでも胸がつぶれそうだったが、あいつは答えた。（いや、ホープが見えた）ってな」

✉

わたしはジンバブエからもどり、トゥルーとホープが暮らす海辺へ車を走らせた。調査して本を書くのに、一年近くかかっており、これ以上二人をわずらわせるのは気がすすまなかった。それでも、わたしは波打ち際を歩いて、彼らのコテージを通り過ぎた。二人の姿は見えなかった。

午後の日がかたむきだしていた。わたしは浜辺を歩きつづけて、桟橋に達し、こんどはぶらぶらと突端をめざした。釣りをする人が何人かかたまっていたが、だれもいない一角があり、そこで大きな外洋を見つめた。髪が風に吹かれるのを感じながら、彼らの物語を書いて自分が変わったことに気づいた。

もう何カ月も彼らには会っておらず、二人が恋しかった。二人がいっしょにいるのだと思うと心はなぐさめられた。そうあるべき二人だから。帰り道、また二人のコテージを通りかかると、自然と彼らの家に目が引きつけられた。やはり姿は見えなかった。

日暮れどきになり、空はさまざまな紫、青、灰色が混ざっていたが、水平線からは月が、昼のあいだ海の床下に隠れていたかのように昇りはじめていた。

黄昏の色が濃さを増してくると、わたしはもう一度海辺を見わたした。二人の家は遠くなり、浜辺にはほとんど人影がなかったが、そのときトゥルーとホープが夜を楽しもうと外に出ているのが見えた。その光景に胸がはずみ、二人が別れわかれで過ぎた年月を考えた。さらに、二人の未来、二人が恋しく思う散歩、二人が絶対にしない冒険のこと。そして昼間の空の星のように、見えなくても、かならずそこにある、二人のたがいを思いやる愛情についても考えた。

二人は傾斜路の下にいた。わたしがトゥルーと初めて出会ったとき、彼が作っていたものだ。ホープは車椅子に乗って、膝には毛布を掛けている。トゥルーは隣に立ち、片手をそっと彼女の肩に置いている。あの簡潔なしぐさのなかに、一生の愛がある。わたしは思わず込みあげるものを感じた。そのまま見つめていると、彼が遠く離れたところに存在を感じたらしく、こちらに顔を向けた。

トゥルーが手をふった。こちらもふり返したが、それは別れの一種だとわかっていた。わたしが友だちだとみなしていても、たぶんもう言葉を交わすことはない。

最後は、二人の時間だから。

訳者あとがき

じつを言えば現地に行ったことはないのだが、住む人のいないバード・アイランドにその郵便ポストはあって、ホープが何度も歩いて通った海辺を、ウェブで見ることができる。野草のソーグラスが揺れる砂丘、そして空や雲も。写真で見ると、若いトゥルーが釣りをした桟橋は想像したより高く、大きいが、一直線の砂浜にある姿は、遠くからでも目立つことがよくわかる。

ステイホーム、リモートワークの時代でなくても、翻訳者はたいていの場合、事前に小説の舞台へ行かずとも、現地の情報を集めてそこの雰囲気が出せないかと汗をかいている。

ニコラス・スパークスの最新作『きみと息をするたびに』（Every Breath, 2018）はアメリカ南部にあるノースカロライナ州のサンセット・ビーチという町の一風変わった郵便ポストがきっかけで生まれた。

いまから四十年以上も前の一九七〇年代末、クローディアという女性が海辺に小さなポストを立てた。彼女はその郵便ポストを、配達されない手紙を書きたい人のために作ったのだ。ポストはいったん嵐で流され、一九八三年に現在の場所に移されて以来そこにあり、口づてに人がときおり訪れては、入れてあるノートに思いを綴ったり、手紙を入れていったりして役に立ってきた。

人は匿名でどんな思いを捨てていくのだろう。サインは、姓だけ、名前だけ、イニシャル、無名といろいろだ。まず、よくあるのは後悔、謝罪だという。「あんなことをしてすまなかった」と、直接言えなくなってからそれを捨てに来る。それから決意や希望。「こんどは必ずこうする」。たとえば「今日出所してきた、二度とあそこには戻らない」とか「生まれ変わったら、こうしたい」。そして、愛の告白。「こんなに愛している」と、だれかへの強い思いを告げるもの。はるかな水平線に向かってつぶやくように。

入れていくのも自由、持ち去るのも自由。でも、書く人はだれかと思いを共有する喜びを信じ、読む人は書き手への敬意を持つ。そうした思いやりがあって、ポストは成り立っている。大自然のただなかにポツンと立っているから、人はここで素の心になれる、とクローディアは考えたのかもしれない。


さあ、このポストを作者がどう使うのか。わたしたち読者は、そのあとを彼の想像にゆだねて、一巻《ひとまき》のラブストーリーに身をゆだねてみよう。話が始まる時代は、といってもそんなに古い昔ではないが、一九九〇年九月までさかのぼる。発端の場所はアフリカ。そこで暮らすバツイチの英国系アフリカ人、トゥルーは、ある理由でサンセット・ビーチへ旅することになる。そこで出会ったのがホープという別荘の片付けに来た女性。彼女は三十代半ばで人生の岐路に立たされていた。ホープの誘いで二人は二・五キロほど砂浜を歩き、この郵便ポストへやってきた。そこで、ある老人の書いた亡き妻への手紙を読むうちに……

いつものようにスパークスの語りはよどみがなく、読みおえて本を閉じるときには思わず「人生にはこんな夢があるのか」と納得している。ことに締めくくりの夕方の情景は味わい深く、心をとらえて離さない。これまで十冊が訳されてきたスパークス作品だが、久しぶりの新作だから、愛読者には蛇足だとしても作者の横顔をざっとまとめておきたい。

ニコラス・スパークスは一九六五年ネブラスカ州生まれ。三人兄妹の次男で、ノートルダム大学では陸上競技のランナーとして活躍した。さまざまな職業のあと、一九九六年に全米を席巻したベストセラー『きみに読む物語』を発表。以来専業作家となり、ほぼ年に一作ずつ、秋に新作を上梓し、いずれもベストセラーリストにのせてきた。いわばアメリカ屈指の恋愛小説家である。スパークスのスタイルは、『きみに読む物語』が試練に直面する老夫婦の愛情と若い頃の格差婚を描いたものだったように、平凡な人たちの一途な愛と悲劇を組み合わせたドラマづくりを特徴としている。いわゆるペーパーバック・ロマンスではないところで定評を得た小説はほとんど彼が暮らすノースカロライナを舞台にしており、これまで本書を含めて二十作を数える。うち十一作が映画化され、とくに『きみに読む物語』は結末が原作とは違うものの、自然の映像美と新鮮なキャストが好評を博してエバーグリーンとなった。二〇一一年頃から執筆ペースがやや落ち、二年一作のことが多くなって、待望された本作も二年ぶりに刊行された。プライベートでは学生時代に一目ぼれしたフランス系のキャシーと結婚。五人の子をもうけた。二人は幸せな家庭を築いたものの、二〇一五年に離婚し、二十二年の結婚生活に終止符を打った。

『きみと息をするたびに』は海辺の郵便ポストをめぐる話だけに、いくつかの手紙が重要な役割を果たしている。スパークスはこれまで何度も手紙を使って、忘れがたい場面をつくってきた。認知症を恐れたアリーがノアに宛てた『きみに読む物語』の感動的な手紙を皮切りに、『星空のウェディング』『ラスト・ソング』『親愛なるきみへ』『セイフ・ヘイブン』まで、いずれもその部分はとくに記憶に残る。インターネットやスマホの時代になっても、いや、だからこそ作者は紙に手で書きしるすことの重要性、意味の重さを、恋愛小説の形で残したいと思っているようだ。

海辺に郵便ポストを立てたクローディアは二〇一三年に亡くなり、三十四年の長きにわたって管理をしてきた友達のフランク・ネスミスも老齢になった（二〇一五年の記事では八十八歳だという）。屈託のないネスミスさんはポストのおかげで再婚相手にもめぐり合ったと笑うが、現在は足腰の弱った彼を助けてボランティアが交代で維持している。

インターネットがなくてはならないインフラと化した現代、文房具のペンや紙はさまざまに変化したものの、やはりそれを使って実際にさらさらと、あるいは一字ずつきっちりと綴るハンドライティングも、捨てたものではない。たくまずしてクローディアが名づけたポストの名前が、キンドレッド・スピリット（心の友）であるように。

雨沢　泰

二〇二〇年七月

著者

ニコラス・スパークス

Nicholas Sparks

1955年12月31日、アメリカ合衆国ネブラスカ州オハマに生まれる。
奨学金で進んだノートルダム大学(在学中は800mの陸上選手として活躍)を
卒業後、不動産、ウエイター、歯科用品販売など職を転々としながら作家を志した。
1996年、『きみに読む物語』が大ベストセラーになり、
その後、著書は全世界で累計1億5000万部以上、
50以上の言語に翻訳される人気恋愛小説家となる。
ノースカロライナに在住しており、作品のほとんどが同州の海辺を舞台にしている。
邦訳は他に『ラスト・ソング』(小社)、
『きみと歩く道』(小学館)、『セイフ ヘイヴン』『あの日にかえりたい』
『メッセージ・イン・ア・ボトル』(SBクリエイティブ)などがある。

訳者

雨沢 泰

あめざわ・やすし

1953年東京生まれ。翻訳家。おもな翻訳書に、
ニコラス・スパークス『きみに読む物語』『ラスト・ダンス』、
ジョゼ・サラマーゴ『白の闇』、
H・G・ウェルズ『透明人間』『宇宙戦争』などがある。

アチーブメント出版
［twitter］@achibook
［Instagram］achievementpublishing
［facebook］https://www.facebook.com/achibook

きみと息をするたびに
Every Breath

2020年（令和2年）11月16日 第1刷発行

著者
ニコラス・スパークス

発行者
塚本晴久
発行所
アチーブメント出版株式会社
〒141-0031 東京都品川区西五反田2-19-2 荒久ビル4F
TEL: 03-5719-5503 FAX: 03-5719-5513 http://www.achibook.co.jp
ブックデザイン
鈴木成一デザイン室
装画
朝倉めぐみ
DTP
キヅキブックス
校正
株式会社ぷれす
編集協力
木村直子
印刷・製本
株式会社光邦

©2020 Printed in Japan ISBN978-4-86643-078-2
落丁、乱丁本はお取り替え致します。